辻堂ゆめ

Yamagiwa Sukoshi Akarite

Yume Tsujido

山ぎは少し明かりて

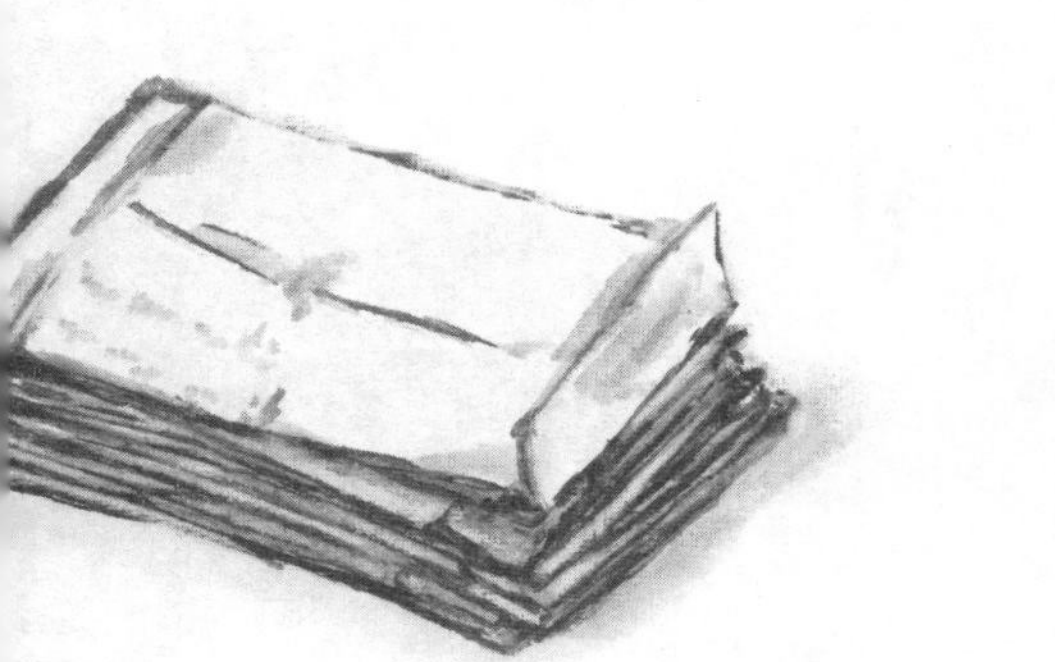

小学館

目次

山ぎは少し明かりて

装画　植田陽貴
装丁　鈴木久美

プロローグ

——二〇〇八年、夏

波が、きらめいていた。

手すりを両手でつかみ、青い湖面を見下ろす。遊覧船が進むと、押し分けられた水が盛り上がり、また新たな波ができる。海のそれよりは控えめで、涼やかな、いつまでも眺めていたくなる、幾重もの線。

「都《みやこ》」

振り向いて見上げると、すぐ後ろにパパとママが立っていた。鍔《つば》の広いサンバイザーをかぶったママが、はい、と何かをこちらに向かって差し出してくる。

「湖に、撒《ま》いてくれる?」

ガラスの小瓶だった。

さらさらとした白い粒が、中に入っている。

「これ、なあに?」

「ママや、ママのママ——おばあちゃんが暮らした土地の砂よ」

「あ、この下の……」

「そう」

ママはそっと微笑《ほほえ》み、コルクの栓を抜いた。遊覧船のエンジン音に紛れるようにして、ぽん、と軽い音がする。

「全部、湖に捨てちゃっていいの？」

「捨てるんじゃなくて、撒いてね」

「別に、同じことじゃない？」

「全然違うこと」

ママが細い眉を寄せ、首を左右に振る。パパやママもそうだし、小学校の先生もそうだけれど、大人の言うことは、たまによく分からない。都は口の開いた小瓶を受け取って、手すりから身を乗り出した。

湖面へとめいっぱい腕を伸ばし、太陽の光を反射しているガラスの小瓶を、逆さまにする。

白い砂が、宙に舞った。

風に流されてさざ波の向こうへと飛んでいく砂の粒を、都は片手で麦わら帽子を押さえながら、振り返って見送った。

第一章　雨など降るも

　飛行機から降りた瞬間の空気が、もう日本とは違った。

　気温は高いのに全然蒸し暑くなく、機内とそう変わらないくらい乾燥している。梅雨《つゆ》まっただなかの関東甲信越とは大違いだ。ボーディングブリッジのガラス窓から覗《のぞ》く空は、都の海外初渡航を祝福するかのように、雲一つなく晴れていた。

　軽やかにスキップでもしそうになりながら、空港内を早足で進んでいく。最初のうちは成田《なりた》から同じ便でやってきた日本人に囲まれていたけれど、入国審査や手荷物受取所へと進むにつれて、さまざまな言語が耳に飛び込んでくるようになった。とうとう憧れのヨーロッパにやってきたのだという実感が胸に迫り、心が浮き立つ。

　途中でスマートフォンを操作すると、空港のフリーWi-Fiに繋《つな》がった。途端に届いた通知の嵐に仰天して、思わず取り落としそうになる。


『石井雅枝《いしいまさえ》：もう着いた？』

『りゅーた：留学、楽しんで！』

『Yuumi：都と一年も会えないのつらいけど、ほんと、応援してるからっ！』

家族、彼氏、大学の友達。ありとあらゆる日本の知り合いから、たくさんの激励ラインが届いている。

無事にホストファミリーに会えるかな、私の英語は通じるかな、語学学校のプログラムにちゃんとついていけるかな——そんなちっぽけな不安は、数十件もの未読通知を見た瞬間、綺麗《きれい》さっぱり吹き飛んだ。

これから一年間、精一杯楽しもう。

というか、楽しまなきゃ。

せっかく、夢が叶《かな》ったんだから！

税関を通り抜けて、到着ロビーへと向かう。今回の留学に合わせて買ってもらった桜色の大型スーツケースを引きつつ、せわしなく辺りを見回していると、「ミヤーコ！」という溌溂《はつらつ》とした声が聞こえた。

こちらに向かって大きく手を振っている、亜麻色の髪の中年女性が視界に入った。その横には、立派な顎鬚《あごひげ》を生やしたダンディーな男性が立っている。二人の間には中学生くらいの可愛《かわい》らしい女の子がいて、『Welcome, Miyako!』と丸っこい英文字で書かれた画用紙を掲げていた。

見るからに優しく温かそうなホストファミリーの元へと、都は息を弾ませながら駆けていく。

駆けて、駆けて、駆けて——。

あ、夢か、と目を開ける直前に気づいた。

また見てしまった。〝頂点〟の日の夢を。

虚しさに襲われる。どうして私の脳は、ボロ雑巾のようになった今の自分に、何度もあの日の光景を突きつけるのだろう。当てつけなのか。罰なのか。たくさんの人に迷惑をかけた私を、失敗から永遠に立ち直らせまいとしているのか。

重いまぶたをやっとのことでこじ開け、都はずるずるとベッドから這《は》い出した。先ほど覚えた虚しさは、ほんの短いひとときのうちに、急激な怒りへと変わっていた。

矛先は、もちろん、自分だ。

衝動に導かれるまま、小学生の頃から使っている壁際の学習机に近づき、ペン立てからハサミを抜き取った。廊下に走り、独立洗面台の前に仁王立ちする。黒い無地のＴシャツにスウェット生地の短パンという格好をした、二十一歳の冴《さ》えないすっぴん女子が、鏡いっぱいに映し出された。

一人前に肩甲骨の下まで伸ばし、高いお金をかけて縮毛矯正まで施したストレートの黒髪を、左手でまとめてつかむ。

右手のハサミで、勢いよく、切り落とした。

指を動かすたび、小気味いい音とともに頭が軽くなっていく。全体を肩に当たるか当たらないかくらいの長さに切り揃《そろ》え、前髪も眉が少し見えるくらいのぱっつんにし、洗面台に散らばった髪を掻《か》き集めてゴミ箱に放り込むと、恍惚《こうこつ》めいた快感が胸に広がった。

それも一瞬だった。

すぐに、分厚い灰色の雲が、心の中に戻ってくる。

身体《からだ》を引きずるようにして部屋に戻り、ハサミを机に放り出した。クローゼットを開けて最初に目についたワンピースを取り出し、頭からかぶる。袖に腕を通そうとしたところで、まだＴシャツを脱いでいなかったことに気づき、ため息をつきながら朝の着替えをやり直した。

枕の下に潜り込んでいたスマートフォンを探り出し、階下へと向かう。

リビングに入ると、ウインナーの焼ける匂いが漂ってきた。キッチンで朝ご飯を作っているパパがこちらを振り向き、「おはよう」と短く声をかけてくる。ママの姿はなかった。出勤にはまだ時間が早いから、寝室で身支度を整えているところなのだろう。

スマートフォンを片手に持ったまま、ソファに身を沈めた。テレビでもつけようかとも思ったけれど、棚の上に置いてあるリモコンを取りにいく気力がどうしても起きなかった。相変わらず頭も痛い。ぼーっとして、宙を見つめる。

廊下から、せっかちな足音が聞こえてきた。紺色のパンツスーツにショートカットヘアというキャリアウーマンスタイルのママが、リビングに入ってくるなり、こちらを見てぎょっとしたように立ち止まった。

「何、その髪」

その反応に傷つき、都は顔を背けた。「ほっといてよ」と思わず声を荒らげる。

「まさか、自分で切ったの？　切り口がガタガタじゃない。すぐに美容院に行って、直してもらいなさい。お金は出してあげるから」

肩にかけていた通勤用の黒いバッグから、ママが財布を取り出そうとする。途端に頭痛が強まった。何を言っているのだろう。こんな状態で、美容院になんて行く気が起きるわけがないのに。

「別にいいじゃん、誰に見せるわけでもないんだからさ」

「でも、今日もおばあちゃんちに行くんでしょう？　外に出たら、人の目に触れるじゃない」

「どうせ知り合いには会わないし、おばあちゃんは家族だからいいの！　だからほっといて」

「ほっとけないわよ、ひどい髪型なんだもの」

「……パパは何も言わなかったのに」

「だってパパは、そういうのに興味ないから」

抗議をばっさりと切り捨てられた。ママとの険悪なやりとりを、料理中のパパは、いつものように背中で聞いている。

自分の態度が、駄々をこねている子どもと変わらないことは分かっていた。大学三年生にもなって、何をしているのだろう。いや――今の自分は、たぶん、大学生ですらない。

ソファから立ち上がり、玄関に向かった。後ろからママの尖《とが》った声が追ってくる。

「ちょっと都、朝ご飯は？」

「帰ってきてから食べる。冷蔵庫に入れといて」

「あのねえ――」

それ以上の説教は聞かずに、家を飛び出した。今日は曇りだと思ったのに、肌にまとわりつくような小雨が降っていて、いっそう気分が翳《かげ》る。

まあいいか、帰りに傘が必要だったら、おばあちゃんちで借りれば。

ママに一目見るなり酷評された無造作ヘアを指で梳《す》きながら、今の自分が唯一くつろげる場所へと、都は急ぎ足で歩き出した。


ラインアプリの未読件数、二百九十八件。

スマートフォンのホーム画面が視界に入るたび、喉の奥からため息がこぼれ出る。見なきゃよかった、と後悔しながら、スマートフォンを裏返して座卓の端に押しやった。

昭和レトロな木製の珠暖簾《たまのれん》を掻き分けて、おばあちゃんが台所から戻ってくる。手にしている黒い漆塗りの丸盆には、急須と湯呑《ゆの》み、白い平皿と果物ナイフ、それからおせんべいの袋がたくさん載っていた。

「都ちゃんが好きだからって、昨日《きのう》スーパーで、またリンゴをたくさん買っちゃったのよ。今日も食べてくれる？　ジャムや甘酢漬けにもするつもりなんだけど、せっかくだからそのままでも、ね」

おばあちゃんが柔らかい声色で言い、よっこいしょ、と座布団に腰を下ろす。座卓の真ん中に置いてある籠から都が真っ赤なリンゴを取り出して手渡すと、にっこりと笑って受け取り、果物ナイフでするすると皮を剝《む》き始めた。

いつ見ても、芸術的な手の動きだ。赤い皮が細い帯状に長く繋がって、一度として切り離されることなく、綺麗にお盆の上に収まっていく。都だって、リンゴの剝き方くらいは知っているけれど、とてもこうはいかない。長年うちで料理を担当しているパパも、確か先に実を四等分してから、普通の包丁でちょっとずつ皮を剝いていたはずだ。

おばあちゃんが薄いミニまな板の上でリンゴを一口大に切っている間に、都は急須から湯呑みに緑茶を注ぎ、それぞれの前に置いた。

ここは、落ち着く。

家そのものの造りは都の自宅と似ているけれど、窓にかかったおばあちゃんお手製の細かい花柄のカーテンや、前の家から持ってきたという古い本棚や簞笥《たんす》が、いつでもほっとするような温かみを醸し出している。おじいちゃんの写真やお供え物が置かれた仏壇から、かすかにお線香の匂いが漂ってくるのもいい。

床には手触りのいいえんじ色の絨毯《じゅうたん》が敷かれ、円形の座卓が置いてある。今は季節でないけれど、寒い時期にはこたつになる。その脇では、ほとんどいつもテレビがついている。常に音量が絞ってあるせいか、ニュースでも囲碁の中継でも、はたまたお昼のクイズ番組でも、流れている内容が何であれ、不思議と耳に心地よい。見たいときだけ画面を見て、そうでないときは果物やお菓子をつまんだり、お茶を啜《すす》ったり、何気なく言葉を交わしたりしているうちに、太陽が真上にのぼり、やがて西へと傾いていく。

都は、昔からおばあちゃん子だった。何も予定のない休日、友達と遊んだ帰り道、勉強に集中したいテスト前、なんとなく自宅から避難したい夜――いつふらりとやってきても温かく迎え入れてもらえる、同じ町内にある第二の家。もともと一週間から二週間に一回くらい顔を出していたのが、どこにも居場所がなくなった帰国後は、ほぼ毎日ここに逃げ込むようになった。おばあちゃんは「一人暮らしは寂しいから、話し相手ができて嬉《うれ》しいわ」と都の顔を見るたびに歓迎してくれるけれど、こんなにゆったりとした日々を送っていていいものかと、ふと焦燥感が生まれたりもする。

自宅と、徒歩十分圏内にある祖母宅を往復するだけの、時計を気にしない生活。この間までは夏休みだった大学も、もう後半の学期が始まっているというのに。

「都ちゃん、髪、気になるの?」

リンゴを載せた平皿をこちらに差し出しながら、おばあちゃんが小首を傾《かし》げた。尋ねられて初めて、さっきからしきりに毛先を触っていたことに気づく。

「うーん。やっちゃったなぁ、って思って」

「ええっ、どうして? さっぱりして、すごく可愛いわよ。さっきも言ったじゃないの」

「でも、ママがさ」

「雅枝の言うことは気にしなくていいのよ。あの子がお洒落《しゃれ》すぎるだけなんだから。美容院に毎月行って、白髪染めもばっちりしてもらって、いつもカッコよく整えてるでしょう？　すごいわぁ、もう今年で六十なのにねえ」

「だから余計に、というか……」

「自信持って。雅枝は雅枝、都ちゃんは都ちゃん。親子といっても、それぞれのスタイルがあるんだから」

のんびりとした口調に、いつの間にかこわばっていた肩の力が抜けていく。

おばあちゃんは昔から、都のことを何でも肯定してくれた。公園で石をいっぱい拾ってくると「お庭に飾りましょうね」、転んで服を汚すと「子どもは元気が一番よ」、髪型を変えると「今の都ちゃんにとてもよく似合ってるわ」。

砂がついた靴で玄関に入っただけで文句を言い、服装や髪型にもすぐ口を出してくるママとは大違いだ。この心優しいおばあちゃんの娘に生まれて、ママはどうしてあんなにいつもピリピリしている人間になってしまったのだろう。顔だとか背丈だとか、外見の雰囲気だけは、よく似ているのに。

親子といっても、それぞれのスタイルがある――おばあちゃんとママは、まさにその典型だった。

「ちょっと前の都ちゃんに戻った感じがするわね。高校生のときや、大学に入学したばかりの頃のような。前髪を切ると、若々しさがいっそう増して、なんだかとっても眩《まぶ》しいわ」

「褒められすぎると、背中がくすぐったくなるよ」

「だって、本当にそう思うんだもの」

おばあちゃんがリンゴを口に入れ、美味《おい》しそうに微笑んだ。

ちょっと前の自分。

確かにそうだ――と、また髪を撫《な》でながら思う。

髪を伸ばし始めたのは、留学を意識し始めた頃、二年生の頭だった。理由はとても単純で、欧米の若い女性や、大学のキャンパスで見かける帰国子女は、総じて皆、ストレートのロングヘアだから。留学をするなら自分もその一員になろう、仲間入りをしようと、一年以上かけて、理想の髪型を完成させた。

だけど、今の自分には――もう。

座卓の端に伏せてあるスマートフォンが短く震えた。憂鬱な気持ちに拍車をかけるだけだと分かっているのに、現代っ子の性《さが》か、反射的に裏返して新着通知を見てしまう。

『りゅーた：へえ、そうか！　そっちは気候がいいんだな。確かにそういうイメージかも～羨ましい』

『りゅーた：日本はなんと、大型台風が近づいてるみたいでさ、今、急きょ長野に帰ってきてるんだよね』

『りゅーた：収穫できるリンゴはさっさと収穫しちゃったり、木を支柱で補強したり』

『りゅーた：実家の手伝い、超絶めんどいけど頑張るわ～』

恋人の韮沢竜太《にらさわりゅうた》からだった。画面を眺めているうちに、軽い振動とともに通知の数が増えていく。

今日は平日だから、大学は休んでいるのだろう。都と違って竜太は顔が広いから、講義で代返《だいへん》してくれる友達などいくらでもいるに違いない――そんなことを考えながら、何気なくホームボタンに親指の腹を当て、ロックを解除する。

黄緑色のアイコンの右上に表示されている、赤い丸で囲まれた白い数字が、また目に飛び込んできた。

ラインアプリの未読件数、三百二件。

胸の重苦しさが増した。何があったのかと心配されてしまうから、竜太からのラインだけは未読スルーし続けるわけにはいかない。イタリアが朝を迎える頃——夕方にでも返信しようと決め、またスマートフォンを座卓の端に置く。

留学先から日本に帰ってきたのは、今から二か月前のことだった。

診断は、適応障害。

六月末に渡航してから、一か月と少ししか持たなかった。ホストファミリーは申し分のない人たちだったし、語学学校の先生や生徒たちに何をされたわけでもないのに、毎日夜になると、なぜか涙が止まらなくなった。

何気ない日常会話で適切な単語や言い回しが思い浮かばないと、相手に変に思われないかと頭が真っ白になってしまい、心臓が早鐘を打ち始める。学校で出された課題の意味が分からず、先生に質問する勇気もなくて、机の前で一人悶々《もんもん》とし続ける。生徒たちの賑《にぎ》やかな会話の輪に入るタイミングを窺《うかが》っているうちに、いつの間にか自分だけが、教室の隅に取り残されている。いざ休み時間に話しかけられても、相手の英語を聞き取れないことに対する焦りが募ってしまい、終始愛想笑いをしているだけで終わる。

街中でバスや電車に乗ろうとするだけで、本当に行き先が合っているかと不安になり、何度も何度も時刻表を見にいってしまう。ホームステイ先の食事の量が多く、胃もたれを起こしているのに、気を使ってしまって伝えられない。夜、悪夢にうなされて頻繁に目覚めるようになり、英語学習への集中力がますます落ちていく。周りに日本人は誰もいないから、自分の不安や悩みを正確に伝えられる相手もいない。

現地で大きな事故やトラブルがあったわけでも、人に悪意を向けられたわけでもなかった。だからこそ、つらかった。

全部、自分の問題だから。異文化に馴染《なじ》めず、語学学校で周囲のレベルについていけず、ホストファミリーにも心を開けなかった、意気地なしの私が悪いから。

申し込んでいたのは、一年間の長期留学コースだった。語学学校では英語をみっちり学び、ホストファミリーや現地の人との交流を通してイタリア語も習得するんだと、ローマにフィレンツェにヴェネツィアに、国内で一人旅をたくさんしてお土産《みやげ》を買ってくるから期待しておくんだよと、友達という友達に吹聴《ふいちょう》して回り、大手を振って成田空港から飛び立っていったのに——呆気なく、挫折した。

家族以外の知り合いは、交際三年目を迎えた彼氏の竜太を含め、今も都がイタリアにいると思っている。

言えるわけがなかった。たった一か月ちょっとで音を上げたなんて。六月末に渡航して、夏も終わらないうちに日本に帰ってきてしまったなんて。英語やイタリア語がペラペラになるどころか、お土産の一つも買ってこられなかっただなんて。

竜太は毎日、イタリアの天気やニュースのことを、軽い雑談のつもりで訊《き》いてくる。そのたびに都はインターネットで現地の情報を調べ、返信する。

そんな、無意味なラインのやりとり。

大学には休学届を出したままだった。学生証は手元にあるし、街に出れば学割も使えるのだろうけれど、今の都は大学生とはいえない。もはや留学生でもない。だったら、いったい何なのだろう。

日本に帰国することになったのは、留学コーディネーターとの相談の結果だった。そのことをママにラインで切り出すと、すぐに音声通話がかかってきた。『あと一か月でもいいから頑張れない？　慣れれば気持ちも変わるかもしれないでしょ』という言葉に、都が返せたのは啜り泣きだけだった。

最寄り駅で空港連絡バスから降りた都を、パパとママは二人揃って車で迎えにきた。家族の中で一番口数の多いママが、あの日は何も喋《しゃべ》らなかった。留学のことにはお互いに一言も触れないまま、今に至っている。

帰国以来、ママとの関係はなんとなく気まずいままだ。いくらかは返金される可能性があるのかもしれないけれど、留学費用はすべて前払いで、大金をドブに捨てさせてしまったことは事実なのだから、それも当然だった。そうでなくても、誰よりも努力家で仕事もできるママは、娘の都がたった一か月と少しでギブアップしたことを嘆かわしく思っているに違いない。口には出さないけれど、心の中では。

留学をしようと決意したのは、少しでも就職活動を有利に進めるためだった。

学歴だけで勝負できるような大学ではない。自分よりもっと偏差値が高い大学に通う学生たちだって、サークル活動やアルバイトやボランティアに邁進《まいしん》して、ガクチカ——「学生時代に力を入れたこと」の項目を聞こえのいい言葉で埋められるよう、日々努めている。

そんな中で、何とかして、個性を輝かせなければならない。選択肢の多すぎる時代だからこそ、自分の存在価値は、自分の足で獲得しにいかないと。

そう思って、イタリアに行かせてもらうことにしたのに。

憧れの地に、自分の居場所はなかった。日本に帰ってきても、彼氏や友達には本当のことを言えず、ママには厄介者のニートとして扱われている。

本当は留学しているはずだった一年を、こうして毎日おばあちゃんちに入り浸ったまま、無為に過ごしていくのだろうか。

ただ意味もなく大学在籍期間を五年に引き延ばしてしまった自分は、これから、どうやって生きていけばいいのだろうか。——その五年というのも、適応障害の症状が無事に治ったらの話で、たくさんの学生がひしめくキャンパスに再び足を運ぼうと思える日が来るかどうかも、今はまだ分からないのに。

「また、考えてるの？」

探るような声で、我に返った。

「……バレた？」

「どーんよりとした顔をしてたから」

おばあちゃんが目を細め、窓の外を見やる。相変わらず降り続いている小雨が、ガラス一面に点々と透明な模様を作っていた。

「都ちゃんはね、そのままでいいのよ、そのままで」

もう幾度となく聞いた台詞《せりふ》を、おばあちゃんが今日も繰り返す。とても優しいけれど、深く考えさせられる言葉でもあった。そのまま、って何だろう。個性も能力もない、呆《あき》れるほど平凡な私？親に大変な迷惑をかけても、脛《すね》をかじり続けている私？

「そんなときは、手を動かすといいのよ。都ちゃん、よかったら編み物でもやってみない？」

「え、編み物？」

「マフラーなんてどうかしら。これから秋が深まって、気温も下がっていくでしょう。きっとすぐ必要になるし、まっすぐ編むだけで一番簡単だから」

どっこいしょ、とおばあちゃんが掛け声とともに立ち上がろうとする。その直後、いたた、と膝に手を当てたのを見て、都は慌てて座布団から腰を浮かせた。

「どこにあるの？　私が取ってくるよ」

「ああ、ごめんねえ。この歳《とし》になると、どうも身体の調子が整わなくて。特に、こんな雨の日は」

九十近くという年齢のわりに、おばあちゃんはとても健康だ。大きな病気をしたこともないし、話し言葉も明瞭だし、一人暮らしが長いのに、毎日三食、ちゃんと栄養満点のご飯を作っている。だけど、都が幼い頃に比べると、確かに衰えは感じる。歯科に眼科に耳鼻科にと、かかりつけ医が年々増えていて、低気圧の日はこうして身体の節々の痛みを訴える。髪も薄くなり、心なしか忘れっぽくもなった。いつまでも元気でいてほしいけれど、一緒にいられる時間が十年も二十年も続くわけではないと思うと、時たま胸が小さく締めつけられる。

編み物の道具は、隣の和室の押し入れの中にあった。大きな紙袋の中に、色とりどりの毛糸と、銀色の四角い缶が入っている。お中元かお歳暮の高級海苔《のり》が入っていたと思われる缶には、『編み針』と油性ペンで書かれたガムテープが上から貼りつけてあった。

畳と木と埃《ほこり》の匂いが入り混じる和室を出て、居間に戻る。意外と重量のある紙袋を慎重に床に下ろすと、おばあちゃんはさっそく銀色の缶に手を伸ばした。蓋を開け、同じくらいの太さの棒針を二本ずつ選び取り、座卓の上に置く。好きな毛糸をどうぞと促され、都は迷った末、暖かそうな茶色の毛糸を紙袋から取り出した。

「都ちゃんは、棒針編み、やったことある？」

「全然。というか、編み物自体、まったく」

「そうよねえ。今の若い人は、昔と違って忙しいものね。編み物って、たーくさん時間がないとできないものだから」

「私みたいな初心者が、すぐにマフラーなんて編めるもの?」

「大丈夫よ。都ちゃんは特に筋がいいし、ね。昔、お手玉を一緒に作ったの、覚えてる?」

もちろん、と返す。確か、小学三年生のときのことだった。いろんな柄の布を俵状に縫って、中に小豆を入れて、仕上げに口を閉じて。可愛いお手玉が籠いっぱいに積み上がっていくのも、手に取るとシャカシャカと小気味いい音が鳴るのも楽しくて、夢中になって作り続けた記憶がある。結局、おばあちゃんのように三つのお手玉を自在に取り回せるようにはならず、量産するだけで終わってしまったのだけれど。

あの頃と同じ緩やかな時間が、今もここには変わらず流れていると思うと、不思議な気分になる。

編み物にはかぎ針編みと棒針編みという二種類があるのだ、とおばあちゃんは実物の編み針を見せながら説明してくれた。ざっくり分けて、コースターや人形といった小物を編むのにはかぎ針、マフラーやセーターなど大きなアイテムを編むのには棒針が向いているのだという。どちらのほうが難しいということはなく、作りたいものに合わせて好きなほうを選べばいいらしい。

さっそく、編み方を習い始める。別のオレンジ色の毛糸を使っておばあちゃんが目の前で実演してくれるから、思ったよりは苦労せずに、最初の作り目を編むことができた。二本まとめて右手に持った棒針に、マフラーの幅の分だけ、同じ手の動きを繰り返して毛糸を巻きつけていく。

「ここから先が、基本の編み方ね」

おばあちゃんの真似(まね)をして、棒針を一本引き抜き、交差させて構えた。先ほど作った一段目の毛糸に針先を一つ一つ通していき、「裏編み」を行っていく。それが全部終わったら、今度は針を通す方向を変えて、「表編み」。あとは、表面と裏面を一段ずつ、交互に編んでいくだけ。

「……あれ？　難しそうな印象だったけど、意外と単純かも」

「ね、そうでしょう？」

「でもこれ、すっごく時間がかかるね。まだ二センチくらいしかできてないや」

「のんびりテレビでも見ながら手を動かしていると、いつの間にか長くなっている——それくらいの気持ちでいいの。ゆっくり、ゆったり、楽しくやりましょう。合間にお菓子を食べたり、お茶を飲んだり、お喋りをしたりしながら」

おばあちゃんの言葉に、小さく頷《うなず》いた。

なるほど、今の私にはちょうどいいかもしれない。

たっぷりありすぎる時間を、不安や罪悪感ではなく、次の一目を作り出す絶え間ない棒針の動きで、埋めていくことができるから。

「おばあちゃんってさ、女子力高いよね。お裁縫も編み物も得意で、何でも作れて」

「今はそういうのを『女子力』って言うの？」おばあちゃんが照れ笑いをした。「私が若い頃は、女はみんな、やらされたものだけどねえ」

「あとはお料理も」

おばあちゃんの料理は絶品だ。ただの煮物やお味噌汁《みそしる》だって、パパやママが作ってもああはならない。煮干しや鰹《かつお》の出汁《だし》がしっかりと香って、味つけも濃すぎなくて、ジャガイモや里芋がほろりと口の中で溶けて。煮込みうどんでも、茶碗蒸《ちゃわんむ》しでも、土鍋の炊き込みご飯でも、都が食べたいと言えばなんでも作ってくれて、それも全部、口に入れた瞬間にほっぺたが落ちそうになって。

都は昔から、おばあちゃんちでご飯を食べるのが大好きだった。あんまり入り浸りすぎると「食費がかかって迷惑でしょ」とママに目くじらを立てられるから、ほどほどにするよう気をつけてはいたけれど、隙を見てはおばあちゃんにご飯をねだった。

いくら昔の女性が家事を叩《たた》きこまれたといっても、みんながみんな、あれほど美味しいご飯を作れるわけはないと思う。

「お料理ねえ。今はスーパーで何でも売ってるから、お金さえ出せば、別にできなくても困らないわよね。瑞ノ瀬《みずのせ》にいた頃は、裏山で山菜やキノコを採ってきて、せっせとおひたしやお味噌汁にしたものだけど」

「山菜とかキノコって、食べられるかどうか、見て分かるもの？　毒があったりしたら怖くない？」

「大丈夫よ。小さい頃から見て、よく分かってるから」

「うーん、やっぱり想像できないよ。そのへんに生えてるものを、その日の晩ご飯にするなんて」

「うちの庭で育ててる紫蘇《しそ》やミニトマト、都ちゃんも何度も食べたことがあるでしょう？　梅干しや梅ジュースだって。それとあまり変わらないわよ」

そうかなぁ、と編み物の手を止めて、小雨の粒がついた掃き出し窓の外に目をやる。おばあちゃんがこの家で一番気に入っているという、居間と和室を合わせたほどの広さがある庭には、昔も今も、数えきれないほどの植木鉢が並んでいた。隅には梅の木も生えていて、毎年六月頃になると、大粒の実が山ほど落ちてくる。小学生くらいの頃までは、都もよく収穫を手伝ったものだ。年々忙しくなるにつれ、いつしかやらなくなってしまったけれど。

「最近は足腰が痛いのに、手入れ、大変じゃない？」

煙雨にかすむ庭を指差すと、「そうだけど、窓から緑が見えていないと、なんだか落ち着かなくて」という答えが返ってきた。

「何せ、瑞ノ瀬の人間だから。自然がいっぱいで、いいところだったのよ。この町も、悪くはないんだけどねえ」

自分のふるさとについて過去形で語るとき、おばあちゃんは、いつも寂しそうな表情をする。

おばあちゃんや、ママが育った瑞ノ瀬村はね。

湖に沈んでしまったの。

今は、ダムの底。

小さい頃から事あるたびに聞かされてきた話だけれど、未《いま》だに実感はわかない。瑞ノ瀬ダムが完成したのは二〇〇〇年だと、小学四年生のときに学校で習った。おばあちゃんによると、一九九八年に都が生まれたときにはすでに貯水が始まっていて、ダムは満々と水をたたえていたそうだ。

そんなわけだから、都にとって、瑞ノ瀬村というのは遠い存在だった。住んだこともないし、祖父母の家があるわけでもない、古い写真でしか見ることのない山奥の集落。小学校の社会科見学でダム博物館を訪れたり、パパやママに連れられて遊覧船やカヌーに乗ったりしたことはあるけれど、あの大きな湖の水底《みなそこ》に村が丸々一つ沈んでいるなんて、繰り返し話を聞いていなければ意識することもなかった。

もっとも、瑞ノ瀬のことを懐かしそうに語るのはおばあちゃんだけだ。ママはほとんど話さない。「ただのド田舎《いなか》よ。やることも遊ぶところもない、つまらない土地だった。買い物も不便だったし、バスや車で職場に通うのも一苦労だったし。ここのほうがよっぽどまし」と、愚痴をぶつけるように言われたことが何度かあるだけ。

ママの言うとおり、瑞ノ瀬はとてもアクセスが悪い場所にあった。なんと、最寄り駅からバスで一時間。ここから車で直接向かっても五十分近くかかるのに、瑞ノ瀬に一番近い電車の駅が自分の暮らすこの町の駅だと知ったときには、驚いたものだった。観光地だと割り切ればそう遠くは感じないけれど、あそこに住んで高校や大学に通うことを考えたら、気が遠くなりそうになる。

そもそも、ママが「よっぽどまし」だというこの町だって、大したところではなかった。駅の周りや国道沿いにチェーン店がひととおり揃っていて、買い物やちょっとした娯楽には困らないけれど、ただそれだけ。所属している都内の大学へも、一応通学圏内とはいえ、片道一時間半は優にかかる。商業ビルの建ち並ぶ市街地もあれば、何の変哲もない住宅地もあって、郊外には田畑が広がっている場所もある、これをコピーしたような町は日本中にあるのだろうと簡単に想像がついてしまうような、中途半端で退屈な地方都市。

だから都は、ここから飛び出そうとしたのだ。憧れのヨーロッパで暮らし、〝何者か〟になろうとした。結局、すぐに帰ってきてしまったけれど。

この町でさえそうなのに、ましてや、瑞ノ瀬なんて。

「おばあちゃんちって、うちと同じで、ダムの補償金で建てたんだよね？」

「そうよ」

「瑞ノ瀬よりずっと便利な場所に広い土地を用意してもらえて、普通の人より大きな家が建てられて、お金も手に入ったのに、それでも引っ越したくなかったの？」

小学生の頃、「お前んち、ダム御殿だろ？　ずりー、ずりー」とクラスの男子に揶揄《やゆ》されたことを思い出しながら、問いかける。

自宅とおばあちゃんちを含むこの一帯は、瑞ノ瀬からの集団移転地として一九八〇年代に整備された区域で、それまでは田園地帯だったらしい。このあたりに建ち並ぶ家々は、確かに一般的な住宅より一回り大きくて、門柱などの作りも少し高級感がある。今となっては築三十年を越えているし、周りからお金持ちのイメージを持たれるわりにママは昔から節約ばかりしているし、掃除が大変だというぼやきもしょっちゅう耳にするから、都自身、あまり恩恵を感じたことはないのだけれど。

おばあちゃんは遠い目をして、そうねえ、と呟《つぶや》いた。

「いろんな考えの人がいたけど、私は、離れたくなかったわね。一時期は、ダム建設の反対運動にだって参加したのよ。国や県相手に個人が立ち上がったところで、どうにもならなかったけどね」

「ダムの建設の話がなければ、今でも瑞ノ瀬に住んでた?」

「そりゃあね。……あんな場所でも、生まれ育ったふるさとだから」

一言一句を嚙《か》み締めるように、おばあちゃんが言う。

この話は、過去にもしたことがあった。そのときも、おばあちゃんはしきりに繰り返していた。

「ふるさとというのは、それだけで、尊いものなのよ」と。

都には、よく分からない。ダム建設に異議を唱えた人たちは、瑞ノ瀬のような不便で何もない場所を、どうして守ろうとしたのだろう。国や県から十分な補償を受けられたはずなのに、「あんな場所」だという自覚はあるのに、そこが自分の出身地であるというだけで。

同時に、逆の疑問も頭に浮かぶ。ダムって、なんで必要だったんだっけ。羽田《はねだ》や成田みたいな大きな空港ならまだ理解できるけれど、そんな、人の家を無理やりどかしてまで。

「村が沈んだとき、悲しかった?」

棒針を次の一目に差し込みながら都が尋ねると、しみじみとした声が返ってきた。

「なくなったものは、もう戻ってこないからね。――あ、そうそう」

おばあちゃんが編み物を置いて後ろを向き、本棚から古いアルバムを取り出してきた。「久しぶりに都ちゃんに見せようと思って、押し入れから出しておいたのよ」と嬉しそうに言い、長い年月を経て黄ばんでしまったページをめくる。

最初に目に飛び込んできたのは、黒い振袖姿の若い女性の白黒写真だった。なんとなく面影があり、おばあちゃんだと分かる。その隣に立派な袴《はかま》を着て立っているのは、若かりし頃のおじいちゃんだ。残念ながら、おじいちゃんは都が生まれる前に癌《がん》で亡くなってしまったから、直接会ったことはないのだけれど。

「これ、もしかして結婚式？　おばあちゃん、すっごく綺麗」

「可愛い孫娘にそんなこと言われたら、照れちゃうわよ」

「でも白じゃなくて、黒い着物なんだね」

「花嫁が白無垢を着たのは江戸時代までの話よ。私が結婚した戦争の前後は、黒が主流でね。そのあと赤い打掛になって、それから白無垢《しろむく》に戻ったんだったかしらねえ。というのも、美智子さまのご成婚で、白いウェディングドレスが一気に流行ってねえ」

「え、今の白無垢って、ウェディングドレスの影響だったの？　意外！」

都も編み物の手を止めて、一緒にアルバムを覗き込んだ。時代が時代だからか、貼られている写真はそう多くない。結婚時から遡っていくと、小学校の校庭で撮った集合写真や、家族や親戚が大勢並んでいる写真がいくつか出てきた。

「どの子がおばあちゃん？」

「これよ」

「隣の子たちと顔がそっくりだから、全然分からないや」

「佳代《かよ》、千代《ちよ》、三代《みよ》」三姉妹の顔を順番に指差し、おばあちゃんが微笑む。「いつも一緒に遊んでね、とても仲がよかったのよ。真ん中の千代ちゃんは、残念なことに、若くして肺病で亡くなっちゃったんだけど」

「このとき、おばあちゃんって何歳？」

「そうねえ、七つか、八つくらいかねえ」

しばらくの間、写真についての他愛もない感想を交わしながら、二人で顔を寄せ合ってアルバムを眺めていた。

「ねえ、都ちゃん、せっかくならセーターを編んでみない？」

おばあちゃんが突然そう言い出したのは、冬に撮られたと思《おぼ》しき写真を見ていたときだった。よく見ると、囲炉裏に当たっているアルバムの中のおじいちゃんは、暖かそうなセーターを着ていた。これ、私が初めて編んであげた服だったのよ——と、おばあちゃんが顔をほころばせる。

「えっ、セーター？　でも私、今日編み物を始めたばっかりなのに」

「手伝うから、大丈夫。マフラーもいいけど、セーターのほうが、なんだか達成感があるでしょう？」

「それはそうだけど……できるかな？」

「私も久々だから、編み物の本をちゃんと読み返してから取りかからないと。さて、どこにあったかしら」

急に乗り気になってしまったおばあちゃんの腕を支え、一緒に座布団から立ち上がる。捜し物の本はすぐに押し入れの奥から見つかり、その日のうちにセーター作りを開始することになった。

やることも、目的もない日々を、とりあえず、編み物で満たしていく。

これでいいのだろうか、と身がすくみそうになる。いいのよ、いいのよ、とおばあちゃんは柔和に笑って言う。

太陽が西に沈むまで、棒針を動かし続けた。自宅にいる間は常に悩まされている頭痛や動悸《どうき》の症状は、その間、一度も出なかった。

*

翌日は、台風だった。

正確には、台風が南の海上から関東甲信越に接近中で、朝から激しい雨が降っていた。時おり、強風が窓を揺らす。それでも徒歩十分くらいなら平気だろうと、玄関の靴箱からレインブーツを取り出そうとしていると、「何してるの」と鬼のように眉を吊《つ》り上げたママに呼び止められた。

「こんな日に外に出ないでよ。家にいなさい」

「でも、すぐそこだし、おばあちゃんも不安だろうし」

「おばあちゃんなら大丈夫よ。いったい何年、あそこで一人暮らしをしてると思ってるの。都が生まれる前からよ？」

「だけど最近は、身体もちょっとずつ弱ってるみたいだし……」

「何かあれば電話してくるでしょう。とにかく今日はやめておきなさい。電車だって計画運休するんだから、ね？」

徒歩で行くから関係ないし、いざとなったらおばあちゃんちに泊まればいいし——と言い返そうとしたけれど、火に油を注ぐことになりそうだから、やめにした。

　こんなに近くに住んでいるのに、ママとおばあちゃんの交流は少ない。都がおばあちゃんちに入り浸ることにも、ママはあまりいい顔をしない。親子でありながらお互いに気を使っているのか、それとも昔、二人の間に仲をこじらせるような何かがあったのか、理由は訊いてもはぐらかされるばかりだから、よく分からないのだけれど。

　薄情だなぁ、と心の中で呟きながら玄関を離れ、リビングに引き返した。その後はずっと、同じ部屋にいる両親と会話もせず、ぼんやりとテレビを眺め続けた。時間が経《た》つにつれて、窓に叩きつける雨の音はどんどん大きくなっていった。

「え？　焼きそばもうどんも切らしてるの？　今週末は台風だって何日も前から言われてたんだから、先に買っておけばよかったじゃない」

「冷凍ご飯ならあるから……」

「チャーハンにでもする？　昨日のお昼が中華弁当だったから、気分じゃなかったんだけど、仕方ないか。じゃあそれでお願い」

　ママとパパが、昼ご飯の相談をしている。相談というか、会社の上司が部下にするような、一方的な詰問だ。

　低気圧の影響で苛立《いらだ》っているというわけではなく、これがママの通常運転だった。平日は仕事で頭がいっぱいで、休日は疲れを癒そうとして、ほとんどいつも不機嫌にしている。無口で大人しくてママより二つ年下のパパは、その被害を受けてばかりだ。かつては恋人として対等に愛し合った時期もあるはずなのに、結婚というのは、こうも人の関係性を変えてしまうのだろうか。

　そんなに仕事が大変なら、もうちょっと肩の力を抜けばいいのに。

どうしてママは、頑張りすぎで、常に苛立っていて、周りの人に対して冷たいんだろう。

天気が悪い上、そんな両親の会話が聞こえてくるものだから、余計に気分が沈んでいった。二階の自室に閉じこもればいいのかもしれないけれど、布団にくるまってベッドの上でじっとしていたら、それはそれで心の闇に吸い込まれ、一日中泣いて過ごすことになってしまいそうだった。だから今日もおばあちゃんちに行きたかったのに――と、外出を阻止したママに、心の中で恨み言を吐く。

テレビのニュースをじっと見ているのにも飽きてきて、ついつい、スマートフォンに手を伸ばした。ラインアプリを立ち上げ、竜太とのトーク履歴を読み返す。


『りゅーた：いやー、まじ、両親にこき使われて身体中が痛い！』

『りゅーた：夕方くらいから降り始めたけど、風が強いくらいでまだ小雨かな～明日《あした》の夜に直撃するっぽいんだわ』

『りゅーた：このあいだ言ってたタイ人の子とは、仲良くしてる？　いつもどんな話してんの？』

『無理しちゃダメだからね！　竜太、前にもくしゃみでぎっくり腰になったことあるでしょ笑』

『日本は本当に台風が多いよね……その点イタリアは平和だ～』

『もちろん、仲良くしてるよ！　イタリアに来てびっくりしたこととか、タイでは普段どんなものを食べるのかとか、まぁいろいろかな』


竜太からメッセージが届いたのは昨夜遅く、都が返信したのは今朝《けさ》の九時頃だった。イタリアは土曜の深夜二時だから、週末に夜更かしをしていたことにすれば不自然ではない。もし指摘されたらそう言い訳しようと身構えていたのだけれど、竜太からの返信はまだ来ていなかった。

自分が打って送信した文章を読み返すと、心に巣くう暗闇が、また大きくなる。

いつまで、虚勢を張り続けるつもりなのだろう。元気に留学中のふりをして、語学学校でこんな友達ができたよ、こんなところに行ったよ、などと嘘《うそ》をついて。

もうダメかな——と、諦めが頭をよぎった。

竜太とは、一年生のとき、軽音楽サークルの同期として出会った。好きなアーティストがいくつもかぶっていて、夏のライブでさっそくコピーバンドを組もうと誘われたことから、急速に仲が発展し、ライブの打ち上げ後に告白されて付き合い始めた。その後、周りの学生の弾けた雰囲気に引け目を感じた都がサークルと距離を置き始めてからも、竜太との交際だけは変わらず続いた。

今思い返しても、あのサマーライブまでの三か月半が、これまでの大学生活で都が最も溌溂としていた時期だった。どちらかというと地味で引っ込み思案な自分が、中学までピアノを習っていたからキーボードなら担当できるだろうと安直に軽音楽サークルを選んだのは失敗だったけれど、いつもまばゆいオーラを放っている竜太のような人気者と仲良くなれたのは、純粋に嬉しかった。彼と出会えただけでも、あの煌《きら》びやかな軽音楽サークルに、勇気を出して入ってよかったと思えた。

大きな喧嘩《けんか》もなく、お互い浮気をするようなこともなかったから、今もなんとなく、彼氏彼女の関係でいる。

だけど、竜太には、自分なんかよりももっといい人が、たくさんいるはずだ。

年々、焦りは覚えていた。入学時にギター初心者だった彼は、猛練習を重ねたおかげでいろんなバンドから引っ張りだこになり、今ではサークルの代表を務めていた。先輩からも後輩からも、もちろん同期からも人望が厚い証拠だ。もともとコミュニケーション能力が高くて、ノリがよくて、バイト先のコーヒーチェーンでもリーダーとして新人たちをまとめあげているという彼は、きっと都と違って、一流の企業に就職できるだろう。その輝ける未来を、もっと明るくて彼に釣り合う誰かと、追いかけていけばいい。

竜太と付き合い始めた頃の、背伸びをしていた都は、もういない。

それどころか、今は陰気な引きこもりだ。人に会うのが怖くて、電車やバスにすら乗れない。夜になると、理由もなく涙があふれてきて、枕がびしょ濡《ぬ》れになる。脱却できる兆しは見えない。毎日ラインのやりとりで嘘を重ねてばかりで、彼に合わせる顔がない。

こんな状態で再会しても、竜太の足を引っ張るだけだ。

だから、終わらせよう。

次にラインが返ってきたら、別れ話を切り出そう。

――さようなら、竜太。

そう決めた途端、胸のあたりがすっとした。もう明日から恋人に嘘をつかなくていいのだと思うと、肩の荷が下りた気分だった。

でもやっぱり、その爽快感は、長くは続かない。

適応障害の身体症状のせいか、台風による低気圧のせいか、頭痛と倦怠感《けんたいかん》がひどかった。暇を持て余し、なんとなくスマートフォンのホーム画面を開き、ラインの未読件数を目にしてそっと画面をオフにする、そんな悪循環が繰り返される。

こんなことなら、編みかけのセーターの後ろ身頃を持って帰ってくればよかった、と後悔する。おばあちゃんちに行くほどの効果は得られなくても、絶えず手を動かしていれば、憂鬱な気分も少しは紛れるはずなのに。

閉塞感たっぷりの薄暗いリビングに、パパがチャーハンを作る匂いが漂い始めた。苛立ちを隠さないママと、いつもどおり無言のパパと、食欲のない都とでダイニングテーブルを囲み、昼ご飯を食べる。

午後も同じように時間が過ぎていったけれど、午後三時を過ぎたあたりから、スマートフォンやテレビのニュース速報がにわかに騒がしくなってきた。関東や中部地方の一都六県への大雨特別警報発令。今から六年前、二〇一三年に特別警報が運用開始されて以来、都が住む県では初だというから驚いた。発令対象の中には、竜太が今いるはずの長野県も入っていた。

夕食を終えた午後七時過ぎに、『台風十九号、静岡県の伊豆半島に上陸』の速報が流れた。その後、お風呂から上がると、スマートフォンを片手に握りしめているママが、血相を変えて話しかけてきた。

「ねえ、瑞ノ瀬ダムが緊急放流するかもしれないって！　川沿いには避難指示が出てるらしいわよ」

「ここは川から遠いから、大丈夫でしょ？」

「そうだけど、いざ放流されたら大変なことじゃない。下流のこの市まで大量の水が流れてくるのよ？　もう、まったく、こういうときのためにダムを作ったんじゃなかったの？　このくらいの台風に対応できなくてどうするのよ？」

ママは思い切り顔をしかめたまま、都やパパやテレビやスマートフォンに向かって、ここにはいないどこかのお偉いさんを責め立てていた。

瑞ノ瀬ダムの緊急放流が見送られたという情報が入ってきたのは、午後十時半を回ってからだった。文句を垂れ流し続けていたママがやっと静かになり、パパとともに夫婦の寝室へと去っていく。険悪な空気が消えたリビングに、都は一人残り、手元のスマートフォンをじっと見つめた。

『ネットで日本のニュース見てたら、大雨特別警報発令って出てたけど』

『長野もだよね、大丈夫?』

竜太からいつまで経っても返信がないことが気になり、一時間ほど前に追加のラインを送っていた。けれど、未だ既読がつかない。

どうしたんだろう。もう寝ちゃってるとか?

不安になる一方で、別れると決めた相手にわざわざ安否確認の連絡を入れている自分の滑稽さを、嘲笑《あざわら》いたくもなる。

深夜零時近くになってから、ようやくテレビを消し、自室に向かった。屋根に叩きつける激しい雨音が耳障りで、いつも以上に、なかなか寝つけなかった。


その翌朝、布団の中で半分微睡《まどろ》みながらネットニュースを見ていて、跳ね起きた。

『十三日未明、台風十九号の豪雨により、長野市穂保《ほやす》地区で千曲《ちくま》川の堤防が約七十メートルにわたって決壊した。住宅に濁流が流れ込み、一階部分が浸水した家が多くあるとみられる。住民たちは二階や屋根に上り、救助を求めている。この氾濫の影響で、長野市赤沼《あかぬま》にあるJR東日本の北陸新幹線の車両センターでは、複数の新幹線の車両が水没し――』

スマートフォンの小さな画面を凝視する。水溜《みずた》まりにおもちゃの新幹線を並べたかのような、まるで現実味のない写真が、記事の冒頭に掲載されていた。

——俺の実家のすぐそばに、けっこう大きな川があってさ。くねくねしてるから、千回曲がるって書いて千曲川っていうんだけど、聞いたことある？　河原でバーベキューなんかもできるし、いいところだから、都も遊びにおいでよ。あ、まあ、いつかね。

あれはまだ付き合ったばかりの頃、遊園地デートの待ち時間中だったろうか。竜太がやや気恥ずかしそうに口に出した言葉が、突如、耳に蘇《よみがえ》る。

急いで親指を動かし、ラインアプリを開いた。竜太からの返信はまだない。相変わらず、既読もついていなかった。普段は、都よりずっと、返信が速くてまめなのに。

ベッドから飛び降りて学習机に駆け寄り、本棚の隅からサークルの名簿を引っ張り出した。確か緊急連絡先という名目で、全員の実家の住所と電話番号が載っていたはずだ——という記憶はやはり正しくて、『韮沢竜太』のページには、ひょうきんな自己紹介とともに、『長野市穂保』の住所が記載されていた。さっき見たばかりの地名ではないかと、ネットニュースを再度表示させ、絶句する。

震える指で、ラインのトーク画面の通話ボタンを押した。呼び出し音はいつまでも止《や》まなかった。次に標準の通話アプリを起動し、サークルの名簿にある実家の固定電話番号を打ち込んだ。今度は呼び出し音さえ鳴らなかった。

プー、プー、という無機質な音が、スピーカーを通して都の耳に届く。

「竜太……」

昨日すべてを諦めて、別れようと決めたはずの恋人の名前が、口からこぼれ落ちた。

狭い部屋の中を、ぐるぐると歩き回る。

手の中のスマートフォンを、強く握りしめる。

帰省から戻ってくるたびに、「毎度リンゴばっかでごめんね、またいっぱい持たされちゃってさぁ、次こそ別のお土産買ってくるから」などと愚痴りながら、小さな紙袋をやけに丁寧な手つきで差し出してきていた竜太の姿を思い出す。

——なくなったものは、もう戻ってこないからね。

おとといのおばあちゃんの寂しそうな台詞が、脳内に大きく鳴り響いた。

思わず目を閉じる。まぶたの裏に、大量の水滴が伝う。それが川となり、滝となり、うねり、水が溜まっていく。集落を、山間《やまあい》の村を、川沿いの町を、人が確かに生活を営んでいた場所を、無残にも覆い尽くしていく。

竜太は、無事なのか。

彼が「いいところだから」と、はにかみながらも胸を張っていた故郷は、今。

考えた途端、どうしようもなく怖くなった。部屋を歩き回るスピードが速くなる。頭の中では、未だ濁流が渦巻き続けている。

学習椅子の角に足の小指をぶつけ、その痛みが都を現実に引き戻した。

考えるより先に、身体が動いていた。

スウェット生地の短パンを床に脱ぎ捨て、ジーンズにはき替える。バランスを崩しかけながら靴下を履き、久しく使っていないリュックサックをクローゼットから引きずり出す。財布と着替え、充電器、収納ボックスを開けて目についた適当な化粧品、その他思いつくもの全部を詰め込んで、スマートフォンを片手に部屋を飛び出した。

短い髪を手櫛《てぐし》で撫でつけながら、階段を駆け下りる。

玄関マットの上で、一瞬、躊躇《ちゅうちょ》した。

留学から帰ってきて以来、思えば一歩も、この町内から出ていない。

這い寄ってくる恐怖を無理やり撥《は》ねのけ、都は両足をスニーカーに突っ込んだ。玄関のドアに手をかけると同時に、スリッパが床を打つ音と、「ちょっと、どうしたの？」というママの驚いた声が、背後で聞こえた。

「行ってくる！」

今の自分にあるのは、時間だけだ。

どうにも説明のつかない衝動に身を任せ、都は後ろを振り向きもせず、一目散に外へと走り出した。

＊

北陸新幹線は本日中に東京・長野間で運行を一部再開予定――という今朝のネットニュースで目にした情報が、ようやく現実のものとなったのは、その日の午後八時半過ぎのことだった。

他の新幹線難民たちとともに延々と駅で足止めを食らう間も、都が急に家を飛び出したことに怒っている様子のママにラインで言い訳をする間も、全車自由席となった臨時列車の通路に立ち尽くして真っ暗な窓に映る自分を眺めている間も、低気圧の影響で身体の機能がおかしくなってしまったのかと心配になるくらい、心臓が早鐘を打ち続けていた。

混雑する車内で、都はひたすらに、息をひそめた。

どうしてお前がこんなところにいるんだ、部外者が行ってどうするつもりだと、自分を囲んでいる見知らぬ人たちに、声なき声で責められているような気がして。

夜の長野駅に着いてからの出来事は、さらに都を萎縮させた。

――穂保？　ダメだよあそこは、まだ水が引いてない。住民はみんな避難所に泊まってるよ。悪いことは言わないから、やめときな。こんな時間に行っても迷惑になるだけだ。

駅前で乗り込んだタクシーの運転手は、強い口調で都を叱った。髪を短く刈り込んだ、体格のいい中年男性だった。ごめんなさい、すみませんでした、と泣きそうになりながら何度も頭を下げ、開いたままの後部座席のドアから外に出ると、列に並んでいた幾人かの客が不審そうな目を向けてきた。

その視線を振り切るように、タクシー乗り場から離れた。やむなく、近くのビジネスホテルに宿を取ることにした。泊まることまで頭が回っていなかったから、財布の中身がずいぶんと心もとなくなった。不安感が増幅し、夜はなかなか寝つけなかった。

翌朝、コンビニのＡＴＭで、自分名義の銀行口座に入っていたお金を全部引き出した。といっても、留学に行く前に単発の飲食アルバイトで貯《た》めた、たったの数万円だ。タクシー代や帰りの新幹線代を多めに見積もって計算した後、残りのお金を全部使って、おにぎりやパンをありったけ買い漁《あさ》った。

きっと食べてもらえるはずだ――と、レジで会計をしながら、自分に何度も言い聞かせた。

今朝の時点で、報道されている長野県内の死亡者は、八十代の男性が一人。竜太はきっと、どこかの避難所で、無事に過ごしているはずだ。そうでなきゃ困る。

緊張で身を固くしながら、大きなレジ袋を抱え、駅前でタクシーに乗り込んだ。今度は、叱られも断られもしなかった。昨日の中年男性とは違う、優しそうな白髪の運転手だった。

地元の人間ではないと見抜かれたのだろう。被災地区に何をしにいくのかと訊かれ、親戚を捜すのだと答えた。昨日の今日で、彼氏だとか恋人だとか、そんな甘ったるい言葉を口に出してはいけないような気がした。

——連絡が取れないの？　それは心配だね。あのあたりなら、避難所は小学校じゃないかな。知り合いが近くに住んでいるから、訊いてみようか。

運転手の善意に助けられ、二か所の指定避難所を回った。最初に訪ねた小学校の体育館には、竜太の姿はなかった。胸が張り裂けそうになりながら向かったレクリエーションセンターは、野球やサッカーができる運動広場に加え、テニスやフットサル用の屋内運動場まで完備されている、都の想像よりはるかに広大な施設だった。

ご親戚が見つかるまで駐車場で待っていようか、と申し出てくれた親切な運転手に、恐縮しながら料金を支払って、車の外に出た。走り去っていくタクシーを見送ってから、施設マップの前でしばらく立ち尽くす。

避難所が設置されているのは、管理棟の会議室だろうか、それとも奥にある屋内運動場だろうか。どっちも、かもしれない。

駐車場には、たくさんの車が停《と》まっていた。ここに滞在する避難民か、市の職員かは分からないけれど、ちらほらと人の姿がある。

目の前の管理棟からも、続々と人が出てきていた。会話を小耳に挟んだ限りでは、台風が去って一夜明け、各々家に戻ろうとしているようだった。だとしたら、入れ違いになってしまったかもしれない。どうしてタクシーの運転手の善意に甘えて待機してもらわなかったのだろうと、急に後悔の念がわき始める。

視界の端に、両親らしき若い男女に連れられている五歳くらいの男の子が映った。わざわざこちらに駆け寄ってきて、至近距離から無遠慮な視線を注いでくる。

今の自分は、幼児にも不審に思われるくらいのよそ者オーラを漂わせているのだろうか、と冷や汗をかいていると、前方から張りのある男性の声がした。

「おーい、ハルト、何やってんだ、車乗るぞ——って」

勢いよく、顔を上げた。

ボーダーの長袖Tシャツを着た、明るい茶髪の若者と、目が合った。

安堵《あんど》と緊張と、羞恥心と後悔と、その他わけの分からない感情が一気に噴出してきて、コンビニのレジ袋を取り落としそうになる。

「み、都!?」

竜太だった。

もともと細い切れ長の両目を、見たことがないくらい、限界まで見開いている。

「えっ、なんで？　見間違いじゃないよな？　都だよな？」

「あ、うん、都だよ、そうだよ」

「日本にいたの!?　いつから？」

「あのね、えっと、いきなりごめんね、竜太と連絡が取れないから、心配になって」

「それでわざわざイタリアから帰ってきてくれたの!?」

慌ててかぶりを振り、竜太の盛大な勘違いを正そうとする。でも、どこからどう説明していいのか分からない。

焦りに焦って、「こっ、これ、差し入れ！」と手に提げていたコンビニのレジ袋を差し出した。

中を覗いた竜太が、「まじか、超助かる！」と歓声を上げる。

竜太に続くようにして、初老の男女と、ハルトと呼ばれた男の子の両親らしき夫婦が近づいてきた。竜太が彼らを指差し、都に向かって言う。

「俺の父さんと母さんと、兄貴とその奥さん！　こいつは甥《おい》っ子《こ》のハルト。話したことあるだろ？」

「あ、そっか、ハルトくん、そういえば写真で……」

「竜太、お知り合い？」

ふくよかな体形をしたお母さんが話しかけてきて、途端に身体がこわばった。都の緊張には気づかない様子で、竜太が明るく答える。

「うん、俺の彼女！　ほら見て、差し入れもらったよ」

「あらまあ、どうもありがとう！　彼女さんって、大学で一緒の？　わざわざ東京から来てくれたの？」

「はい、えっと、石井都っていいます。突然すみません、このあたりが大変なことになってるってニュースで見て、何かお手伝いできることはないかって、いても立ってもいられなくなって……」

竜太の雑な紹介にひどく動揺しながら、早口でまくしたてた。幸いなことに、イタリア留学の話までは伝わっていないようだった。竜太の足元にまとわりついているハルトくんが、「やっぱりそうだ〜、こないだ竜兄ちゃんのスマホをね、見ちゃったんだもん〜」と小さな身体をくねらせている。先ほど施設マップの前に佇《たたず》んでいた都をまじまじと見つめてきたのは、写真で見覚えがあったためだったらしい。

「あらそうなの、助かるわ！　都さん、今日はよろしくね」

「あっ、はい」

「ちょうど今から家や畑の様子を見にいくところだったんだ。水がある程度引いたらしくてさ。都も一緒に乗っていこう。父さん、うちの車でいいよね？」

「そりゃもちろん。後部座席の荷物を片づければ乗れるだろう」

「都さん、これさっそく食べていい？　避難所の非常食、量が少なくってさ」

「ど、どうぞどうぞ、いくらでも！」

「悪いね、じゃあこのおにぎりを」

「パパぁ、ハルくんもぉ！」

「やめておきなさい、ハルトはお腹《なか》いっぱいでしょう」

「ママのケチぃ」

「力仕事の前に腹ごしらえしないとな。都、サンキュー」

韮沢一家の嵐のような会話に巻き込まれ、目を白黒させているうちに、都はいつの間にか、竜太と並んで軽自動車の後部座席に収まっていた。

竜太とそこはかとなく似ている、やや小柄で筋肉質なお父さんが、運転席に座ってエンジンをかける。

自分の家のものではない車の匂いに、少しだけ、頭がくらりとした。

今にも雨が降りそうな曇り空の下、はるか遠くには、深緑色にも紺色にも見える山々が連なっている。

風は涼しかった。作業着を羽織っているおかげか、肌寒いとまでは感じないものの、関東の平地より気温が低いのは確かだ。天気のせいもあるかもしれない。

水の引いた道路の端に突っ立って、都は呆然《ぼうぜん》と、眼下に広がるリンゴ畑を見下ろしていた。

正確には――リンゴ畑だったと、思しきところ。

避難所からここにやってくるまでの景色も、目を背けたくなるような惨状を呈していた。路面には泥が積もり、どこかから漂着した看板や折れた木々がいたるところに散らばっている。道路脇では電柱が傾ぎ、倉庫が横倒しになり、家の前庭や空き地に車が斜めになって突っ込んでいた。水圧で半壊した家屋や店舗も、いくつも見かけた。

それでも、畑は無事なのかと思っていた。

窓の外にちらちらと、綺麗な緑が見えていたから。

決して、そうではなかった。

近くから見ると、全然違う。

「……ひどいな」

隣に立ち尽くしている竜太が、憔悴《しょうすい》した口調で呟いた。

車の中から見えた「綺麗な緑」は、木のてっぺんだけだった。

下のほうの葉っぱは、汚泥にまみれて茶色くなっている。木の幹はほとんど見えない。足元を覆う泥水に隠れているのだ。まるで濁った地面から枝が直接生えているかのような、素人《しろうと》の都が見ても明らかに異様な光景が、見渡す限り広がっていた。

「とりあえず、見て回ろうか」

竜太の向こうに佇んでいたお父さんが、都たちに向かって手招きをした。作業着の上下に長靴に軍手、身につけているすべてが借り物であることを申し訳なく思いながら、お父さんと竜太の後に続いて畑に下りる。

長靴を履いた右足を、恐る恐る、泥水の中に差し入れた。池のように深いのではないかという予想は外れ、すぐに足の裏が柔らかい地面を捉えた。都は安心して息をついたけれど、お父さんと竜太の表情は険しかった。

「だいぶ泥が入ったな」

「だね」

「水が完全に引いても、これは……」

親子の意気消沈した会話を聞いて、いっそう肩身が狭くなる。安堵している場合ではなかったのだ。未だ木の幹のほとんどが隠れているのに、足元の水が思ったより浅かったのは、それだけ高いところまで泥や土砂が堆積してしまった証拠だった。水が引いても、畑は到底、元の状態には戻らない。

二人の邪魔にならないよう気をつけながら、泥水の中をゆっくりと進んだ。

ほのかに紅《あか》く色づいた、これから収穫を迎えるはずだったリンゴが、あちらこちらの水面《みなも》に漂っている。蹴らないようにと気をつけていても、あまりにたくさんあるから、どうしても長靴に当たってしまう。

他にも、浮いているものはたくさんあった。大きな木片や無数の折れた枝、近くの家から流れ出してきたと思われる缶やプラスチックごみ、割れたトタン板、ビニールシート、バケツやカゴ。高所作業用の脚立やコンクリートブロックの一部が顔を覗かせているところもあった。しばらく進んでいき、横転した軽トラックが二本の木の間に挟まっているのを見つけたときには、先を行く二人の大きなため息が聞こえてきた。

目を凝らしてみると、泥水の中に、たくさんの小さな影が動いている。その正体が小魚の群れだと気づき、ぎょっとして後ずさる。

「ダメだ。いったん戻ろう」

お父さんの声がした。粘り気のある泥に足を取られそうになりながら、車が停めてある道路へと引き返す。

長靴の爪先や踵《かかと》をアスファルトに打ちつけて泥を落とし、次は農園の脇に建つ倉庫や貯蔵庫の様子を確認しにいった。畑よりは高いところにあるからきっと大丈夫さ、と竜太は自分に言い聞かせるように繰り返していたけれど、入り口の扉を開けた瞬間に色を失っていた。

貯蔵庫の床には、汚れたリンゴや濡れた段ボール箱が散乱していた。台風前に収穫し、梱包《こんぽう》を済ませて送り状まで貼った状態の商品が、見るも無残な姿となり、茶色い水溜まりに浸《つ》かっていた。

農機具などが保管されている広い倉庫にも、都の身長ほどの高さの浸水の跡があった。収穫時などに使う高所作業車も、肥料を散布する機械も、おそらくもう使えないだろうと、お父さんは抑揚のない声で言った。

「今月の初めから、ちょうど出荷作業が始まったばかりだったんだよ。無事に出荷できたのはせいぜい一割。見たところ、あとは全滅だ」

「あの……落ちて汚れちゃったリンゴって、もう食べられないんですか。もし、洗えば大丈夫なら、私――」

「ありがとう。でも無理なんだ。大腸菌やら何やら、雑菌が中に入り込んでいるかもしれないからね。一度でも水に浸かったリンゴは販売できない。そういう意味では、木に生《な》っているリンゴも同じだよ。たぶん、あと数日したら、内側から腐って勝手に落ちてくる」

後方の畑を振り返り、お父さんが言葉を続ける。

「ここらはね……昔から、水害が相次いできた地域なんだよ。田畑で普通に米や野菜を育てるのが難しいから、今から百年ほど前に、少しくらい木の根元が水に浸かってもちゃんと実が収穫できる、リンゴの栽培が始まったんだ。でも、この規模の氾濫が起きたんじゃ、さすがにどうしようもないね。大きな堤防だから、絶対に安心だと思っていたのに」

リンゴの木が育つには、十年以上かかる。

このまま根元が泥に埋もれ続ければ、木が窒息して死んでしまうかもしれない。

そうでなくても、今回のことで木が病気になる危険性もある。

最大で四メートルほど冠水し、救命ボートやヘリコプターでの救出作業が行われているという隣の赤沼地区より、ここはまだましだ。

とはいえ、来年、リンゴの木々が無事に実をつけてくれるかどうかは、現時点では何とも言えない。そのときにならないと分からない。

「それ以前に、畑の土を全部入れ替えて、農機具も新しいのを買わなきゃならないからね。保険屋や銀行に掛け合って、無理なら最悪、廃業だ。家も直売所もぐちゃぐちゃだし、いったいどこから手をつければいいのやら」

お父さんの言葉には、悲しみや絶望といった感情は含まれていなかった。冷静に、淡々と、まるで他人事《ひとごと》のように、氾濫の被害について語っている。

避難所で出会った韮沢家の人々が、意外にも朗らかに振る舞っていた理由が、やっと分かった。

彼らはまだ、被災の事実を受け入れられていないのだ。

あまりのことに、心が空っぽになっているだけ。だから、食欲だって減らないし、軽口も叩くし、わざわざ声のトーンを明るくして、平気なふりをする。

　思わず、竜太の顔に目をやった。都の視線に気がついた彼が、「まさかのまさか、だよなぁ」と困ったように笑う。

「台風といえば風対策ってことで、家族総出で畑に出て一生懸命作業したんだぜ？　どうせこんなことになるなら、金曜の講義、休む必要なかったわ。無駄に代返頼んじゃったな。あとでみんなに謝っとこ」

　二年前から親密にしてきた彼の、その普段どおりの笑顔を信用してはいけないのだと、固く肝に銘じる。

　畑はどうにもならないから、まずは自宅の片づけを優先しよう、というお父さんの判断に従って、車で竜太の実家に戻った。

　先ほど作業着や長靴を借りるために立ち寄った自宅では、すでにお母さんとお兄さん夫婦が、濡れて使い物にならなくなった家具や家電の運び出しを始めていた。

　お兄さんが、「どうだった？」と畑の様子を尋ねてくる。竜太が簡潔に答えると、やっぱりな、という諦めの反応が返ってきた。それ以上感想を述べるでもなく、作業に戻っていく。

　立ち止まって長話をする余裕などないのだということは、家の中を見れば分かった。

　台所の流し台に引っかかるようにして、大きな冷蔵庫が横倒しになっている。ダイニングテーブルは元の位置から斜めにずれ、その脇に椅子が倒れていた。そして床一面が、厚さ数センチの泥に覆われている。

　壁際の背の高い本棚を見ると、下半分の棚に並べられている書籍が茶色く変色していた。床上一メートルほど、だろうか。リンゴ畑よりは千曲川から距離があり、家の基礎部分も一段上げた造りになっていると竜太は言っていたけれど、それでも浸水の被害は免れなかったようだ。

「保険の申請用の写真撮影はね、もう終わってるの。だから竜太と都さんも、そのへんのものをどんどん外に持っていってくれる？　じゃないと、床の掃除ができないから。和室の畳も剥がさないといけないのよね」

鼻をつまみたくなるような下水の臭いが漂う中、お母さんのテキパキとした指示のもと、一階の家財を運び出す作業に加わった。

靴。玄関マット。スリッパ。本。書類。ソファ。テレビ。カーペット。食器。洗濯カゴ。体重計。洋服簞笥。衣服。押し入れの下段に収納されていた布団やアルバム類。お兄さんか竜太のものであろう五月人形。外に置いてあった数台の自転車。

数えきれないほど、家の前庭と室内を往復した。同じ景色の繰り返しに、目が回りそうになる。隣の家も、向かいの家も、斜向《はすむ》かいの家も、同じように災害ゴミを道路脇に積み上げていた。午後になると、必死に働く住人に追い打ちをかけるかのように雨がぱらつき始めたけれど、泥まみれの傘を差そうとする者は、誰一人としていなかった。

冷たい雨粒が、火照った額に前髪を貼りつける。

作業着や長靴の中が、じっとりと汗で蒸れている。

しゃがむ体勢を取り、重いものを持ち上げるたび、息が弾み、身体の節々が軋《きし》み、腕や脚の筋肉が悲鳴を上げ始める。

ろくに昼ご飯も食べず、無駄話も一切せず、大人六人で休むことなく作業をしているのに、家の中の物はなかなか減ったように見えなかった。大きくて古そうな木造の家には、家族の生活の痕跡が、あらゆるところにこびりついている。

一様に湿って薄汚れた品々を運び出す間、都の頭の中には、先ほど泥水を掻き分けて歩いたリンゴ畑の風景が、絶えず浮かび続けていた。

憎らしいほどの茶色の中に交じった、元の美しい姿を彷彿《ほうふつ》とさせる、緑。

——分かってはいけない。

彼らの、ここの住人たちの悔しさややりきれなさを、自分なんかが簡単に分かった気になってはいけない。

それなのに、涙があふれだすのを止められなかった。

土足のまま家に上がって、廊下に積もった泥を長靴で踏みつけるたびに。

今自分が何気なく手にしている家電や衣服に、どんな大切な思い出が詰まっていたのだろうと、想像するたびに。

実家で穫《と》れたリンゴを差し出してくるときの、竜太の優しい手つきが、脳裏に蘇る。口ではうんざりしたようなことを言っていたけれど、家業への敬意と思い入れが確かに伝わる仕草だった。

かつてその実をつけたリンゴの木は、もう再生しないかもしれない。

竜太やここの住人たちが愛するふるさとは、元の形に戻ることがないのかもしれない。

もしこれが、自分たち家族の住むあの町だったら——と考えた途端、余計に胸が押しつぶされそうになった。

いいところも目立った個性もない、大量生産品のような地方都市だと、心の中で、ずっとバカにしていたはずなのに。自分のプロフィールに箔《はく》をつけたいからと、軽い気持ちで一年間の海外留学を決め、一秒でも早く抜け出したいと願ってしまうくらい、家や地元には愛着がないと思っていたのに。

飛ぶのに失敗して傷ついた情けない自分を、あの町は、当たり前のようにまた受け入れてくれた。

そんな唯一無二の故郷が、もし、今回のような自然災害や、顔も知らない偉い人の思惑で、消えてしまったとしたら。

——あんな場所でも、生まれ育ったふるさとだから。

ふと、三日前に聞いたおばあちゃんの言葉が、耳の中で木霊した。

瑞ノ瀬の人たちは、どう感じていたのだろう。

別れ話を切り出そうとしていた交際相手のふるさとが、川の氾濫により姿を変えてしまっただけでもこんなに苦しいのに——ましてや自分が生まれ育った場所が、丸ごと湖の下に沈んでしまうなんて。

やっぱり、つらかったのかな。

ねえ、ママ。

おばあちゃん。

都には、想像を巡らすことしかできない。二人に直接問いかけて、それらしい答えを引き出したところで、きっと真に理解することはできないのだろう。目の前でせっせと家から物を運び出している竜太やその家族の気持ちを、よそ者である都が正確に推し量れないのと同じように。

ふるさとというのは、刹那的なものなのかもしれない。

永遠にそこにあるという保証は、思えばどこにもないのだ。

でも、守りたい。

少なくとも、竜太たちはその一心で、今も手を動かし続けているはずだ。

濁流に呑まれてなお、かろうじて以前の姿をとどめている彼らのふるさとを、失わせたくない、失わせるわけにはいかない——そんな本能的な使命感を胸に、都は作業着の袖で汗と涙を拭いながら、必死に家の中と外とを往復し続けた。
やがて日が暮れ、手元が見えなくなるまで。

女湯、と書かれたえんじ色の暖簾を手でよけ、脱衣所より涼しい待合室に出ると、さっぱりとした爽快感が押し寄せた。

身体中が痛いし、疲れているのに、不思議とだるさは感じない。それどころか、肩が軽くなったような心地すらする。自分の中に堆積していたいろいろな感情が、汗や泥と一緒に流れ落ちたかのようだった。

混み合っている待合室に、韮沢家の男性陣の姿がないかと見回していると、「都」と後ろから呼び止められた。

振り返った先には、竜太が立っていた。男湯の紺色の暖簾を背に、白いタオルを肩にかけ、荷物の入ったビニール袋を手に提げている。

「大丈夫だった？　なんかごめんね。うちの母親や兄貴の奥さんと、いきなり裸の付き合いをさせちゃって。やりにくかったろ？」

「ううん、全然」

「うちの家族、揃いも揃って長風呂なんだわ。ちょっと待つことになるかも」

竜太に促され、木製のベンチの端に腰かける。彼は都の隣に荷物を下ろすと、壁際の自動販売機で、瓶入りのコーヒー牛乳を二つ買ってきた。慌てて財布を出し、代金を払おうとしたけれど、「いいよ、俺らは都と違って、タダで風呂に入らせてもらってるわけだし」と無理やり押しつけられてしまった。

冷たくてほの甘い、お風呂上がりにぴったりの飲み物を喉に流し込みながら、ここに来るまでの経緯を思い返す。

汚れた家財の運び出しを、日がとっぷりと暮れる直前まで続けた後、一同は家の二階へと上がった。二階の電気が点《つ》くことは、昼間のうちに確認済みだったらしい。まだ下水の逆流の心配があるため、トイレこそ外へ借りにいく必要があるものの、ひとまず自分の家で生活ができることを、彼らは心の底から喜んでいた。ここより浸水被害のひどかった隣の地区や、平屋の家に住んでいた人たちは、これから先の見えない避難所生活を送ることになるのだという。

汚れた作業着を脱いですぐ、竜太のお母さんが都を見て、慌てたように尋ねてきた。

――そうだ、都さん、帰りの電車は？　こんな遅くまでお引き留めしちゃって、ごめんなさいね。

――あっ、いいんです。私、もう少し、こっちに泊まろうかと思ってて。明日も明後日《あさって》も、その次も……私なんかでよければ、お手伝いさせてください。

――いいの？　でも、大学は？

――平気です。諸事情あって、今、暇なので。

本当は、ママに電話で泣きついて、このあたりのホテルか旅館に泊まるお金を融通してもらおうと思っていた。確か、生まれて二十一年の間にもらったお年玉をママが全額貯金していて、都が社会人になったら銀行口座ごと渡すと言われていたから、そこから前借りするつもりだったのだ。

けれど、そのことをちらりと話すと、竜太の家族全員に引き留められた。都さんさえよければここに泊まりなさい、二階だけでも部屋は三つあるし、広いだけが取り柄の家なんだから、と口々に説得され、しまいには竜太に「じゃ、そういうことで」と肩を叩かれて、夜も韮沢家の人々と生活をともにすることになった。

勝手に押しかけてきた上に、被災した自宅に泊めてもらうなんて、さすがに迷惑すぎやしないか。そう思い悩んで、移動する車の中でも脱衣所でも身を小さくしていた都に、一緒に女湯に入った竜太のお母さんは、しみじみとした口調で何度も話しかけてきた。

――こんなに手伝ってもらっちゃって、いいのかしら。人手はいくらあっても足りないくらいだから、とっても助かってるのよ。

――あ、ここの温泉、お湯が熱いから、のぼせないように気をつけてね。私たちは慣れてるから、長湯させてもらうつもりだけど。こんなときでも、お風呂くらいはゆっくり入らないと、頭も身体もおかしくなっちゃうからね。

竜太と同じく、性格に裏表のなさそうなお母さんの言葉は、都の緊張と不安を少しずつほぐしてくれた。本来であれば、県外から駆けつけてきた都が、竜太やその家族を元気づけなくてはいけないのに。硫黄の匂いが漂う温泉のお湯も、確かにお母さんの言うとおり熱かったけれど、だからこそ急速に身体中に染み渡った。

竜太の両親も、あの家に同居して一緒に農園を営んでいるというお兄さん一家も、車で十五分ほどのところにあるこの小さな温泉には、普段からよく来ているのだという。それが今日からは、被災者向けに無料開放されていた。

もちろん、都だけはきちんと、券売機で入浴券を購入した。「うちの風呂が使えないのは事実だし、別に都さんも払う必要ないんじゃない？」とお兄さんは首を傾げていたけれど、そこだけはやっぱり譲れなかった。

「あっ、都さ」

隣でコーヒー牛乳を飲んでいた竜太が、たった今何かに思い当たったかのように背筋を伸ばした。

「今さらだけど……ラインの返信、まじごめん！　おとといの夜、避難しようってなった時点で、スマホの充電が切れかけててさ。一応避難所に持ってってったんだけど、モバイルバッテリーもなくて、コンセントも使えなくて……家に戻って充電できたら、すぐに連絡しようと思ってたんだけど……」

そうだ、その話もまだしていなかったんだ。

竜太に言われて初めて、今日の自分たちが、ほとんど会話らしい会話をしていなかったことに気づく。竜太の家族の住む場所、生活する場所を取り戻すのに精一杯で、ゆっくり話す暇などとてもなかったのだ。

ましてや、都自身の事情のことなんて。

「俺も本当は、韮沢家の例に漏れず、長風呂派なんだけどさ。都と二人で話したいと思って、早めに出てきたんだ」

「ごめんね、ありがとう」

「いやぁ……ホント、びっくりしたよ。避難所の前で会った瞬間は、夢でも見てるのかと思った。まさか都が日本にいるなんてさ」

その口ぶりを聞く限り、都が竜太の安否を心配してイタリアから飛んできたという誤解は、すでに解けているようだった。

さっき、お母さんに今後のことを尋ねられたとき、諸事情あって今は暇だと宣言したせいだ。もし留学中に緊急帰国してきたなら、暇なはずはないし、日本にそう長く滞在できるはずもない。なんとなくおかしいなと、竜太はとっくに察しているはずだった。

それなのに、なかなか切り出すことができなかった。ひんやりとしている瓶を両手で包み込んだまま、俯《うつむ》いてじっと膝を見つめる。すると竜太が、不意に都の顔を覗き込んできた。

「そういえばさ、いいね、この髪型。イタリアで切ったの？」

「あっ……えっ」

反射的に前髪を隠す。頬が急激に熱くなった。切り口がガタガタだとママに呆れられた髪型のまま、なりふり構わず長野まで来てしまったことに今さら気づき、頭が真っ白になる。

「ううん、これは自分で適当に切っちゃったんだけど、本当は竜太に会う前に美容院で整えようと思ってて、でもその時間がなくて――」

「あれ、そうなの？　俺、女の子の髪型に疎いから、よく分からなかったわ」

「だったらよかったけど」

「むしろ、付き合い始めた頃の都っぽくて、なんかいいなーって」

竜太の何気ない感想に、心が軽くなった。

海外の若い女性やカッコいい帰国子女に憧れて伸ばした髪を、一時の衝動で、無残に切り落としてしまった今の自分。

そんな都を肯定してくれる人が、おばあちゃんだけでなく、ここにもいた。

突然、堰《せき》を切ったように、言葉があふれてきた。

イタリアでのホームステイという環境の急激な変化に、ついていけなかったこと。

留学を始めてすぐ、なぜだか毎晩、涙が止まらなくなってしまったこと。

結局耐え切れず、留学コーディネーターに相談の上、語学学校を中退して日本に帰ってきたこと。

帰国後に、心療内科で適応障害と診断されたこと。

もう二か月も前から日本にいるのに、そのことを誰にも言えなくて、竜太にも友達にも、ラインで嘘をつき続けていたこと。

劣等感と、罪悪感と、恐怖と、将来への不安とに押しつぶされ、二か月以上もの間、引きこもり同然の生活をしていたこと。

「実はね、竜太と付き合うのも、もう終わりにしようとしてたんだ。留学に行く前から、彼女として釣り合ってる自信なんてなかったけど、こんな取り返しのつかない状態になっちゃって……さすがにもう無理かな、って。だから、次にラインが返ってきたら、本当のことを全部書いて、『別れよう』って伝えようと思ってた」

「えっ、おい、嘘だろ」

「でも、なんでだろうね。ニュースを見たら、心が変にざわざわして。家でじっとしていられなくて、ここまで飛んできちゃった。たぶん、私……竜太のことを諦めたふりして、全然、諦めきれてなかったんだね」

「ああもう、やめろよ！　諦めるとか諦めないとか、俺の知らないところで」

竜太が慌てたように言い、首を左右に振った。それから、鼻の頭にしわを寄せ、難しい顔をする。

「今だから言うけどさ」

「うん」

「怒らないで聞いてよ？」

彼の真剣な視線を受け、何を言われるのだろうと身がすくみそうになりながら、こくりと頷く。

「俺、本当は、都が留学に行くの、すごく嫌だったんだ」

「……え？」

「彼女と頻繁にデートできなくなるからとか、そういう理由じゃないよ？　ただささ、都が急に髪型を海外の人に近づけたりし始めて、デート中でも英単語帳や参考書を持ち歩くようになって、なんていうか、ちょっと怖い気持ちがずっとあって。都がどこか遠くに行っちゃうんじゃないか、みたいな……あ、物理的な距離の話じゃなくてね」

都が一年の間に変わってしまうのではないか、自分とは違う世界の人間になってしまうのではないかと恐れていた、と竜太は話した。

「前に、都はさ、海外留学するのは就活を有利に進めるためだ、って言ってたよね」

「そうだよ。竜太と違って私には、個性も特技も肩書きも、何もないから……」

「俺、実は、就活はしないつもりなんだ」

竜太の突然の告白に、都は目を瞬《しばたた》いた。

「卒業したら長野に戻って、ここのリンゴ農家の経営に携わりたいって、入学したときからずっと思ってた。受験のときに経営学部を選んだのも、大学で学んだ内容を将来に活《い》かすためだったんだ。田舎に住む親の仕事を継ぐなんて、東京育ちの人たちにはダサいと思われそうで、誰にも言ってなかったけど」

「……そうだったんだ」

「あ、いや、都にはいつか話さないといけないって、頭では分かってたよ？　でも、都が就活対策のためにイタリアに留学に行くって聞いて、すげえ意識高いんだな、ってなんだか気後れして、上手《うま》く言い出せなくなって……ただでさえ、遠距離は別れる可能性が高いよとか、周りからは面白半分に脅されるし……」

竜太は明るい茶髪をぐしゃぐしゃと掻きむしり、「ああ、何言ってんだろ、俺！」と半ば叫ぶように天を仰いだ。

「だから、まじでさ、よかったよ。俺の知ってる都が、俺の知ってる姿のまんま、イタリアから帰ってきてくれて」

その言葉が、胸に深く沁《し》みた。

潤みかけた目元を、両手で覆いたくなる。今泣きたいのはここに住む人々であって、やはり自分なんかがむやみに涙をこぼすわけにはいかないのだと、懸命に我慢する。

そんな都の努力を無下にするかのように、竜太が耳元で囁《ささや》いてきた。

「今回の雨には……感謝しないとな」

「えっ、何言ってるの」

「ごめん、不謹慎なのは分かってるんだ。だけどさ、こんなことでもなきゃ、都は家から出てこられなかっただろ？　顔も合わせないまま『別れよう』って言われて、俺もラインじゃ都の気持ちを分かってあげられなくて、お互い不完全燃焼のまま終わってたかもしれない。それに」

彼はいったん言葉を切り、気恥ずかしそうに鼻の下をこすった。

「俺だって、若い力で地元のリンゴの未来を繋いでいきたい、だなんてクサい夢、もし今日の昼間に都とリンゴ畑を歩いていなかったら、なかなか語る勇気が出なかったと思うんだ。全部、雨のおかげだよ。これはきっと、都を家から連れ出して、長野に呼び寄せるための雨だった」

「ねえ竜太、やっぱりそんなこと言っちゃダメ——」

「少なくとも俺は、そう信じることにする」

竜太はきっぱりと宣言した。その堂々とした声に、都は何も言い返せなくなる。

しばらくしてから、彼はふと相好《そうごう》を崩し、「じゃなきゃ、こんなん、やってられないだろ？」と冗談めいた口調で付け加えた。

台風による川の氾濫で、自分の将来を委ねていたリンゴ畑を台無しにされた竜太。

満を持して海を渡った先で留学に失敗し、真っ暗な未来をぼんやりと眺めていた都。

「何もなくなったもん同士、ゼロから一緒に、またスタートしていこうよ」

力が抜けたような竜太の声が、耳の中で響いた。

ふと、思う。

個性も、特技も、肩書きも、目標もない。

だからこそ、これからの自分次第で、何者にだってなれるんじゃないか。

自分が何者か、分からない今が貴重なのだ。

——たぶん、きっと。

男湯の暖簾の奥から、ハルトくんの笑い声が聞こえてきた。「お、兄貴たちが出てきたみたいだな」と竜太が腰を浮かせる。

瓶に残っていたコーヒー牛乳を、一息に飲み干した。

二か月以上もの間、冷たい雨で白く霞《かす》んでいた視界に、ゆっくりと、光が差し始めている。

＊

それから、都は十二日間、竜太の実家に滞在した。

やるべきことは山積みだった。すっかり日焼けした顔や、豆だらけになった両手に、自分のできる仕事をこなした実感は確かに残っているものの、まだまだ台風の傷が癒えないリンゴ畑を前に、人間のちっぽけさと無力さを嫌というほど思い知らされた十二日間でもあった。

最初の三日は、住居の復旧に充てた。家財道具をすべて運び出した一階からシャベルやバケツで泥を掻き出し、和室の畳を剥がし、見積もりに来た工務店の担当者の指示を仰ぎながら、床下に溜まった泥水を汲《く》み出した。ヘドロの悪臭を取り去るためには床下の徹底的な乾燥が肝心だと教えられ、二階の収納にしまわれていた扇風機を引っ張り出してきて、点検口から風を当て続けた。竜太の両親は保険会社や工務店とのやりとり、罹災《りさい》証明書の発行手続きなどに追われているため、お兄さん夫婦と竜太、そして都の四人が実働部隊として汗を流した。

それが終わると、今度は全員でリンゴ畑に出た。足元を覆っていた水があらかた引いて、隠されていた部分が露《あら》わになったからか、畑は当初の印象よりもずいぶんと荒れているように見えた。

お父さんとお母さんが農業倉庫の整理に回る一方、都たちが手始めに行ったのは、広大な畑に転がっている瓦礫《がれき》とゴミの撤去だった。あちらこちらに散らばった雑多な漂着物を、枝から落ちてつぶれているリンゴとともに掻き集め、ゴミ袋に入れていく。この作業には、五歳のハルトくんも参加していたけれど、「何これぇ、いっぱいありすぎだよう」と初日から音を上げていた。

我に返った瞬間にすべてを放り出したくなるのは、大人も同じだった。拾っても拾っても、土の中から新たに湧いてきたのかと錯覚するほど、ゴミは一向になくならない。汚泥の悪臭も、水が引く前より強くなっている。

その中を、上半身を屈《かが》めたままの姿勢で、朝から晩まで歩き回った。先の見えない毎日だったけれど、途中で隣県に住む韮沢家の親戚や、被災を免れた知り合いが駆けつけてきて作業に加わってからは、畑の表面が少しずつ綺麗になっていくのが分かった。

ただし、横転して半分泥に埋まっている軽トラックや、どこかからそのまま流されてきた大きな物置は、人の手では動かせない。ガラスの破片が散乱している危険な一帯もあった。そこは後回しにして、汚泥の運搬作業に移ろうと提案したときのお父さんの顔は、いつになく悲痛だった。

——泥出しをしても、木が無事かどうかは分からない。時間が経てば枯れてしまうかもしれないし、すでに病気にかかっているかもしれない。それでも、できるところからやっていかないと。もしリンゴの木がまだ生きようとしてくれているのなら、すぐにでも、元通りに呼吸を始められるように。

一生懸命働いても、まったく報われないかもしれない。

結果が出るのは、来年の秋。

なんて苦しく、じれったいのだろう——と、シャベルを握りながら、何度も心が折れかけた。

ただでさえ、水を多分に含んだ泥は重かった。一度にすくいすぎると、あまりの重量にバランスが崩れ、身体がふらついてしまう。近くに停めてあるリヤカーまで持っていくのも一苦労だった。

手当たり次第に掘るのではなく、木の命を繋ぐ可能性を少しでも高めるため、リンゴの木の根元から半径一メートルほどの泥だけを優先的に掻いているというのに、作業は遅々として進まなかった。一人でやろうとすると、一本あたりの所要時間は三十分ほど。この見渡す限りのリンゴ畑には、気が遠くなるほどたくさんの木が生えている。

瞬く間に軍手の下の両手が擦り剝け、身体中が筋肉痛になった。竜太曰《いわ》く、その年の収穫に向けたリンゴ栽培の準備が始まるのは通常春で、もしそれまで泥が残っていたら、機械が入れずに一連の作業が遅れてしまうのだという。その話を聞いてからというもの、泥出しの目途がつくまでは三か月でも半年でもここで働こうと、都はひそかに覚悟を決めていた。

けれど、この作業も、じきに壁にぶつかった。周辺の空き地がどこも災害ゴミでいっぱいになっていて、これ以上は汚泥の運搬先がないというのだ。お父さんが市役所に問い合わせたところ、今は市の職員が土地の確保に奔走しているため、もう少しだけ待ってほしいと電話口で謝罪されたらしい。

その夜、温泉帰りにスーパーでお惣菜《そうざい》を買い、家の二階に帰って夕飯を食べているとき、お母さんが改まった口調で切り出してきた。

――ねえ、都さん。そろそろ、おうちに戻ったほうがいいんじゃないかしら。親御さんも心配されてるだろうし、こちらは十分すぎるほどお手伝いしてもらったし。長野から東京なら、もう交通機関も普通に動いてるみたいよ。

――でも、私。

――自宅も畑も、人の手でできるところの片づけは、いったん区切りがついたから。ね、お父さん？

――そうだな。畑の軽トラは重機がないと運び出せないし、泥出しだって市役所の指示待ちだ。ヘドロの消毒をするにも、まずは機械を調達しなきゃならない。あとはリンゴの実落としや直売所の片づけくらいだが、そっちは少人数でもある程度やれるしな。

お父さんの言葉には説得力があった。被災直後の混乱の中、住人でも当事者でもない都がやれることは、いったんすべて完了したようだった。

それから一晩が明けた。

都はリュックサックを背負い、朝の光がきらめく長野駅前に立っていた。目の前には、東京行きの高速バスが停まっている。行きは何も考えずに新幹線に乗ってしまったけれど、よく考えたらバスのほうがうんと安いし、都の地元からアクセスがいい駅に到着する便があるのだった。

お礼に帰りの交通費は出すよ、と竜太の両親は申し出てくれたけれど、頑《かたく》なに固辞し、自分でチケットを買った。お礼を言いたいのは、むしろこちらのほうだ。実は、あれほど悩まされていた適応障害の症状が、長野に来てから一度も出ていなかった。

自分の身体や心の不調を感じ取る暇もないほど忙しかったから、だろうか。

たぶんそれだけではないと、都は思っている。

「本当にありがとう。落ち着いたら、ぜひまた来てね。次はゆっくり、このへんを案内するから」

そばに立っているお母さんが、都の肩に手をかけ、にっこりと微笑んできた。見送りは要らないと再三伝えたのだけれど、「せめて私一人くらいは」と食い下がられてしまい、竜太の運転する車にお母さんと三人で乗って、長野駅までやってきたのだった。

「このへんで面白そうなところって、なんかあったっけ。善光寺とか？」

「そこはもう、定番中の定番よねえ」

「あとはそうだな、川中島古戦場？　でも都は興味ないか」

「そうなの、どうして？」

「受験、世界史選択だったもん」

テンポよく会話している母と息子に、恐る恐る声をかける。

「すみません……そろそろ出発時刻なので、乗りますね」

「あら、失礼！　都さん、どうかお気をつけてね」

「いろいろありがとうございました。あの、私……こんなに長々といて、ご迷惑でしたよね」

「とんでもない！　迷惑どころか、しっかりした彼女さんで、竜太を見直したわ。元気で明るいところくらいしか取り柄のない息子だけど、これからもどうぞよろしくね」

「何だそれ、ひどい言いようだな」

竜太が思い切り顔をしかめ、直後に苦笑する。「じゃ、また連絡するよ」と彼は日に焼けた右手を上げた。

「疲れてるだろうから、寝過ごさないようにな。家に着くまでが遠足だぞ」

「都さん、またね！」

手を振っている二人に向かって丁寧に頭を下げてから、都はバスに乗り込んだ。

つらいはずなのに、強い人たちだ。

できれば、自分もああなりたい。この十二日間、常に前を向いている彼らと生活する中で、あまりに弱かった自分は、少しは人間として成長できただろうか。できていればいい、と思う。

都が最後の乗客だったらしい。後方の座席に座ると、まもなくドアが閉まり、運転手のアナウンスとともにバスが動き出した。慌ててガラス窓に顔を近づけ、手を振り返す。朗らかな笑みを浮かべている二人の姿は、あっという間に窓枠の外に流れていった。

満面の、とまではいかないけれど、十二日前に会ったときほど空っぽでなく、ふんわりと太陽の光の匂いがする、笑顔。

ガラス窓にうっすら、彼らと同じように日焼けした、自分の姿が映っている。

背もたれに身を預け、頬に手を当てた。長野に来てからろくに手入れをしていないため、ひどく乾燥してひりついている肌が、今は勲章のように誇らしかった。

また来よう、と心に決める。こういう被災の現場では、一、二か月ほど経って混乱が解消され始めた頃に、災害ボランティアの募集が行われると聞いた。竜太の家族に気を使わせてはいけないから、できれば今度は、その一員として。

就職活動のネタ作りとして、ボランティアに参加するかどうか。

大学生の間ではしばしば、そんなことが話題になったりする。

正直、なんだかなぁ、と思っていた。例えば、八年前の東日本大震災後には、学生らが自らボランティアツアーを立ち上げ、東北の被災地に大挙して押し寄せたらしい。企画力や行動力を企業にアピールするためなのだろうけれど、そんな不純な動機でボランティアに参加するなんて、ただの偽善だよなぁ、と。

でも、今では分かる。心の内なんてどうでもいい。誰かが手を動かして、汗を流して、あの重い泥を掻き出さないと、美しかったはずのリンゴの木が再生する未来は閉ざされてしまう。それだけは、確実なことだ。

だから、偽善と言われても、もう怖くない。

この十二日間、都には確かな居場所があった。私は今ここにいていいんだ、必要とされているんだと、もう思い出せないほど久しぶりに、感じることができた。

自分自身のためにも、もちろん他人のためにも——都はきっとまた、ここに戻ってくる。堂々と、そう言える。

バスの揺れが心地よく、うつらうつらしているうちに、眠りの世界へと引き込まれていった。

不安に苛《さいな》まれていた往路の新幹線とは違い、復路の高速バスの旅はあっという間だった。サービスエリアでのトイレ休憩を挟み、再びまどろんだと思ったのも束《つか》の間《ま》、目的地への到着時刻を知らせるアナウンスが、遠くから聞こえてくる。

膝の上に載せたままだったスマートフォンが、小さく震えた。

重いまぶたを持ち上げ、ぼんやりとした頭で画面を見る。新着通知の欄に、黄緑色のアイコンと、

『りゅーた』というアカウント名が表示されていた。

『りゅーた：もう着いた？』

通知を指先でなぞってラインアプリを開き、あともう少しかな、と打って送信する。すぐに既読がついたけれど、メッセージは返ってこなかった。

今日も片づけで忙しくしていて、わずかな休憩時間に連絡してきたのかも、と特に気に留めず、スマートフォンの画面をオフにして膝の上に戻した。すると、まもなく、再び振動を感じた。

『りゅーた：一緒にいるときには上手く言えなかったけどさ、俺、うちの農園を絶対に復活させたいんだ。今回のことで廃業する人も多そうだけど、ひいじいちゃんの代から受け継いできたリンゴをちゃんと未来に繋いでいきたいし、地元の人たちが大切に思ってる産地が丸ごと消えるなんて悲劇は絶対に防ぎたい。俺らみたいな若い世代だからできることって、あるはずなんだよね。クラウドファンディングとか、SNSでのプロモーションとかさ。一応、大学は卒業できるように頑張るけど、学生の間からわりと長野に入り浸ることになるだろうし、その後もやっぱり、ここで暮らしていくことになると思う。だから、都もちょっと、考えておいてほしいんだよね』

ラインという通信手段に到底そぐわない、小さな画面を埋め尽くす長文に目を見張りながらも、最後まで読んですぐに笑みが漏れた。

軽く息を吐き、深く考えずに、短く返信する。

『え、何、これプロポーズ？』

『りゅーた：ふぁっ⁉』

『りゅーた：あ、いや、そんな！』

『りゅーた：誰がラインでプロポーズなんかするかよ、正式なのはもっとちゃんとやるよ、ホテルのスイートルームでバラの花束渡すとかして』

『あれ〜、ネタバレ〜笑』

『りゅーた：………』


不思議にも、竜太からのラインの内容は、意外ではなかった。

そういう話を、これまでにしたことがあったわけではない。両親があまり仲睦《なかむつ》まじいとは言えないからか、都自身に強い結婚願望のようなものもなかった。

だけど、なんとなく、この十二日間で、心が通じ合ったような気がしていた。リンゴ畑を駆けずり回り、毎日同じ温泉に通い、枚数の足りない布団を融通し合いながら、いくつもの夜を越えていくうちに。

自分の両親の姿にとらわれる必要はない。

人と人との関係性とは、千差万別なのだ。

竜太と都とで、自分たちなりの形で、「1」になればいい。

気がつくと、高速バスが目的の駅の停車場に滑り込んでいた。リュックサックを背負ってバスを降り、地元の町へと向かう電車に乗る。所要時間は一時間と少し。ママにラインで到着予定時刻を知らせると、パパと二人で迎えにいく、と返信があった。

なんだか仰々しいなぁ、と笑い出しそうになる。留学から帰ってきた日のことを思い出してしまうから、できればやめてほしいのだけれど。

車窓の風景が移り変わり、自分の住む町へと近づいていくにつれ、心が解きほぐされるような安堵感と、一抹の寂しさが胸を覆い始めた。

当たり前のように、いつでも帰ってこられる場所だと思っていた。

でも、ずっとここにいられるわけではないのかもしれない。もしかしたら、自分の子どもたちにとっては、長野が故郷になるのかもしれないし。って、だいぶ気が早いか。

そう考えた途端、なんだ、と拍子抜けする。

留学、留学となぜだか焦っていたけれど――やっぱり私、意外と、この町が好きなんじゃないか。

聞き慣れた駅名のアナウンスが、どうしてだろう、いちいち胸に染みわたった。

どこもかしこも似たような、沿線の駅のホームが。オープンキャンパスの告知をしている、地元の私立大学の中吊り広告が。車両のドア付近にたむろしている高校生たちの、見覚えのあるチェック柄の制服が。窓の外を高速で流れていく家々の、斜線の角度が綺麗に揃った屋根が。

目に映る何もかもが、都の心に灯《ひ》をともす。

知らず知らずのうちに首や肩に入っていた力が、面白いほど簡単に抜けていく。

自宅の最寄り駅で、電車を降りた。

長野のように雄大な自然の香りはしないものの、変わらない日常を彷彿とさせる懐かしい空気が、鼻腔《びこう》に流れ込んでくる。

同時に、失われかけたふるさとを取り戻すため、必死になって働いていた人たちの姿を思い出した。彼らと一緒に床に円になって座り、お惣菜をパックから直接食べたことや、竜太のお母さんと一緒に二人でコインランドリーに行って、家族全員分の乾燥した衣服を山ほど抱えて車のトランクに詰め込んだことも。

雨は憎い。

でも、いくつもの大切なことに気づかせてくれた。

留学に失敗して、身体や心の調子もおかしくなって、何もかもゼロからのスタートだと思っていたけれど。

――今、私の存在価値は、たぶんもうゼロではない。

*

湖畔から見下ろす水は、美しく透き通っていた。

白い遊覧船が走り、観光客の漕《こ》ぐカヌーが行き交っている。休日だからか、周辺は思ったよりも賑わっていた。都たちが歩いている散策路にも、複数の家族連れや老夫婦の姿がある。

「俺、ダムって、初めて来たかも」

隣で都の手を握っている竜太が、湖面に反射する太陽光に目を細めながら呟いた。

「あれ、そうなの？　小学校の社会科見学とかで、みんな一度は行くものなのかと思ってた」

「そんなことはないだろ。都の場合は、住んでる地域がここのすぐ下流だからじゃない？」

「なるほどね。だからみっちり勉強させられたのかぁ」

あれは、小学四年生の社会の授業だった。毎日のように授業がある国語や算数に比べれば、みっちり、というほどでもなかったかもしれない。でも、『瑞ノ瀬ダムができるまで』などと見出しがついた小難しいプリントを延々と読まされて、つまらないなぁ、と机に頬杖《ほおづえ》をついていた記憶は残っている。

――こうして、瑞ノ瀬ダムは二〇〇〇年に完成しました。

思えば、都が漫然と読み流してしまったあの一行に、どれほどの物語が隠されていたことだろう。キラキラと光る美しい湖面を眺めているとなかなか想像がつかないけれど、上流の川から降りてきた魚が我が物顔で棲《す》むこのダム湖の下には、ママやおばあちゃんが失った故郷の村が沈んでいるのだ。

つまらないなんて思ってごめんなさい――と、小学四年生の自分に代わって、心の中で謝る。

一か月半前に長野から帰ってきて以来、他人事じゃない、という感覚が強くなっていた。ニュースで見る東日本大震災も。都が生まれる前に起きた阪神・淡路大震災も。去年の夏に発生し、二百人以上もの命を奪った西日本豪雨も。そして、災害とダム建設という大きな違いこそあるけれど、自分と血の繋がった人たちのふるさとである、旧瑞ノ瀬村のことも。

だから今日、竜太を連れてきた。

都がイタリアに渡った六月以来、約半年ぶりのデートの行き先は、瑞ノ瀬ダム。こんな地味な場所で本当にいいのかと、竜太に提案する前に何度も自問自答したけれど、どうしても再訪してみたいという衝動に打ち勝てなかった。

でも案外、竜太は楽しんでくれているようだった。ディズニーランドやパンケーキカフェも楽しいけど、たまにはこういうのもありだね、と。

「お、ここ絶景ポイントじゃない？　写真、撮ってあげるよ」

竜太がふと足を止め、湖の向こうに見えるなだらかな山を指差した。片手にスマートフォンを構えて数歩後ずさり、都の全身を写そうとする。

「ええっ、なんで私だけ？　竜太も一緒に写ろうよ」

「ツーショットだと、せっかくの景色が入らないだろ。自撮りってさ、なんか上手くできないんだよね」

「なら私がやろうか？」

「やっぱそのセーター、似合ってるね。ちゃんと写しとこっと」

都の提案などお構いなしに、竜太は写真を撮り始めた。セーターに言及されたせいか、頬が熱くなり、スマートフォンのカメラに向ける表情が照れ笑いになってしまう。

おばあちゃんに教えを乞いながら編み続けていたセーターが、二か月近くもの時を経てようやく完成したのは、つい昨夕のことだった。

縦にリブ模様の入った、えんじ色のシンプルなセーター。できあがったときは本当に嬉しくて、やったぁ、と歓声を上げてすぐに袖を通し、和室の全身鏡の前に走っていった。幼い子どものようにはしゃぎ回る都のことを、おばあちゃんは座布団に座ったまま、いつものように温かい目で見守ってくれていた。

——のんびりと時間を過ごすのにも、都ちゃんはずいぶん慣れたみたいねえ。

おばあちゃんの言うとおりだった。留学に行く前も、帰ってきた後も、ずっと心を蝕《むしば》んでいた焦燥感が、いつしか綺麗さっぱり消えていた。編み物を始めた頃は、若い自分がこんな時間の使い方をしていていいのかと罪悪感に駆られていたけれど、今では人生の充電期間を心から楽しめている。

これは私の二か月が詰まった大切なセーターだと、自信を持って言える。

とはいっても、初めて編んだセーターは、市販のものに比べると形が膨らんでいて、ちょっぴり不格好だった。だから竜太の反応が怖かったのだけれど、彼は開口一番、「それいいね！」と声を弾ませた。「意外っちゃ意外だけど、一周回って、今の都らしいよ」と。どういう意味かと尋ねるのはやめておいたけれど、たぶん、褒め言葉なんだと思う。

驚いたことに、普段は娘の選ぶ服や髪型にうるさいママも、今朝、このセーターについて何も言及しなかった。「帰宅は何時頃になりそう？　昼ご飯はおばあちゃんちで？」と訊かれ、今日は竜太とデートで瑞ノ瀬ダムに行くのだと答えると、「ふうん……あらそう、今度おばあちゃんも一緒に、みんなで瑞ノ瀬に行こうって誘おうかと思ってたんだけど」という、あまりに意外な台詞が返ってきた。

あれはいったい何だったのだろう。

ママはいつも、瑞ノ瀬のことをほとんど語らないし、たまに口を開いても愚痴や批判しか出てこないのに、わざわざ家族で行きたいだなんて。

心なしか、都が元気を取り戻してから、ママも前より明るくなった気がする。おばあちゃんちにも前より顔を出すようになったし、パパにはきつい言葉を吐かないし、都にも優しく接してくれるようになった。時おり、冗談を言うこともある。十月末で会社を定年退職して心に余裕ができたことが大きいのだろうけれど、それだけじゃなさそうに思えるのは気のせいだろうか。もしかすると、都が長野に滞在している間に、ママにも何かいいことがあったのかもしれない。

昔、パパとママと三人で遊覧船に乗ったときのことを思い出す。

都は確か、小学四年生だった。甲板の手すりをつかんで揺れる湖面を眺めていると、白い砂が入ったガラスの小瓶を渡された。旧瑞ノ瀬村の砂だというそれを、都はママに促され、船の上から湖に撒いた。

普段はあんなふうに振る舞っているけれど、きっとママにも、いろいろな思い出があったのだ。でないと、村が沈んでから十年以上もの間、故郷の砂を大事に取っておいたりはしない。

ふるさとって、何だろう。

人工的に作られたというのが信じられないくらい、周りの山々と見事に調和しているこの美しい湖を見ていると、そんな問いが何度も頭に立ち上ってくる。

都にとっての故郷とは、いつでも自分を温かく迎え入れてくれるあの町のことだ。中途半端で退屈な町だと引け目に感じていたけれど、イタリアへの留学をしようと簡単に決断できたのも、台風のニュースを見て見境なく長野へと飛び出していけたのも、あの場所があったからこそだったのだと、今では感謝している。

台風十九号が直撃した、あの夜。

史上初の緊急放流こそ見送られたものの、この広大な瑞ノ瀬ダムは、限界いっぱいまで水を貯めたらしい。

そのニュースを見て、小学校の社会の授業で習った内容を、今さら思い出した。ダム建設の意義の一つは、人が大勢暮らす地域における川の氾濫を防ぐことなのだという。

だとすると、ここの下流にある都たちの住む町は、まさに瑞ノ瀬ダムによって守られたということになる。あまり意識していなかったけれど、今回の台風で竜太の故郷のような被害を受けずに済んだのは、そのおかげだったのだ。

もしかすると、おばあちゃんやママは、これまでに何度も、都を含むたくさんの人たちを洪水から救ってきたのかもしれない。——自分たちのふるさとを、手放すことと引き換えに。

そう考えると、ありがとうともごめんなさいともつかない奇妙な感情が、胸の内で渦巻き始める。

そこに二度と帰ることができないというのは、どういう気分なのだろうか。

おばあちゃんちの古いアルバムで見た集落は、今はもう跡形もない。たとえ必死に泥を掻いても、住民同士で協力し合っても、ふるさとは永遠に蘇らない。

瑞ノ瀬を愛していた祖母。

瑞ノ瀬を時に悪く言う母。

彼女たちが過ごした水底の村には、いったいどのような空気が流れ、どのような声が聞こえていたのだろう。

「綺麗だね」

写真を撮り終わった竜太が、そばに近づいてきて、ほうっとため息をついた。冬を感じさせる澄み渡った青い空と、ところどころ紅葉の残る山々が、自分たち二人をゆったりと見下ろしている。

光り輝く湖面に目を落としながら、うん、と都は小さく頷いた。

そうだ。

そろそろ、大学や高校の友達にも、日本に帰ってきていることを言わなくちゃ。

みんな、びっくりするだろうな。

「竜太は次、どこに行きたい？」

「うーん、博物館かな」

「えっ、遊覧船とかカヌーじゃなくて？　それじゃデートじゃなくて、社会科見学みたいになっちゃうよ」

「だって都には、瑞ノ瀬の血が流れてるんだろ？　だったら、ちゃんと勉強しておきたいじゃん。

どんな経緯で、ここにダムが建つことになって、このでっかい湖が生まれたのかを、さ」

どちらからともなく、そっと手を握り合い、散策路を再び歩き始めた。

セーターの首元に吹き込む風は冷たい。でも心地よい。

彼の手の温《ぬく》もりが、形のない都を、形のない未来へと、そっと押し出していく。

第二章　夕日のさして山の端

『――白骨化した男性の遺体が見つかりました――』

白骨、という言葉に、雅枝は肩をぴくりと震わせた。

この手のニュースにはつい反応してしまう。画面を見ていなくても、雑踏の中で誰かに名前を呼ばれたときのように、アナウンサーの声が不意に耳に飛び込んでくるのだ。

目玉焼きを口に運ぶのをやめ、テレビに映るテロップを注視した。大阪市。マンションの一室。遺体の一部が白骨化。この時点で違うと分かる。まるで無意味な情報に気を取られ、出勤前の貴重な時間を無駄にした自分に腹を立てつつ、ダイニングテーブルの向かいの席に目をやった。

弘《ひろし》もじっとテレビを見ていた。雅枝の視線に気づいたのか、意味ありげにこちらを一瞥《いちべつ》し、無言で朝食の続きに取りかかる。背中を丸めてトーストをかじっている夫の姿に、さらに苛立ちが募った。

どうしてこの人は、ちっとも家族とコミュニケーションを取ろうとしないのだろう。

一言くらい、声をかけてくれてもいいのではないか。今のニュースに注意を向けていたことからして、雅枝が何を気にしていたかは分かっているはずなのだから。

友人の中には、「最近退職した主人が一日中喋りかけてきて面倒臭い」とこぼす者もいる。どちらかというと、うちのように会話がないほうがつらいのではないか、と雅枝は思う。

会社で雅枝が彼の教育係を務めた縁で結婚し、それから早三十七年が経とうとしているが、弘への不満は増すばかりだ。娘の手前、今さら離婚したいとまでは思わないものの、もしあのとき事を急がずに別の男性と結婚していたら、と想像することはある。

『十月一日、火曜日、本日の注目番組を一挙ご紹介！』

溌溂とした女性アナウンサーの声に意識を引き戻され、雅枝も再び箸を動かし始めた。目玉焼きとウインナーとサラダとトースト。夫が用意する朝食は、こちらが苦言を呈さない限り、代わり映えのしないメニューになりがちだ。

「ねえ、そろそろ飽きてきたんだけど。せめてハムエッグやベーコンエッグにするとか、一工夫するつもりはない？」

「ああ……ごめん」

「サラダも、たまには蒸し野菜にするなり、炒《いた》めるなり、何とでもやりようがあるでしょう」

「明日はそうしてみる」

ほらこの調子だ、とため息をつきたくなった。雅枝がいくら話しかけても、弘が返してくる言葉数は、こちらの四分の一がいいところだ。

食卓での家族団欒《かぞくだんらん》、という言葉から連想される和やかな光景は、この石井家では長らく観測されていなかった。年々無口になる夫。食事中でもすぐにスマートフォンの画面を覗き込む娘。雅枝一人が積極的に話題を提供しても、相手がいないようなものだから、会話が盛り上がることは無に等しい。

朝食のプレートを空にしようとする頃、階段を下りてくる足音が聞こえてきた。ドアが開き、薄手のワンピース姿の都が姿を現す。雅枝はインスタントコーヒーの入ったマグカップを手に、眠そうな顔をしている娘に話しかけた。

「おはよう。今日もおばあちゃんちに行くの？」

うん、と小さく頷き、都が弘の隣の席に腰かけた。朝の挨拶くらいしなさい、という小言が口から出そうになったが、なんとか呑み込む。留学開始早々に挫折して帰ってきて以来、ほぼ引きこもりのようになっている娘は、親のちょっとした説教で爆発しないとも限らなかった。

「毎日毎日、よく飽きないわね。おばあちゃんちに行ったって、テレビを見るくらいしかやることがないでしょうに」

「一緒にご飯を食べるだけでも楽しいよ」

「全部作ってもらうんでしょう？　食事目当てで通うなんて、うちが何も用意してないみたいで恥ずかしいから、ほどほどにしておきなさいよ」

「そういうわけじゃないってば。私はおばあちゃんとお喋りがしたいの」

「高齢者と若者がいったい何を話すのよ。共通の話題なんてほとんどないでしょうに」

「瑞ノ瀬の話、よくしてくれるよ」

「話す価値があるような場所だったとは思えないけど。どうせ同じ思い出話の繰り返しじゃない？」

「ママってさ、瑞ノ瀬のこと、ほんと嫌いだよね。出身地なのに」

ズバリ指摘され、答えに窮した。別に、恨みつらみがあるわけではない。あの土地をふるさとと呼んで愛していた人々の気持ちが、未だに理解できないだけだ。

コーヒーの残りを一気に流し込み、席を立った。ごちそうさま、と弘に、冷蔵庫にイチゴがあるからおばあちゃんちに持っていって、と都にそれぞれ声をかけ、通勤用の黒いトートバッグをソファから取り上げてリビングを出ようとする。

と、後ろから都の不機嫌な声が追ってきた。

「いつも私に持っていかせるんじゃなくて、ママももうちょっと、おばあちゃんのところに顔を出しなよ。大きな病気はないみたいだけど、身体は悪くなってきてるし、いろいろ心配だよ」

「そうね。でも今週は仕事が立て込んでるから、退職したらね」

「いつもそればっかり。自分の親なのに」

自分の親なのに――。

都の言葉が胸に突き刺さった。その棘《とげ》を抜くことができないまま、雅枝は唇を真一文字に結び、リビングを後にした。

玄関で黒いパンプスを履き、外に出る。すぐ前の駐車場に停めてある軽自動車に乗り込もうとして、ふと後ろを振り返った。

灰色の曇り空の下に、悠然と構えている、二階建ての大きな一軒家。

白かった外壁が経年劣化でクリーム色になり、雨にさらされて黒ずんでいる箇所もあるが、洋風なデザインは令和になった今でも決して古臭くない。造りも頑丈で、住んでいて安心感がある。

瑞ノ瀬と引き換えに手に入れたのが、この家だった。

この家だけだった――、ともいえる。

騙《だま》された、という思いが当時は強かった。たんまりもらえると信じ込んでいた補償金は、税金対策のため、そのほとんどを不動産に注《つ》ぎ込むしかなかった。現金はすぐに底をついた。分不相応に広い家だけが手元に残り、それから三十余年、日々の生活のためにあくせく働くしかなくなった。

仕事帰りにスーパーで値引きシールのついた肉や魚を漁っていると、ばったり知り合いによく驚かれ、恥ずかしい思いをした。

それでも、ダム計画には感謝していた。両親から多少借金をしたとはいえ、勤め先の会社と同じ市内に、これほど立派な一軒家を、しかも二十代のうちに建てられたのだ。最寄り駅までは徒歩で二十分以上かかるものの、バスで六十分だった瑞ノ瀬と比べれば何ということはない。新発売のお菓子や本がろくに手に入らず、テレビの電波も悪かった子どもの頃の生活を思うと、ファーストフードからホームセンターまで、ありとあらゆる便利なチェーン店が揃っているこの町は、さながら大都会だった。

田舎を飛び出したくてたまらなかった雅枝にとって、出身地を失うことはまったく痛手にならなかった。この時代に生まれてラッキー、と喜んですらいた。

——の、だけど。

若い頃の自分が、今の雅枝の暮らしぶりを見たら、いったい何を思うだろう。

家に帰れば、無気力で頼りない夫がいる。出会った頃は同じ会社で働いていたのだが、反りの合わない上司に当たって転職した先で先輩社員のしごきに遭い、仕事をやめて家にこもりきりになってしまったのだ。どうにか社会復帰させようと何度も尻を叩いたが、試みはすべて失敗に終わった。仕方なく、雅枝が出世を目指して働き続け、弘は家事を担うことで手を打った。幼い頃からこうした家庭環境に慣れている都は気にしていないようだし、最近は時代が徐々に追いついてきているが、雅枝のような年代の人間にとって、無職の夫が家にいると世間体が悪いのは事実だ。

さらに娘までも、今は同じような状態に陥っている。こちらには適応障害という診断がついた。自分から希望したイタリア留学にたった一か月強で音を上げ、こちらの意見に耳を貸さずに帰国を決めてしまったことといい、どう扱っていいものか分からない。留学費用はともかく、このまま大学を中退することにでもなれば、これまでに払った学費も無駄になってしまう。それだけは避けたいが、今の都に対して根性論を振りかざすのは逆効果にしかならず、顔を合わせても当たり障りのない話をするしかないのがもどかしかった。

毎日が絶望的につらいわけではない。かといって、純度百パーセントの幸福感に包まれているわけでもない。灰色の日々を、灰色であることを是としたまま、進んでいかなければならないだけ。

家の前に立ち尽くしていたことに気づき、雅枝は慌てて車に乗り込んだ。

バッグを助手席に置き、エンジンをかける。サイドブレーキを解除し、シフトレバーに手をかけたとき、フロントガラス越しに視線を感じた。

顔を上げ、小さく息を呑む。

腰の曲がった老爺《ろうや》が、斜向かいに建つ家の門柱のそばに佇んでいた。

真っ白な髪に濃いグレーのハンチング帽をのせ、右手には杖を握っている。顔が陰になっている上、住宅街にしては道幅が広いせいもあり、細かい表情までは窺えなかったが、車の中の雅枝をじっと見つめているようだった。

このところ、数日にいっぺんは目にしている人物だった。

朝、雅枝の出勤時に現れては、こちらの動きを観察し、やがて逃げるように去っていく。声をかけてくることも、近寄ってくることもない。

今日も、老爺はすぐに背を向け、歩き始めてしまった。杖を持ち歩く必要があるとは思えないほどのスピードで遠ざかっていく。我に返った雅枝がギアをドライブに入れ、軽自動車をそろそろと前進させて道に出たときには、すでに老爺の姿はどこにもなかった。すぐそばの四つ角を曲がってしまったようだ。

老爺が消えたのとは反対の方向へとハンドルを切り、アクセルペダルを踏む。

家から会社までの道のりは、たとえ目をつむっていても運転できる自信があった。勤続四十二年、この家に来てからは三十四年。信号が青になるタイミングから、道を曲がるときの微妙な角度の差まで、すべてが脳に染みついている。

雅枝の勤める事務用品販売の会社は、市の中心部を挟んで反対側にあった。駅からは近くない。営業先はこの周辺の地域に集中していて、社員もほとんどが車通勤をしているため、特に困ることはなかった。

市街地を通り抜け、しばらく国道を走っていくと、田畑のはるか向こうに山が見える場所がある。左右に連なる背の低い山々のうち、どれか一つが瑞ノ瀬の〝裏山〟なのだろうとあたりはつくが、正解を知ろうとしたことはなかった。

慣れ切ったドライブの途中、見える景色に引っ張られるようにして、心が過去へと連れていかれる。

——すごいこと聞いちゃった！　ダムのために瑞ノ瀬から引っ越したらね、国からいっぱいお金がもらえるんだって。お城みたいなおうちに住んで、総理大臣が乗るような車に乗れるんだって！

そう言い出したのは、学級委員のミホちゃんだったろうか。それともお兄ちゃんが三人もいたユリちゃんだったか。ダム計画がにわかに持ち上がった一九六九年——雅枝が小学四年生の頃のことだ。

——最近できた別のダムでは、一家族あたり一億円以上もらえたらしいぞ。

——うっそぉ、宝くじの一等の十倍！

――うちのお父さん、昨日の晩、喜んでお酒飲んでた。補償金が入る予定だって銀行に話したら、豪華な応接室に通してもらえて、いくらでもお金を貸してもらえることになったんだって。いっそ百姓なんてやめて、新しい事業を始めよっかな、って。

――よっ、未来の社長令嬢！

中学生になると、夢はいよいよ具体的になり、誰もが期待に胸を膨らませ始めた。もうすぐダムができる。村を出ていけば、補償金が転がり込み、億万長者になれる。ここよりずっと便利な場所に建つ大豪邸に住み、高級外車を乗り回し、いつでも好きなものを食べ、何不自由なく一生を送れる。

どこまでが根拠のある話で、どこからが誰かの妄想だったのだろう。

その区別もつかぬ小中学生のうちに、補償金獲得による明るい未来像が、雅枝や友人たちの心に刷り込まれていった。国の後押しがあったかどうかは知らないが、学校でも教師にダム建設の意義を説かれた。ダムは洪水を防ぎ、下流に住む大勢の命を救います。水力発電も実現できます。それだけでなく、日照りが続いた苦しい年にも、十分な飲み水を確保してくれるのです。瑞ノ瀬が沈むのは寂しいですが、何十万、何百万もの人々のために、胸を張ってこの地を去りましょう。

実際に、国による補償交渉が本格化すると、金の匂いを嗅ぎつけた銀行員や不動産業者が、毎日のように瑞ノ瀬に押しかけてきた。ふもとの町にある高校や会社からの帰り、集落に向かう細い道に並んだダイヤモンド購入を勧める立て看板を見て、高価な宝石を胸や指にちりばめた将来の自分の姿を、心を浮き立たせながらまぶたの裏に思い描いたものだった。

――どうせ、ダムに沈んじゃうし。

その言葉は、友達と裏山で遊ぶときや、木造のまま建て替えられることのない校舎で学ぶとき、枕詞《まくらことば》のように口を衝《つ》いて出た。どうせ自分たちの村はなくなる。そういうものだと学校で教えられ、いつしか自然と諦めていた。裏山を流れる沢に空き缶をポイ捨てし、教室の壁にくだらない落書きを刻み込んでも、罪悪感がわくことはなかったし、大人たちにも本気で注意された記憶がない。

ただし、両親だけは別だった。

ダム建設計画が持ち上がると、村人の一部が激しい反対運動を展開し始めた。よりによって、父がそのリーダーになった。お前の父ちゃん、いつまで国に盾突くつもり？　本気で勝てると信じてるわけ？——教室でクラスメートに疑問を投げかけられた雅枝が、どんなに居心地の悪い思いをしていたか、両親はおそらく知らない。

昔から、雅枝は都会への憧れが強かった。バスが一時間に一本しか来ない。停留所から家までの山道が暗い。歩ける範囲にあるのは、シャッターの錆《さ》びついた小さな売店だけ。虫は嫌いだ。山菜の味噌汁は美味しくない。泥にまみれて田畑を耕すより、事務員の制服を着てオフィスで働きたい。空気と水が綺麗？　そんなことより大事なものが、この先進国には山ほどある。

だから、他の多くの住民と同じく、補償金獲得を見据えて打算的に動いた。いつ本格化するか分からない補償交渉に備え、弘と交際一年で職場結婚した。弘がまだ二十一、雅枝が二十三だったため、両親にはひどく驚かれたが、同じ集落内にある亡き祖父母が住んでいた空き家に住みたいと申し出ると、諸手《もろて》を挙げて歓迎してくれた。弘くんが三男坊でよかった、これだけ新居が近けりゃ娘を取られた気はしねえ、と父は上機嫌で弘と酒を酌み交わしていた。

お金のことはきちんとしたいから、と雅枝が土地と建物の名義変更を提案すると、両親は意外にも反対せず、手続きに協力してくれた。若い自分たちにはまとまった貯金がなかったため、贈与税は両親に立て替えてもらい、作成した借用書と返済計画書に基づいて利息つきで返していった。雅枝は几帳面《きちょうめん》だなあ、そこまでしなくても住まわせてあげるのに、と両親には笑われたが、これも税務署に目をつけられないためだった。当時、節税のプロを名乗る税理士が村に頻繁に出入りしていたから、相談先に困ることはなかった。

政府がダムの完成予定時期を一九九八年と明言し、集落内の全世帯に対する補償交渉が一斉スタートしたのは、結婚二年目のことだった。作業服姿のダム関係者が幾度も家を訪ねてきて、買い取り金額を提示してきた。億には到底届かない額に、夢から醒《さ》めた気分になったが、所有する土地と建物の評価額をもとに計算した結果だ、これでも代替地に今の二倍の広さの家が建つと説明され、納得して判を捺《お》した。補償交渉の本格開始から、二か月も経っていなかった。

両親との仲に決定的な亀裂が入った冬の夜のことを、雅枝は今でもよく覚えている。

――親を騙したな！　最初から補償金目当てだと分かってりゃ、先祖代々受け継いできた大事な土地を、お前らにやったりしなかった！

――全部お金のためだったんだね。会社で真面目に働いている雅枝が、今のうちに名義を変えたほうが相続より安くなるって言うから、それを信用して賛成したのに！

今さら何を言い出すのだ、と唖然《あぜん》とした。

生前贈与をすると相続より税金が安くなるというのは、ダム建設による補償を前提とした話にきまっている。資産価値が膨れ上がる前に譲渡するからこそ、節税になるのではないか。

雅枝たちだけでなく、みんなが同じことをしていた。ダムの計画が持ち上がってから、地元にUターンする若い家族が増えたのは、来たる補償交渉のためだ。故郷への思いは人それぞれあるにせよ、相手が国である以上、もう抵抗しても意味がないと誰もが理解し始めている。頑なに居座り続けたとして、最後には法律上の手続きにより強制収用されるのなら、集団移転先の土地を世話してもらえるうちに、自分たちに少しでも有利になるよう交渉を進めたほうがいい。

そう言い返したが、両親は聞く耳を持たなかった。雅枝が結婚後も伴侶とともに瑞ノ瀬に住むことを選んだのは、ふるさとへの愛ゆえだと思い込んでいたらしい。反対運動に加わってくれるものと信じていたのに見損なった、とこちらを罵る両親に、雅枝も十年来の鬱憤をぶちまけた。大喧嘩は深夜まで続いた。様子を見にきた近所の住人により引き離され、両親は肩を怒らせて家に帰っていった。

それから間もなくして、父は村から姿を消した。ダム建設計画を食い止められないことに失望し、書き置きを残して家出したらしいと、風の便りで知った。

一人残された母は、意固地になって抵抗を続けた。雅枝が叔母《おば》と一緒にいくら説得しても、母はいっそう頑なに引っ越しを拒み、最後まで瑞ノ瀬に居座ろうとした。

どうして両親は、あんな辺鄙《へんぴ》な場所にしがみつこうとしていたのだろう。

小学生の頃からずっと、雅枝は肩身が狭かった。いつだって、補償金に期待する同世代の仲間と、強硬な反対運動を展開する両親の板挟みだった。集団移転地に引っ越してからも、住民の立ち退《の》きが難航してダムの建設計画に遅れが出ているというニュースを見るたび、うちの母がすみません、と周りに謝ってばかりいた。

溝は埋まらなかった。長年の意見の対立が、修復不可能なほど大きなすれ違いを生んだ。

冷静に考えれば、あれしか選択肢はなかった。両親の言うことに唯々諾々《いいだくだく》と従ったとして、損を被《こうむ》るのは自分だ。土地や建物を事前に分けてもらったのは正しい判断だった。修繕される見込みもないおんぼろの校舎で学び、ダム建設に賛成していた多数派からは冷ややかな目で見られ、時には子ども同士の人間関係にもひびが入ったのだ。いくら出身地への愛着がない自分でも、補償金くらいはもらう権利がある。

しかし、今でも時おり、激しい後悔に苛まれることがあった。

自分を育ててくれた両親を裏切ってまで、瑞ノ瀬の土地を率先して売り渡す必要はあったのだろうか、と。

億万長者になどなれなかった。一生遊んで暮らせるような大金を手にしたのは、広大な農地や山林を所有している一部の地主だけだ。マイホームは住みよいが、ダム御殿と呼べるほどではない。それならば、父や母と、もっと心を通わせておけばよかったのではないか。孤立した母に頼ってもらえるよう、娘として最大限努力すべきだったのではないか。

いや、違う、やっぱりあれが最善策だったはずだ——と、思考はいつも同じところに戻ってくる。両親からの借金は、ダムの貯水が始まった一九九六年より前に完済していた。金なんか返してもらわなくていいと突き放されたが、使われているのかも分からない銀行口座に一方的に振り込み続けた。ずるはしていない。両親を騙すなどもってのほか。今の家も土地も、自らの権利に基づいて、正当に取得したものだ。そう自分に言い聞かせるために。

右手が無意識に動き、ウインカーレバーを操作した。カチ、カチ、と音が等間隔で鳴り始め、会社の建物がすぐ目の前に迫っていたことに気づく。

がらんとした駐車場に車を停め、エンジンを切った。ちょうど近くの車から出てきた総務部の若手社員に、サイドウィンドウ越しに会釈をする。運転席に座ったまま、腰に手を当てて背中を反らすと、肩甲骨が小気味のいい音を立てた。

久しぶりに瑞ノ瀬のことを思い出したのは、今朝、気になるニュースを見たからかもしれない。書き置きを残して家出した父は、そのまま消息不明になった。反対運動のリーダーとして、瑞ノ瀬がダムに沈む運命にあることを悲観し、どこかで自殺を遂げたのではないかというのがもっぱらの噂《うわさ》だった。娘の雅枝が失踪の届け出をしたため、戸籍上は死亡したとみなされているが、遺体を荼毘《だび》に付したわけではない。

人間の白骨が発見されたというニュースを聞くたびに敏感に反応してしまうのは、このせいだった。父の遺体が見つかったのではないかと一瞬期待し、詳細を求め、そして必ず、落胆する。

だが最近は、まったく別の可能性も浮かんできていた。

もしかすると、今朝も現れたあの例の老爺が、父なのではないか――。

三十年以上前に失踪した父は、実はどこかでひっそり生きていた。今になって家族との再会を願うようになり、集団移転地に引っ越した娘の居場所を突き止めて、こっそり会いにきた。しかし直接声をかけるのがためらわれ、何度も家の前に足を運んではタイミングを窺い続けている。

突飛すぎる想像だった。バカなことを、と自分でも笑いだしそうになる。父が生きていたら、九十歳を優に越えているはずだ。その年齢で、あんなに速く歩けるわけがない。

いったん頭の中で否定しつつ、でも本当にそうかもしれない、と空想の続きに身を任せた。

父は元来、陽気な人間だった。生きるエネルギーにあふれていたからこそ、農業に従事する傍ら、ダム建設の反対運動に心血を注いだのだ。怒らせると怖かったが、暴力を振るわれたことは一度もなかった。幼い頃、よくボール投げに付き合ってくれた父の眩しい笑顔を、雅枝ははっきりと覚えている。

あの人に、自殺という結末は似合わなかった。あれは、単なる家出だったのではないか。母を捨てて村を去ったのは意外だったが、案外、雅枝の知らないところで夫婦仲がこじれていたのかもしれない。

もしあの老爺が父だったら、何を伝えよう。何を尋ねよう。都の顔を見せてやるのが、今の自分にできる一番の親孝行だろうか。

そんなことを考えながら、車の外に出た。

社名の印字されたガラスドアを引き、二階建ての建物に入る。廊下の一番手前のドアを開けると、近くに座る商品部の社員が雅枝に向かって一斉に挨拶した。オフィスというよりは事務所という旧来の名称がしっくりくる、カタログやサンプル品で雑然とした狭い空間を注意深く横切り、窓際の営業部長席に辿《たど》りつく。

他のどれよりも綺麗に整頓されている事務机を回り込み、年季の入った椅子に腰を下ろそうとした瞬間、異変を察知した。

「——はい。本当に申し訳ございません。……はい。先ほど商品部に掛け合ったのですが、どうしても明後日には間に合わないそうで。……それも確認したのですが、今はメーカー側の工場の稼働がいっぱいで、名入れは最短でも五営業日かかるらしく——」

雅枝が統括する営業部の若手社員が、固定電話の受話器を耳に当てたまま、眉を寄せてしきりに頭を下げている。その周りに座る社員たちが、気まずそうに顔を見合わせていた。

「戸村《とむら》くん、どうした?」

電話が終わるのを見計らって声をかけると、入社四年目の戸村は背中を丸めた姿勢のままこちらを振り向いた。苦々しい表情を浮かべて席を立ち、雅枝の席に駆け寄ってくる。

「部長、すみません。先月タケハナ製菓様から依頼されていた社名入りボールペンの件、僕が受注リストに納品日を間違えて入力してしまって、手配できていなかったことが今朝になって判明しまして」

「納期が遅れること、先方には了承してもらえた？」

「それが……社会科の授業で工場見学に来る小学生たちに、パンフレットやお菓子と一緒に記念品として配布するつもりだったそうなんです。明後日から三日間、市内のいくつかの小学校の三、四年生が入れ代わり立ち代わりやってくるらしく、初日だけで六百本、全部で二千本は必要だと」

「イベント用だったの？」雅枝は思わず顔をしかめた。「で、先方は何て？」

「仕方がないから、今回は社名がないものでいいと。商品自体の在庫は確保できているので、お詫《わ》びのお値引きを入れて、菓子折りを持って謝りにいく形で――」

「ちょっと待って。工場見学に来た小学生への配布用でしょう。社名が入ってることが重要なんじゃないの？　地元で作っている自社のお菓子を今後買ってもらえるよう、子どもたちやその親にアピールするための記念品じゃない。ボールペンを使うたびに思い出してもらうことが目的なんだから、社名なしじゃ意味がないでしょう」

「それはそうなんですけど、今回はさすがに納期が……」

「工場側の都合で短納期調整ができなかったのよね。他のメーカーには問い合わせてみた？」

「まだです。ただ、いずれにしても、明後日の午前までとなると……」

早々に弱音を吐く戸村の姿勢に呆れ、雅枝は大きくため息をついた。

「確認もせずに投げ出さない。まずは商品部に頼んで各メーカーに電話。担当者に聞いたって杓子《しやくし》定規《じようぎ》の回答しかできないに決まってるんだから、役職者に代わってもらって。こっちも商品部の部長を出して交渉――えっ、ぎっくり腰で休み？　じゃあ私がやるから。あとは何だっけ、この間うちに営業かけてきた商社があったでしょう。在庫を持ち込んで名入れだけ別でやってもらう手があるかもしれないから、短納期可の印刷工場に心当たりがないか訊いてみて」

「は、はい！」

「それと、インターネットでも探してみましょう。印刷業者でも、名入れ商品の取り扱いがある卸でもいいから、片っ端から電話すればヒットするかもしれない。ここから車で行ける範囲の工場なら、直接取りにいけば納期を一日短縮できるはず。さ、急いで！」

商品部の島へと駆けていく戸村を見送り、雅枝自身もパソコンの電源を入れた。朝礼は中止すると伝えると、営業部員たちがカタログの入った分厚い鞄《かばん》を抱えてそそくさと席を立ち、事務所の外に去っていった。暇そうな部下がいたらこちらの仕事に引きずり込もうと思っていたが、一日に平均十五社のお客様先を回って商品の提案や補充をする彼らに、担当外の顧客対応をする暇はないようだ。

結局、雅枝一人が尻拭いに奔走する羽目になる。いつものことだ。ただでさえ従業員数の少ないこの会社では、管理職も独楽鼠《こまねずみ》のように働き続けなくてはならない。

仕入れ先とのやりとりは商品部の仕事だったが、創業間もない頃からこの会社に勤めている雅枝にとって、勝手の分からない業務など一つもなかった。部長不在の商品部の社員にも指示を出し、部下のミスを挽回《ばんかい》する手立てを探すうちに、午前の時間が吹き飛んでいった。

昼過ぎになってようやく、追加料金を払えば発注の翌営業日に名入れを仕上げられるという県内の印刷業者が見つかった。戸村とともに二階の倉庫からボールペンの在庫を運び出し、社用車に積み込んですぐに向かわせた。これで、明日の夜にもう一度取りにいけば、明後日の朝にはタケハナ製菓に納品できることになる。

社名入りボールペン二千本で、三十万三千六百円。

仕入れにかかった費用に加え、短納期の追加料金や、戸村と雅枝をはじめとした社員の人件費、社用車のガソリン代などを考えれば、明らかに赤字だ。

それが分かっているから、戸村も諦めようとしていたのだろう。だが、長期的に見ればどうか。この小さな会社が売っているのはただの事務用品ではない。知恵と信用だ。顧客を大切にすることを忘れ、期待を裏切った途端、ここ十数年で急激に台頭してきた通販サイトに仕事を奪われ、三十人の社員が路頭に迷ってしまう。

その危機感が、果たして彼らにあるのだろうか。

雅枝は別に困らないのだ。今月末に還暦を迎え、晴れて定年退職する予定なのだから。あなた方の世代の問題なんだからね、しっかりしてよ、と頼りない若者たちの脇腹を小突いてやりたくなる。仕事というのはこういうことだ。自分の頭で考えて、今を未来へと繋いでいく。仕入れ先からの回答をそのまま客に伝えるだけなら、ロボットにでも任せておけばいい。

タケハナ製菓には、営業部長である雅枝からも一本電話を入れた。社名入りのボールペンが無事用意できることになったと伝えると、担当者は安堵と喜びの混じった声で礼を言ってきた。いえいえ、弊社側のミスですから、大変申し訳ございませんでした、今後ともぜひよろしくお願いいたします――。気がつくと、午後二時を回っていた。まだ昼ご飯も食べていない。

近くのコンビニで買ってきた弁当を搔っ込み、やっと通常業務に取りかかる。そろそろ引き継ぎ資料も作成しなければならないのに、昔から付き合いのある取引先へ退職の挨拶をしにいくだけでも勤務時間が圧迫され、このところ毎日遅くまで残業をしていた。

今日も、夕方から二件の訪問をこなした。帰社して残務を片付け、誰も残っていない事務所を出たときには、午後十時を過ぎていた。

疲弊した身体を引きずるようにして、車に乗り込む。エンジンをかけてから、スマートフォンを取り出してメールを一本打った。

『To：弘　今から帰ります。遅くなってすみません。』

ラインのアプリを使わないのは、夫がガラケーしか持っていないからだった。今どき信じられないと都は言うが、自分たち夫婦の年代だと、珍しいというほどではない。

スマートフォンをバッグにしまおうとしたとき、端末の振動を感じた。

『From：弘　はい。』

もともとは、夕飯を作り始めるタイミングを知らせるためのメールだった。しかし、ここ数年は、記憶にある限り、家族と食卓を囲めるような時間に家に帰れたためしがない。調理済みの夕飯を電子レンジで温めるだけなのだから、わざわざ帰宅を事前に知らせる必要もないのに、会社を出るときにメールを送信する日課だけは、なぜだか惰性で続けていた。

ヘッドライトをつけ、車を発進させた。

何千回と繰り返してきた朝晩のドライブも、あと一か月もすれば、過去のものになる。そのことにまだ、実感がわかない。

＊

退職する直前は、引き継ぎにより仕事がなくなっていき、暇を持て余すものだとばかり思っていた。

現実は正反対だった。あと十八営業日。十七営業日。残された時間を意識するたび、焦燥感に追い立てられる。先週戸村が発注ミスをやらかした製菓会社への謝罪とアフターフォロー。受注内容のチェック体制の見直し。ＯＡ機器と文具をセットで提案する特別キャンペーンの立案。

ああ、心配だ。部長である自分がいなくなった後、あの子たちは営業部の業務をきちんとこなしていけるのだろうか。勤務年数が短い若手社員ほど、社用車で客先を回って決められた商品の補充を決められたとおりにするのが仕事だと思っているふしがあるが、それは大間違いだ。取引先との関係を良好に保ち、訪問時に業務風景を観察して新しい需要を見出《みいだ》し、興味を持ってもらえるように工夫を凝らして提案し、お客様の期待に百二十パーセント応える働きをすることが、うちのような事務用品販売会社がお客様に提供できる価値であり、通販サイトと差別化できる唯一のポイントであり、次の依頼や口コミでの新規取引先獲得へと繋がっていくわけで、さもなければ——。

首がぐらりと前に倒れる。

英数字の並んだキーボードに顔面から突っ込みそうになり、雅枝は驚いて両手を突っ張った。開いていたエクセルシートのセルに、わけの分からない文字列が打ち込まれる。

バックスペースキーを連打してから、細く息を吐いた。事務机の引き出しから目薬を取り出す。両目に一滴ずつ落とすと、眠気が少しは遠のいた。

背筋を伸ばし、気合を入れ直す。

モニターの右下に目をやると、時刻はすでに午前二時を回っていた。暗い事務所の中で、雅枝の頭上の蛍光灯だけが煌々《こうこう》と白い光を放っている。

このところ、毎晩のように深夜まで残業をしていた。車通勤で終電の時間を気にする必要もないから、つい満足のいくまで目の前のタスクに没頭してしまう。部下に話しかけられることもなければ、電話が鳴ったりメールが届いたりすることもない静かな夜の時間は、疲労や眠気と闘う必要はあれど、日中よりはるかに仕事が捗《はかど》って気持ちがいい。

パソコンで編集しているのは、雅枝が長年付き合ってきた取引先の一覧表だった。担当者の氏名や電話番号のみならず、詳細にわたる過去の取引内容や効率的な訪問頻度、担当者の性格、決裁権のある役職者を口説くコツ、先方が食いついてくる世間話のネタに至るまで事細かにメモを残し、営業部全員に配布するつもりでいる。言うなれば、ＶＩＰの攻略マニュアルだ。どんなに頼りない部下でも、これさえ見れば大丈夫と自信を持って言い切れるくらいの、大作を遺《のこ》さなければならない。

四十二年分の汗の結晶を、この引き継ぎ資料に注ぎ込むのだ。この会社のために。あの子たち自身の生活のために。

誰もいない事務所でこうして残務処理をしていると、一人前に営業を任されるようになった入社三、四年目の頃を思い出す。同年代の男性社員に負けじと、朝から晩まで取引先を回っては、遅くまで机にかじりついて書類仕事をしていた。結婚後も、妊娠して子どもが生まれるまで、その習慣は変えなかった。あの頃の雅枝ほど骨のある若手社員にはその後お目にかかれていないと、社長は今でも豪快に笑いながら懐かしそうに言う。

——いつだって、がむしゃらに頑張ってきた。

高校を卒業してすぐ、この会社に就職した。創業間もなかった当時、従業員はたったの五人で、女性は雅枝一人だった。男女雇用機会均等法が制定される前の時代だ。社長にはあくまで事務員としての立ち回りを期待されていたようだが、他の男性社員と同等の仕事を任せてほしいと直訴し、車で客先を回って脇目も振らずに働いた。成功したい、という思いが強かった。生まれ育った土地に頑なにしがみつこうとしている両親とは違う。私は他の場所で、自分の力で、幸せをつかみ取る。時代に先駆けて、自立した女性としてのし上がり、実力を武器に、どんなところでも生きていけることを証明してみせる。

積極的に取引先の新規開拓をし、営業成績はトップをひた走り続けた。社員が増えてくると、後輩たちの教育係を率先して務めた。そのうちの一人である弘と結婚してからも、しばらくは子どもを作らなかった。瑞ノ瀬の土地を売って手に入れた、この立派な家に見合う働きをしたい。出世して、もっと給料をもらいたい。自分が幼かった頃よりも、もっともっと、いい暮らしをしたい。

――いや、しなければならない。そのために瑞ノ瀬を捨てたのだから。水底に沈みゆく地に背を向け、都会に出ることを選択したのだから。

私には、立派に、そして幸福に生きる義務がある。

両親よりも。

瑞ノ瀬に生きたすべての先人たちよりも。

華々しい未来を手に入れるための努力はいとわなかった。雅枝の貢献のおかげで、会社の規模は急速に大きくなり、後に続く女性営業職も増えた。娘を出産した後も、社長や同僚に早期の復帰を熱望され、営業部や商品部を渡り歩いて精力的に働き続けた。日を経ずして、女性初の管理職になった。無職の夫を抱えながらも、一家が不自由なく生活するのに十分な額を稼げるようになった。一人娘の都は小学生のうちから塾に通わせ、大学の学費を出し、留学をしたいという希望も叶えてやった。それらがすべて母親の頑張りのおかげだということを、あの子は理解しているだろうか。

私には、自力で築き上げた地位がある。四十年以上かけて集めた人望がある。石井さん、石井さん、と贔屓《ひいき》にしてくれる多くのお客様がいる。今さら人生の輝きを失うようなことがあってはならない。会社では部下たちを、家では夫や娘を、誰の力も借りずに、たった一人で支えてきた、この私が――。

――む、むっ、娘さんをくださいっ！

座布団に正座をして、俯いたまま叫んでいる若き弘の姿が、突如、まぶたの裏に浮かんだ。顔を真っ赤にし、両の拳を膝に食い込ませるように押しつけていて、なんとも情けない。婚約者である弘のぎこちない振る舞いも、見るからに田舎っぽいうえその日に限って雨漏りまでしていた実家の居間も、何もかもが恥ずかしかったものの、家族や親戚の世話にならずに、瑞ノ瀬とは関係のないところで結婚相手を見つけられたことは、妙に誇らしかった。

結婚式は、専門の式場で挙げた。予算が限られていたため、小ぢんまりとした会場しか選べなかったが、当時最先端だった教会式を選択し、ヴェールの長さにこだわった純白のウェディングドレスを着た。せめて写真くらいは和装でも、という母の遠慮がちな提案は、笑って受け流した。

――うちの赤ちゃん、どれ？

――あれよ。

――ん、どれ？

――あれだってば。石井、って足に書いてあるでしょう。

視界が切り替わり、今度は産婦人科の新生児室が目の前に広がった。足の裏に油性ペンで母親の名前を書かれた赤ん坊が十人ほど、それぞれ小さな新生児ベッドに収まって、窓ガラスの向こうに並べられている。隣に立つ弘と身を寄せ合い、ガラスに鼻先をくっつけるようにして、生まれたばかりの一人娘を見つめた。新しくできたばかりの、清潔感のある大病院だった。都、という名前は雅枝がつけた。広い世界に踏み出し、たくさんの人と自ら関わろうとする大人になってほしい、と願った。

質素な黒い着物を着て自宅で結婚式を挙げ、助産師を呼んで同じく自宅の和室で出産したという母とは違う。雅枝は正しい道を歩んできた。慣習や多数派に流されず、自分の頭で考えて、常に時代を先読みして——。

「——部長？　石井部長！」

肩を強く叩かれ、薄目を開けた。

灰色のカーペットが目の前に見え、混乱する。

身体中の関節が軋むのを感じながら、床に手をついて身を起こした。心配そうにこちらを覗き込んでいる戸村の顔を認識すると同時に、事務所がまばゆいほどの朝の光に満たされているのに気づき、はっとして口元を押さえる。

「……今、何時？」

「七時ちょっと前、です」戸村が幾度も瞬《まばた》きをしながら答えた。「大丈夫ですか？　救急車、呼びましょうか」

「そんな、必要ないわよ」

「でも、倒れてたんじゃ」

「ちょっと疲れが溜まっただけ。今は平気だから、気にしないで」

そう答えつつも、内心動揺していた。床に横たわって仮眠を取ろうとした記憶はない。ということは、深夜残業中に意識を手放して椅子からずり落ち、そのまま朝までうつ伏せのまま熟睡していたのだろう。事務机を見上げると、パソコンの脇に置いていた空のマグカップが横倒しになっていた。

昔のようにはいかない、ということだろうか。連日の長時間労働と睡眠不足に身体が悲鳴を上げているのに、それを雅枝自身がいつまでも無視し続けるものだから、とうとう強制的にシャットダウンさせられてしまったのかもしれない。

幸い、失神時に怪我《けが》はしていないようだった。ただし頭痛がひどく、コンタクトをつけっぱなしにしたせいで目の表面が乾ききっている。きっと化粧も落ち、ひどい顔になっているに違いない。

慌てて右手で顔を隠し、立ち上がってバッグを肩にかけた。

「見苦しいところをお見せしてごめんなさい。いったん帰るわね」

「いったん、というか、休んだほうがいいですよ。少なくとも今日は」

「そうさせてもらおうかな。体調不良だって、みんなに伝えておいてくれる？」

「分かりました。あの……部長が倒れてたってことは、誰にも言わないので」

「ありがとう。じゃ、申し訳ないけど」

逃げるようにして事務所を後にし、建物の外に出た。駐車場に停まっているのは、雅枝の軽自動車と戸村のステーションワゴンの二台だけだった。安堵の息をつき、車に乗り込んでエンジンをかける。

発車させる前に、バッグからスマートフォンを取り出し、通知画面を確認した。予想に反して、不在着信やメールは一件も入っていなかった。

——妻が会社で夜を明かしたというのに、心配する連絡一つ寄越《よこ》さないわけ。

半分呆れ、半分失望しつつ、こちらからメールを打つ。いつもの帰宅時の文面に添えて、気がついたら職場の床で倒れていたという説明を送ると、すぐに返信があった。

『From：弘　迎えにいこうか。』

車は一台しか所有していないというのに、どうやって迎えにくるつもりなのだろう。わざわざバスを乗り継いでやってきて、この車を運転して帰る？　バカバカしい。それならタクシーを呼んだほうが早いし、そんなことをしなくても、通い慣れた道を車で戻れる程度の体力と集中力は残っている。

「起きてたなら電話くらいしてよ。そうしたらあんな姿を戸村くんに見せなくて済んだかもしれないのに……」

ぶつくさと文句を言いながらシフトレバーを操作し、車を発進させた。まだ通勤ラッシュには早いからか、道路は空《す》いている。朝の陽光が降り注ぐ中、普段と逆の方向に車を走らせるのは、どうにも落ち着かなかった。

夫のことは、これまでは気にしないようにしていた。

会話がなくても、気が利かなくても、家事の要領が悪くても、別にどうだっていい。平日の朝晩と土日だけ、我慢すればいいのだから。

だが、来月からはずっと一緒に暮らすのだ。都がいつまで家に引きこもるつもりかは分からないが、いずれは夫婦二人きりになる。雅枝が意識して外出しない限り、二十四時間、三百六十五日、一つ屋根の下で。

憂鬱だった。何者でもない夫と、何者かではあったはずなのに、その身分を今月末で喪失する妻。

まるで異なる人生を歩んできた自分たちが、今さら生活のすべてをともにし、その上で心穏やかにいられるのだろうか。

雅枝には、その自信がない。

こんなことなら、嘱託社員として再雇用を希望すればよかっただろうか。管理職を外れて半分の給与で仕事をすることに魅力を感じず、どうせなら最後まで営業部長のまま引退の花道を飾りたいというだけの理由で六十歳での退職を決めたのは、今思うと時期尚早だったかもしれない。たとえ生活費に困っていなくても、仕事というのは何も、お金のためだけにするものではなかったのではないか。

退職後の未来は、依然として灰色だった。部下を持たず、会社に通わず、事務机さえ与えられない、ただの石井雅枝。営業部長の肩書きも、初対面の相手に渡す名刺もない。夫以前にまずは自分が、その状況を果たして受け入れられるのだろうか。

そんなことを、考えてみたりもする。

＊

過労で倒れた当日は、会社を一日休んだ。

ひとたび身体が疲労を認識し始めると、歯止めがかからなくなった。弘とも都ともほとんど顔を合わせず、寝室で惰眠を貪って体力の回復に努めた。

おかげで次の日には、なんとか出社できる程度には持ち直していた。木曜、金曜とまた連続で会社に行き、本当は土曜も休日出勤するつもりでいたが、運悪く台風がやってきてしまった。首都圏の電車が軒並み計画運休を発表し、不要不急の外出は控えるようテレビでアナウンサーが呼びかけているのを見て、会社に行くのは諦めることにした。

雨粒が激しく窓ガラスを叩く中、親子三人でテレビを眺めながら一日を過ごした。夜になって、瑞ノ瀬ダムが緊急放流を検討中というニュースが飛び込んできたときには、妙に心がざわつき、じっとしていられなくなった。結局放流は見送られ、その夜は久しぶりに安眠できた。

翌日の日曜日こそは会社に行って業務の遅れを取り戻そうと考えていたが、都が朝から目的地も告げずに家を飛び出していくという事件があり、慌てて連絡を取ろうとしているうちに、出社のタイミングを逃してしまった。

いっそのこと三連休は休養に充てよう、と開き直ったはいいものの、無口な夫と朝から晩まで二人きりで過ごすのはやはり息が詰まる。都の突発的な行動に振り回されていた日曜はまだよかったが、翌日の月曜になると、夫婦の間に漂う長い沈黙が耐えがたく感じられるようになってきた。営業の性か、気を使って頻繁に話しかけてしまい、「ああ」だとか「うん」だとか、たったそれだけの返答に気落ちして、つい口調を荒らげてしまう。

自分の精神衛生のためにも、弘が作った昼食の焼きそばを食べた後は、一人で散歩に出かけることにした。キッチンのシンクで皿洗いをしている背中に向かって、大きな声で呼びかける。

「ちょっと外出するわね」

「ああ、うん」

「書店まで歩いていって、帰りに最近オープンしたばかりのケーキ屋さんを覗いてくるから。退職の日に配るのにちょうどいい焼き菓子が売ってないか、事前にチェックしておきたくて。ついでに何か買ってこようかと思うけど、あなたは要る？」

「いや、いい」

この人は、自分の妻に興味がないのだろうか、と悲しくなる。

きっと、目的地が書店だろうが、ケーキ店だろうが、会社だろうが、パチンコ店だろうが、はたまた場末のホストクラブだろうが、どうだっていいのだ。

昔はこんなではなかった、と思う。いつからか、弘は最低限の言葉しか口にしなくなった。娘の都に対しては味の好みを丁寧に尋ねているのを目撃したことがあるから、雅枝に対してだけ、ということになる。

夫婦とは、もともとは血縁関係のない他人同士だ。繋ぎとめるもののない愛は、永遠には続かない。弘は年々そっけなくなり、それに比例するように雅枝の小言も増えた。これからも、連綿と続く日常の中で、関係は緩やかに悪化する一方なのだろう。

意気消沈しながら、玄関でフラットパンプスを履き、外に出た。

お世辞にも散歩日和とは言えない曇天に迎えられた。冷たい風が吹いていて、今にも雨が降り出しそうだ。

家から逃げ出した先で、雨に濡れそぼちたくはない。惨めな気持ちに拍車がかかってしまう。背後で閉じかけているドアの内側へと慌てて引き返し、折り畳み傘を荷物に入れて仕切り直した。国道沿いにある最寄りの書店までは、徒歩でいくと片道十五分強かかる。レインブーツを履いてきたわけでもないし、ケーキ店に足を延ばすのはまたの機会にしようかと思案しつつ住宅街を歩き出すと、前方から視線を感じた。

あの老爺だ。

右手に杖を持ち、左手を曲がった腰に当て、しっかりとした足取りでこちらに歩いてくる。今日もハンチング帽を目深にかぶっているため、顔の上半分はよく見えない。この間までは半袖のポロシャツ姿だったが、今日は急に気温が下がったからか、ベージュ色のハイネックセーターを着ていた。

目的地の書店は通勤経路と逆方向にあるため、老爺と初めてすれ違う格好になる。食い入るような視線に戸惑いながらも、歩調を緩めずに前進していくと、老爺が曲がった背中をにわかに伸ばし、通せんぼするように杖を雅枝の行く手に掲げた。

驚いて立ち止まる。老爺の唇は怒ったように引き結ばれていた。杖を振り回しでもするつもりかと身構えたが、次の瞬間、思いのほか落ち着いた口調で話しかけてきた。

「お前、どこに行ってたんだ」

「……え？」

「捜したんだぞ。ずっと、ずっと」

思わず息を呑んだ。

捜した――ということは、まさか。

とっさに身を屈め、相手の顔を覗き込もうとした。雅枝の動きを警戒したのか、それともたまたまなのか、老爺がタイミング悪く、こちらの視線を断ち切るように下を向いてしまう。無数のしわが刻まれた肌に、薄茶色のシミが散っているのが見えた。

外見だけでは判別がつかない。最後に会ったのは、もう三十七年も前なのだ。そうでなくても、九十を越えた人間の顔など、どれも同じに見えるのに。

――お父さん？

そんなことがあっていいのだろうか、と冷静に考えるより前に、言葉が口を衝いて出た。

「捜した、って……こっちの台詞よ。こんなに長い間、どこに行ってたの」

「俺のそばからいなくなるな。離れるな」

「いなくなったのはお父さんのほうじゃない」

「バカ言え、俺は元気だ。病気だってちっともしてない」

「お母さんが、ずっと帰りを待ってたのに……」

「待たされたよ、そりゃもう、気が遠くなるほど」

話が微妙に嚙み合わないのは、高齢のせいだろうか。記憶の中の父と正確に照合するのは難しかったが、渋みのある低いトーンの声には、聞き覚えがあるような気がしてならなかった。

老爺が杖を下ろし、一段と語気を強めて続けた。

「こんなところをうろついてないで、いい加減、家に帰るぞ」

「えっ、でも、今はここに住んでいるんだけど」

「ほら、おいで。——か」

最後の言葉が聞き取れず、「何?」と前傾姿勢になる。そんな雅枝に背を向け、老爺はもと来た道を戻り始めてしまった。呆気《あっけ》に取られているうちに、すぐそばの角を曲がっていき、姿が見えなくなる。

追いかけようと足を一歩踏み出し、思いとどまった。この数週間で幾度も遭遇しているのだ。ここで慌てなくても、また近々会うことがあるだろう。

道端に立ち止まったまま、雅枝はぼんやりと、先ほどの会話を振り返った。

——家に帰るぞ。

老爺はそう言った。彼の口からその言葉を聞いた瞬間、ごく自然に、結婚するまでの二十三年間を過ごした瑞ノ瀬の実家が脳裏に浮かびあがった。どう足掻《あが》いてもいずれは国に明け渡さなければならないのに、両親が意固地になって屋根や床の修繕を繰り返し、快適な暮らしができるよう最後まで大切に使い続けていた、あの平屋建ての家が。

お金と時間の無駄だ、と当時は思っていた。湖の底に沈むことになる家を、大工を呼んでまで綺麗に直す必要などどこにあるのか。周りを見渡しても、そんなことをしている人間はいなかった。

あの老爺は——願わくは父は、瑞ノ瀬に帰ろうとしていたのではないか。

今は影も形もない、あの山間の小さな集落に。

ぽつり、と雨が一粒、額に当たった。

折り畳み傘を開く。雨の降りしきる街と、乾いた服を着た自分が、撥水《はっすい》加工された布一枚で隔てられ、やがて混じり合っていった。

＊

連休明けの火曜は、世間話のネタに事欠かなかった。

台風、すごかったですね。うちの隣の家は、ベランダの物干し台が倒れて窓ガラスにひびが入ったみたいです。新幹線水没のニュース、見ました？　関東はまだ被害が少なくてよかったですよね。緊急速報がうるさくて眠れませんでしたよ。

娘が長野のリンゴ農家に泊まり込んで災害ボランティアをしている、と話すと、誰もが驚きの反応を見せた。その農家が彼氏の実家だということは伏せておいた。二十歳を越えているとはいえ、まだ都は大学生だ。これを機に引きこもりを脱却できるならと今回は特別に長期の宿泊を容認しているが、親の管理が行き届いていないと周りに思われたくはない。

「娘さん、すごい行動力ですね」

「そんな子じゃなかったはずなんだけどね。留学を切り上げて帰ってきてからはずっと無気力状態だったのに、どういう風の吹き回しなんだか」

「……台風だけに？」

「一本取られたわね」

朝礼を終えた流れで、営業部の部下たちと他愛もない雑談をする。この国に住む限り、自然災害は日常と隣り合わせだ。テレビで流れるニュースを漫然と見て、挨拶代わりに感想を言い合い、話題を消費したそばから忘れ去っていく。

いつもどおりの朝だった。次々と事務所を出ていく営業部員たちを部長席で見送っていると、カタログで膨らんだ鞄を肩にかけながら、戸村があたふたとこちらに近づいてきた。上半身を屈め、辺りを憚《はばか》る小声で言う。

「部長、その後ご体調は……」

「ああ、別に大丈夫よ。ありがとう」

「この連休中、台風のなか休日出勤したりしてないですよね」

「来ようと思ってたけど、さすがに諦めたわ。で、どうしたの？」

用件を尋ねると、戸村は「あ、いえ」と首を横に振った。先週雅枝が過労で倒れたことを知る唯一の社員として、念のため様子を窺いにきただけのようだ。雅枝が復帰した日でなく、一週間も経ってからふと思い出したように訊いてくるあたり、顧客へのアフターサービスもこの調子でやっているのではないかと心配になる。

体調不良で有休を取るなど、何年ぶりかの出来事だった。いや、十数年ぶりかもしれない。自分抜きで業務が問題なく回るのかと気が気ではなかったが、一応、トラブルの類いは起きなかったらしい。ただし翌日に出社すると、課長をはじめとした部下たちからの質問が殺到した。値引き交渉への対応や顧客の希望に沿った商品の選定など、何をするにも雅枝を頼るのが当たり前になってしまっているのだ。雅枝の脳内に詰まった四十二年分の知識はあと少しで使えなくなるというのに、こんな状態であなた方は大丈夫なのか、と問いたい。

「タケハナ製菓さん、その後大丈夫そう?」

「あ、はい! おかげさまで。『おたくの部長さんは有能だね、まさか二日で手配してくれるなんてね』って、先日伺ったときも改めて感謝されましたよ」

つまり担当者一人では心もとないと言われていることを、戸村は自覚しているのだろうか。

「首の皮一枚繋がったわね」

「本当に、石井部長のおかげです。ありがとうございます」

「私が退職したら、もうフォローはできないんだからね。しっかりしてよ」

「すみません、頑張ります」

戸村の声色には、反省と不安が同居していた。その感情がこちらに伝染する前に、雅枝は席を立つ。「これから商品部との会議だから」と早口で告げると、戸村はその言葉に追い立てられるようにして事務所を出ていった。

あと十二営業日。今日を除けば十一営業日。

いつになく重みを持ち始めた一日が、会議や顧客訪問であっという間に終わっていく。

目の前の業務以外のことを考える余裕などないはずだった。それなのに、部下の運転する車の助手席に座っているときや、訪問した客が急な電話対応で席を外したとき、昨日の老爺の姿がふと、まぶたの裏に蘇る。

——あのおじいさんが、父であってくれたら。

——これを機に、長年のわだかまりを解消できたとしたら。

——どんなに、素晴らしいだろう。

あのときの雅枝に、瑞ノ瀬を出ていかないという選択肢はなかった。だが、物件調査の承諾書に独断で署名した結果、両親と大喧嘩になって絶縁寸前にまで至ってしまったことは、喉に刺さった魚の小骨のように心に引っかかっていた。父と和解したい。離れている間に何があったかを語り合いたい。都の顔を見せて、私の人生の選択を認めてもらいたい。

そう願うと同時に、冷静になり始めてもいた。三十年以上も行方不明《ゆくえふめい》で、戸籍上はとっくに死んだことになっている父が、今さら突然姿を現すなどということがあるだろうか。老爺が自ら瀬川孝光《せがわたかみつ》と名乗ったならともかく、真正面から顔をよく確認したわけでもないのに、なぜ彼を父だと思い込み、そのつもりで会話までしたのだろう。過労で頭がおかしくなっていたのかもしれない。

そんなことを時おり考えながら、事務所の部長席で残務を処理していた夕方のことだった。

不意に画面に表示されたアップデート通知を意図せずクリックしてしまい、パソコンが再起動を始めた。その間に暇を持て余し、何気なくバッグからスマートフォンを取り出すと、五件もの不在着信が入っていた。

すべて弘からだった。

夫が自分から電話をかけてくるなど、めったにないことだ。何か緊急事態が発生したのだろうか、と青くなる。長野に行っている都が事故や事件に巻き込まれた？　それとも、最近身体の調子が悪そうだというおばあちゃんが体調を崩した？

三十分前に、メールも一件届いていた。


『From：弘　至急折り返しください。』


いよいよ心のざわつきが収まらなくなり、雅枝は席を立って廊下へと急いだ。ヒールの音を立てて勢いよくそばを通り過ぎると、営業部や商品部の社員たちが驚いたように顔を上げた。

廊下には誰もいなかった。震える指先で『弘』の赤い文字をタップし、スマートフォンを耳に当てて呼吸を止める。

二回目の呼び出し音が、途中でぷつりと切れた。「もしもし？」と前のめりになって問いかけると、何の前触れもなく、嵐のような声が耳に流れ込んできた。

『仕事中にごめん、キタシバ山でッコツが出たってニュースが流れて、これはもしかしてと思って電話でィサッに訊いてみたら、ュウヒンが一緒に見つかったから来てご確認いただけますか、って！』

「え、何？　弘？　弘なの？」

困惑し、相手の大声にかぶせるように問い返す。電話の相手が弘なのだとすると、寡黙な彼がこれほど長く何かをまくしたてるのを聞いたのは、三十七年の結婚生活の中で初めてだった。あまりに早口なため、言葉がところどころ聞き取れず、まったく意味がつかめない。

受話口から大きく息を吸う音が聞こえ、『そうだよ』という無理やり落ち着きを取り戻したような声が返ってきた。

『土曜日に台風がきたよね。そのとき、キタシバ山で小規模な土砂崩れが起きたらしくて』

「キタシバ山って？」

『瑞ノ瀬湖のすぐそばにある山。雅枝が昔、よく遊んでたっていう』

「裏山のこと？」

雅枝が生まれたときから、山はそこにあった。標高が低くて子どもの足でも頂上まで二時間ほどで登れるのだが、急斜面沿いの狭い道も多く、子どもだけで深くまで立ち入らないようにと幼い頃から両親に言い含められていた。

正式な名前があったことなど、あそこがダム湖となって観光地化するまで知らなかった。北柴山《きたしばやま》――幼い都を連れて初めて瑞ノ瀬湖を訪ねたとき、遊歩道の途中にある看板にそう書いてあったことをかろうじて思い出す。

『その台風で崩れた場所から、人の白骨が見つかったたっていうニュースが、昨日テレビで流れた』

「昨日って……私も家にいたじゃない」

『雅枝が昼、書店に出かけたときだよ。少なくとも死後三十年以上経過しているとみられる、って』

心臓が早鐘を打ち始める。白骨、という単語が何度も耳の中で再生され、スマートフォンを握りしめる手が汗ばんだ。

「電話で訊いてみたって……もしかして、警察に？」

『今までもそういうニュースを見たら必ず問い合わせてた。でも全部ハズレだった。ただ今回は場所が瑞ノ瀬だし、時期も合ってるから、きっと間違いない。遺留品が一緒に見つかったらしくて、それを確認しにきてほしいって言われてる』

「その白骨が」ゆっくりと息を吸い、吐き出した。「お父さんかもしれないのね」

『そう。だから雅枝に見にいってほしいんだ。もし邪魔じゃなければ、僕も一緒に行きたい』

ごくりと唾を飲み込んだ。

弘に訊きたいことは山ほどあった。なぜ父の行方を熱心に捜してくれていたのか。なぜそれを雅枝に言わなかったのか。普段から会話がほとんどなく、夫婦関係は冷え切っていたはずなのに、なぜこれほど興奮した口調でそれを報告してくるのか。

だが今は、心が瑞ノ瀬に連れていかれていた。父がいなくなった三十六年前、まだ湖の底に沈んでいなかったあの小さな村へと。

「……行きましょう。今から」

『仕事は？』

「何とかする。家を出る準備をして、警察にも連絡を入れておいて。じゃ、あとでね」

スマートフォンを耳から離し、通話終了ボタンに触れた。画面が汗で濡れていて、電話を切るのに三回もタップし直さなければならなかった。

事務所内に早足で戻りながら、ふと考えた。

夫があんなに感情を昂《たかぶ》らせているのは、いつ以来だろう。都が誕生したとき？　さすがにそこまで前ではないか。

すでに定時は過ぎていた。雅枝はバッグをひっつかむと、部下への声がけもそこそこに、夜の気配が漂い始めている駐車場へと弾丸のように飛び出した。

「……腕時計、ですか」

「ええ。ずっと土の中に一緒に埋まっていたのか、手首の骨に引っかかるような形で発見されました」

割れた頭蓋骨の一部と、上半身の骨がいくつか、それと腕時計。

今のところ現場から見つかっているのはそれだけだ、と目の前に座っている中年の警察官は説明した。スチールデスクの上で両手の指を組み合わせ、「特徴を覚えていますか」と感情の見えない口調で問いかけてくる。

雅枝たちが通されたのは、刑事課の取調室だった。電話してすぐに押しかけたため、他の部屋に空きがなかったのかもしれない。机と椅子しかない殺風景な雰囲気に気圧《けお》されたのか、弘は隣で小さくなっている。雅枝もさすがに平常心ではいられなかった。

試されている、と感じた。

警察官は茶封筒を携えていた。膨らみの形状から、遺留品の腕時計が入っているのだと分かる。しかし中身を先に見せるつもりはないようだった。雅枝の口から腕時計の特徴を言わせ、それが現物と一致するかどうか、見極めようとしているのだ。

「父の……腕時計……」

「覚えていらっしゃいませんか」

「もう少し待ってください。思い出そうとしていますから」

頭が痛くなるほど集中し、過去の記憶を懸命に探った。農業に従事していた父が、普段から腕時計をつけていた印象はない。

時間が経つにつれて、動悸がし始めた。

もしかして、この遺留品しか、白骨の身元を特定する手立てはないのだろうか。見つかった頭蓋骨は頭頂部のみだというから、歯型の照合には期待できない。三十年以上も山の中に埋まっていた白骨のＤＮＡ鑑定ができるものなのかどうか、雅枝には知識がない。

つまり、私が思い出せなかったら、ここで終わりかもしれない——。

人差し指の爪が、スーツの上着の裾をせわしなく引っ掻いた。結婚するまで同じ家で暮らしていたというのに、父が所持していた衣服や装飾品について、記憶がなかなか蘇らないのがもどかしかった。弘が不安げな視線を横目で送ってくる。

失望に身を任せかけたとき、突如として、あるイメージが脳内に流れ込んできた。——得意げに左腕を突き出してくる赤ら顔の父、呆れたように苦笑する母、ああはいはい、と酔っ払った父を邪険にする自分。

あ、と思わず叫んだ。待ちくたびれたような顔をしていた警察官が、顔を上げてこちらを見る。

「母が父に贈った……記念品かもしれません。確か、結婚三十周年の」

「どんなものか分かりますか？　色や形など」

「銀色で……文字盤は黒くて……時刻を示す針以外にも、細かい針がいくつかついていて……日付や曜日まで分かるようになっていたかと」

「メーカーは？」

一瞬考えてから、現在に至るまで人気を博しているスイスの高級腕時計メーカーの名前を挙げる。初めて見せられたとき、素朴な外見の父に到底似合わない贅沢品《ぜいたくひん》だ、と意外に感じた覚えがあった。

——いいだろう。母さんからもらった初めてのプレゼントだぞ。しかも、だ。

さらに腕時計を外そうとする父の姿が脳裏に蘇った瞬間、雅枝は息せき切って机に身を乗り出した。

「それと、刻印があると思います。腕時計の裏に、たぶん、贈り主である母のイニシャルが。『瀬川佳代』なので、ＫＳ――」

「間違いないようですね」

それまで無表情だった警察官が、ほっとしたように頬を緩めた。茶封筒から透明のビニール袋を取り出すその手の動きを、半ば呆然としながら、息を詰めて凝視する。

袋の中には、まさに頭の中に思い描いていた腕時計があった。

全体的に色がくすんでいて、銀色というよりは鼠色に見えるし、文字盤のガラスもひどく汚れている。

それでも直感が胸を突き抜けた。

父のものだ。

これは、間違いなく。

警察官が慎重な手つきでビニール袋をひっくり返し、文字盤の裏を示した。そこだけ丁寧に土が拭われていた。ＫＳ、という英文字が、かすかに読み取れた。

「……ああ」

それ以上、言葉にならなかった。

気がつくと、雅枝は腕時計に向かって頭《こうべ》を垂れ、目を閉じて手を合わせていた。

瑞ノ瀬の裏山。

――そんな近くに、ずっといたんだね。

夕暮れどきになると、朱《あか》く輝いていた山の端《は》を思い出す。何もない場所だったが、空気と水と、山に沈みゆく夕陽《ゆうひ》だけは綺麗だった。燃え盛る火の玉が見えなくなった後、稜線《りょうせん》を縁取るように暖色の光が煌めいていたのを、村から幾度見上げたことだろう。

その裏山が、父を呑み込んだ。自殺ではなかった、と思う。当時の村にはダムの作業員や周辺道路の工事関係者が頻繁に出入りしていたし、ごく少数ながら、戦前まで盛んだった林業を営む村人もまだ残っていた。春になると山菜を採りにいく老人たちもいた。木の枝にロープをかけて首を吊ったりしたのなら、そう日が経たないうちに彼らに発見されていたはずだ。

きっと、ダム建設計画を止められなかったことに深い悲しみと怒りを覚えながら、自暴自棄になって家を出て、歩いて峠を越えようとするさなか、足を滑らせて急斜面を滑落したのだろう。大好きな酒でもしこたま飲んでいたのかもしれない。誰も立ち入れない場所で命を落とした父の身体を、山の土が長い年月をかけて包み込み、今回の台風十九号をきっかけに、ようやく人の目に触れるところへ運び出したのだ。

あれほど愛していたはずの村を、どうして自ら捨てたのか。

直前にダムの補償のことで大喧嘩をしていた雅枝はともかく、周りから冷やかされるほど夫婦仲がよかったはずの母を、どうして置き去りにしたのか。

疑問は残る。それに対する答えを唯一握っていたはずの父は、小さな白骨となり、今は大学の研究センターで鑑定に回されている。

そうか――と、心の中で呟く。

家の近所に何度も現れたあの老爺は、やっぱり父ではなかったのだ。

不思議と落胆はしなかった。頭のどこかで、そんなことが起こりうるはずないと、すでに諦めていたのかもしれない。

だが、二つの出来事は、どこかで繋がっているような気がしてならなかった。この数週間、雅枝が老爺を見かけるたびに父や瑞ノ瀬のことを考え続けていたからこそ、天に願いが通じ、このタイミングで白骨が発見されたのではないか。いつもの自分なら決して好まない、あまりに非科学的な考えが、今日に限ってはするりと脳に染み込んでくる。

瑞ノ瀬湖を最後に訪れたときの光景が、まぶたの裏に広がった。

雅枝は弘や都とともに、遊覧船に乗っていた。船はただ水の上を走っているだけなのに、自分が育った村を踏みつけているような気がして、心が落ち着かなかった。本当は自分で撒くつもりだったガラスの小瓶の中身は、何も知らない都の手によって、太陽の光を反射する美しい湖面へと吸い込まれていった。

故郷の砂。

あのとき雅枝が、家族のもとを離れてこっそり泣いていたことを、都は知らない。

「結婚三十年の記念に奥さんから旦那さんに腕時計を贈るなんて、とても仲のいいご両親だったんですね」

警察官のしみじみとした声で、現実に引き戻された。顔を上げると、雅枝と同じ体勢で両手を合わせている弘の姿が視界の端に映った。

話しかけられているというのに、夫はまだ目をつむっている。その口元は、安心したように微笑んでいた。よかったね雅枝、よかったですねお義父《とう》さん——そう言わんばかりに。

その表情を見て、ふと力が抜けた。二十二の頃、弘と結婚しようと決めた理由を、久方ぶりに思い出す。優しすぎるほど優しかったから、だ。その性格が仇《あだ》となり、彼は職場で上司や先輩社員にきつく当たられ、社会に復帰できなくなった。以来、雅枝は出世を目指して身を粉にして働き、役に立たない夫と幼い娘をたった一人で支えていくのだと気負っていたが、一方の弘も、養ってもらう代わりにせめて妻の一番の心残りを何とかして取り除こうと、主夫業の傍ら、自分にできることを懸命に探し続けていたのかもしれない。

「……ええ、見ていて羨ましくなるくらい、仲睦まじい両親でした」

答えると同時に、雅枝は目頭を押さえた。

途端、記憶の濁流に呑み込まれる。

父と母は、瑞ノ瀬を愛していた。雅枝は愛せなかった。それはなぜか。要らない場所だ、公共の福祉のためにダムの底に沈めてもいい場所だと、ある日突然、第三者から烙印《らくいん》を押されてしまったからだ。ふるさとへの愛着をじっくりと育てていた最中だったはずの雅枝は、その瞬間から、瑞ノ瀬村の一員であることに誇りを持てなくなった。水と空気と夕陽が多少綺麗なだけの、何の客観的価値もない村だったのだと、九歳にして、雅枝は知ってしまった。

そして答えを外に求めた。今度こそ、誰の目から見ても魅力的で、それゆえに誰にも奪われることのない、理想的な居場所を手に入れたい。つまり都会だ。便利で価値があって、そこに居を構えるだけで、自然と世間の多数派になれるところ――。

ダム計画が持ち上がった時点で、四十年以上もの時を瑞ノ瀬で過ごしていた両親は、すでに揺るぎない誇りを胸に抱いていたのだろう。そんな二人が推し進めたダム建設反対運動に、雅枝は心から共感することができなかった。バカなことを、と冷めきった目で見ていた。両親が瑞ノ瀬の何をそれほど守りたかったのかは、未だに理解できていない。だが、ずっと謝りたいとは思っていた。最後まで対立したままで、親不孝な娘でごめん、と。

ビニール袋の中の腕時計に目をやり、雅枝は小さく頷いた。

――やっと、見つけたよ。

もう一度、目をつむって両手を合わせた。

警察官は、何も言わずに待っていてくれた。いい担当者に当たった。他人の抱く、他者への思いを尊重できる人間は、きっと周囲からも愛されていることだろう。

自分もそうなれるだろうか。今からでも。明日からでも。


帰りの車の中で、弘は行きと打って変わって黙りこくっていた。

やっぱりこうなるか、とハンドルを握りながら気落ちする。ニュースを見て警察に問い合わせたときの行動力はどこへ行ったのだろう。妻に関心などなさそうな、いつもの無口な夫が、助手席に座ってぼんやりと夜の街を眺めている。

「あなたって、こういうときに何も喋ってくれないわよね」

期待を裏切られたような気分になり、思わず愚痴をこぼした。

「先週、私が有休を取って一日中家で寝てたときもそうだった。都が留学をやめて帰国することが決まったときも、心療内科で適応障害だと診断されたときも。一緒にテレビを見ていて白骨遺体のニュースが流れたときも、私が残業続きで疲れてるときも、都がこのあいだ突然家を飛び出していって、行き先が彼氏のところだと分かったときも――」

「なんて声をかけたらいいか……分からないんだよ」

珍しく、弘が心情を吐露した。普段なら、雅枝にいくら文句を言われても、ごめんと一言呟いて自分の殻に閉じこもってしまうのに。

「どうして？」雅枝は眉を上げ、問いかけた。「何も、言葉を尽くして私を元気づけろと言ってるわけじゃないのよ。今日の場合なら、『お義父さんが見つかってよかったね』の一言。それでいいじゃない」

「難しいんだよ。『お義父さんが見つかってよかった』のか、『亡くなっていて残念だった』のか。僕がどちらの言葉をかけても、雅枝はいい思いをしないんじゃないかと……なんとなく、そんな気がして」

「考えすぎだってば」

「雅枝が会社から帰ってきたときは、もっと難しい。まだ仕事のことを考えてるかもしれないから邪魔しないほうがいいのか、それとも早くご飯を出して話を聞いてあげたほうがいいのか。都も同じだ。放っておかれたいのか、何か言葉をかけてほしいのか……」

そのためらうような口ぶりに、胸を抉《えぐ》られたような心地がした。

弘はやはり考えすぎだ。何を言えば正解か分からないから毎回黙り込むなんて、不器用にもほどがある。それでは妻や娘に関心がないようにしか見えないということを、たった今雅枝に指摘されるまで自覚していなかったのだろう。

だが——内向的な夫をそこまで追い詰めたのは、他でもない、妻の自分だったのではないか。

専業主婦の友人が、「最近退職した主人が一日中喋りかけてきて面倒臭い」と話していたことを思い出す。考えてみれば、自分も似たようなものだった。この間の台風十九号で瑞ノ瀬ダムの緊急放流が検討されたときや、都が長野の被災地に向かったと分かったときなど、自分の心にとどめておくのが苦痛なほど気にかかる何かがあると、相手の興味や反応も気にせずに延々と喋り倒してしまう。一方で、仕事のことを考えている間は、誰にも水を差されたくない。弘や都に家の中で不意に話しかけられて思考が中断したときや、会社で深夜残業をしている最中にとりとめもないメールが届いたとき、そのことで苛立ったり文句を言ったりしたことが、これまでに数えきれないほどあったのではないだろうか。

反骨心のある娘の都は、そのたびに言い返してくる。しかし繊細で優しすぎる夫は、波風を立てないようにするため、いつしか沈黙に逃げ込むようになった。雅枝が自分の話を披露しているときも、仕事で忙しくて余裕がないときも、そのどちらでもないときも。

雅枝はいつだって、自分の都合で家族との交流を開始し、また拒否していた。結婚当初からそれに振り回されてきた年下の夫が、自分の前で無口になるのも当たり前だ。雅枝はこれまでに、夫との対話に必要な土台を築いてこなかった。客先訪問の際には世間話のネタまで入念に仕込んでいくにもかかわらず、家庭ではまったくといっていいほど、その努力をしていなかった。

「難しいな。こんなに一緒にいるのに」

弘がサイドウィンドウ越しに夜空を見上げ、ぽつりと言った。

「難しいね」

雅枝も同じ言葉を返す。弘が驚いたようにこちらを振り返り、また窓の外に視線を戻した。指示や苦言を含まない、対等な夫婦としての会話が久しぶりに成立したから、だろうか。

先ほど警察の取調室で体感した、父の腕時計に向かって二人そろって手を合わせたときの心地よい沈黙を思い出しながら、ごめんね、と心の中で呟いた。

——変わらないといけないのは、私のほうだった。

交差点の信号が青になった。ゆっくりとアクセルペダルを踏みこむ。

素直に口に出して言えるのは、もう少しだけ、先になりそうだ。

＊

十月三十一日。ハロウィン。雅枝の誕生日の翌日。そして。

弘が作った朝ご飯をパンツスーツ姿で食べるのも、これで最後になるだろうか——そんなことを考えながら、雅枝は箸を動かしつつテレビを眺めていた。那覇の首里城が一晩のうちに焼失したというニュースが絶え間なく流れている。

「首里城、行ったね」

コーヒーカップを運んできた弘が、画面に目をやり、沈痛な声で言った。

「ああ、懐かしいわね。こんなことになるなら、もう一度くらい沖縄に旅行しておけばよかった」

「あのときは落ち着いて観光できなかったものな」

「すみませんね、私がお腹を壊しちゃって。よりによって初日に」

「僕もあまり調子がよくなかったよ」

「そうだったっけ？　なら一緒に入ったレストランで、何かにあたったんでしょうね」

いつまでも変わらないものなどない。必ず終わりの日は訪れる。永遠にそこにあり続けると思われた、世界遺産にさえ——たまたま目にしたニュースを、人生の大きな節目を今日迎えようとしている自分に、半ば強引に重ね合わせてみる。

何気なく言葉を交わす弘と雅枝を、こんがりと日焼けした都が、その肌とほとんど同じ色をした焦げかけのトーストをかじりながら、不思議そうに見つめていた。長野から帰ってきたその日に美容院できちんと整えたショートボブの髪は、意外によく似合っている。

「ねえ、それっていつの話？」

「都が生まれる三年くらい前よ」

「沖縄旅行に行ったなんて、聞いたことなかったな」

「結婚してから子どもができるまで、夫婦二人きりの期間が長かったから、いろいろなところに行ったのよ。写真もどこかにたくさんあるはずだけど。明日以降、探してみようかしら」

「ママとパパの若い頃、ねぇ。想像つかないや。ちょっと見てみたいかも」

そう明るく言いながらも、どこか腑《ふ》に落ちない顔をしている。それもそうだろう。雅枝の父が失踪宣告による死亡認定を受けていたことや、白骨化した遺体が今になって発見されたことを、都は一切知らないし、これからも知ることはないのだ。おじいちゃんは自分が生まれる前に癌で亡くなった――都にとっての真実は、これまでどおり平穏で、シンプルなままでいい。土地に翻弄された両親と向き合い続けるのは、娘である雅枝の役目だ。

警察署で父の腕時計と対面し、車で一緒に帰ったあの日から、自分たち夫婦の関係性は微妙に変化したようだった。都が訝《いぶか》しむのも当然だ。一週間前に高速バスで帰宅して以来、「なんか、ママとパパ……」と呟いて首を傾げる都の姿を、雅枝は何度か目撃していた。

「都は今日もおばあちゃんち？」

「うん。今、セーター編んでるから」

「ふうん、そう」

「明日からはママももっと顔出してあげてよ」

「はいはい」

「……本当に行くつもりある？」

「あるわよ。ちゃんと有言実行するから、心配しないで」

トーストを食べ終え、コーヒーを一息に飲み干した。喉から腹へと熱が移動するのを感じながら、椅子の背に手をかけて立ち上がる。

「ごちそうさま。じゃ、行ってくるわね」

ソファに置いていた通勤用のトートバッグを肩にかける。その間も都がじっとこちらに目を向けているのに気づき、「何?」と問いかけると、困ったような笑みが返ってきた。

「その真っ白いパンツスーツ、まだ持ってたんだね。ママの歳でそれを着こなすの、すごいというか、さすがというか……」

「若々しすぎるかしら」

「分かんないけど、私にとっては、小学校の頃の授業参観のイメージが強くて」

「ああ……『春はあけのぼ』ね」

「へ?」

「国語の授業参観で見た、都の発表。せっかく暗誦《あんしょう》の練習に付き合ってあげたのに、いざ当日になったらガチガチに緊張しちゃって、冒頭から思いっきり言い間違えたのよね」

「えー、そうだっけ？　何それ恥ずかしい！」

都がダイニングテーブルの下で、スリッパを履いた足をせわしなく上下に動かした。

――春はあけぼの。やうやう白くなりゆく山ぎは、少し明かりて、紫立ちたる雲の細くたなびきたる。

遠い昔、今はもうダムの底に沈んでしまった瑞ノ瀬小学校の旧校舎で、雅枝もその一節を暗誦させられた記憶がある。いや、中学校だったかもしれない。

夜明け前にほの明るくなる山際の空。

不意に頭の中に浮かんできた枕草子《まくらのそうし》の一節が、弘と都と三人で迎えた退職の日の朝に、爽やかに染み込んでいく。

「私にとっての晴れの日だもの。好きなものを着させてよ」

「別に否定なんかしてないよ。ママは本当にお洒落だなぁって思っただけ」

「『私だったら絶対に着ないけど』の枕詞が透けて見えるわ」

「だって、私はそういうの似合わないもん」

「まだ若いんだから、どんな色味の服でも様になるわよ。ショッキングピンクや、蛍光イエローだって」

「……ママ、ふざけてる？」

都の質問に黙って微笑み、「いってきます」と口にした。のんびりとコーヒーを飲んでいた弘が、かしこまったように背筋を伸ばし、こちらをまっすぐに見る。

「四十二年間、お疲れさまでした」

「ちょっと早くない？　今夜会社から帰ってきてから言う台詞でしょう、それ」

「ああ、そうか」弘が気まずそうに苦笑する。「じゃあ……いってらっしゃい」

「最後まで頑張りすぎずに頑張ってね、ママ」

都がトーストを持っていないほうの手を振りつつ、難しいことを言う。「はいはい」と再び気のない返事をして、雅枝は二人に背を向けた。

七センチヒールの黒いパンプスを履き、玄関を後にする。ひんやりとした朝の空気の中へと足を踏み出すと、懐かしさと寂しさが入り混じって胸に流れ込んできた。

これを人は、郷愁と呼ぶのだろうか。これまで抱くことのなかった感情が急にあふれだすようになったのは、DNA鑑定により自分との親子関係が正式に証明された遺骨を、明日引き取りにいくことになっているからかもしれない。

立ち止まり、目の前の道を窺う。

あの老爺の姿は、今日はなかった。

数日前に回覧板を持ってきた隣の家の奥さんの噂話により、老爺の正体は図らずも判明していた。去年同じ町内にある一軒家が賃貸に出され、小学生の子どもがいる夫婦が引っ越してきたのだが、最近になって認知症を患う八十代の父親と同居し始めたのだという。その父親には徘徊癖《はいかいへき》があり、二十年近くも前に亡くなっている妻を連れ戻しにいくなどと言い張って、よくこのあたりを歩き回っている。帰る家が分からなくなることもしばしばで、すでに何度も警察のお世話になっているらしい。

——お前、どこに行ってたんだ。捜したんだぞ。ずっと、ずっと。

——俺のそばからいなくなるな。離れるな。

——待たされたよ、そりゃもう、気が遠くなるほど。

あのとき投げかけられた言葉を思い出すと、どうしようもなく胸が詰まった。老爺は雅枝を、亡き妻と勘違いしたのだ。最後に「——か」と口にしたのは、きっと彼女の名前だったのだろう。いつも持ち歩いていたわりに使っている様子のなかった杖は、自分が歩行するためのものではなく、妻の形見だったのかもしれない。

こちらの様子を遠くから窺うばかりだった老爺が、あの日だけ突然話しかけてきたのは、おそらく雅枝の服装のせいだった。普段着で外出した休日の自分は、パンツスーツに身を包んでいるときよりも格段に、在りし日の妻に風貌が似ていたのだろう。

夫と自分。

どちらかが死んだ後、残された一人は、あの老爺のように、過ぎし日の思い出に縋《すが》るようになるのだろうか。

まだ分からない。少なくとも、後から思い返す価値のある余生を送りたい、という気持ちはある。

ひとときだけでも父が生きていると信じさせてくれた老爺への感謝を胸に、雅枝は「よし」とひとり呟き、最後の通勤を開始した。


「宴もたけなわ、ではございますが、そろそろお開きの時間が迫ってまいりました——」

幹事を務めている総務部の新入社員が、ぎこちない口調で呼びかけている。総勢三十人がそこかしこで談笑しているため、まったく声が届いていない。すでに予約時間を超過しているのか、店員が先ほどから何度も覗きにきている。仕方なく主役の雅枝が立ち上がり、「今日はどうもありがとう!」と勝手に挨拶を始めると、アルコールで顔を赤くした社員たちの視線が一斉にこちらを向いた。

入社の動機。若手の頃の苦労話。営業の極意。業界構造の変化と危機感。語りたいことは山ほどあった。それらすべてを心の中に押しとどめ、次世代を担う若者へのエールのみを口にする。

退職を目前にして雅枝を苛み続けていた焦りは、いつの間にかすっかり消えていた。後輩たちが見違えるように変わったわけではない。以前と異なる何かがあるとすれば、彼らを見守る自分自身の目だった。

たとえ頼りなく感じられても、彼らには意思がある。表面を見ただけでは計り知れない考えを持ち、むしろ雅枝が干渉しないことで花開く可能性を秘めているかもしれない。いくら心を砕いたところで、未来は誰にも分からないのだから、どうせなら今は、大船に乗ったつもりでいよう。

最後のスピーチを終えると、花束と記念品を贈呈された。全員で集合写真を撮影したのち、店員に謝りながら居酒屋の外に出る。会社の周りと違って、駅前は人が多い。歩道で長時間たむろしていると通行人の邪魔になりそうだ。

「部長、めちゃくちゃ素面《しらふ》じゃないっすか。ちゃんと飲みました？」

「もともと強いのよ。あなたの二倍は飲んでるはず」

「ええっ、いつの間に。もう一軒行きます？」

「十時半を回ってるから、二次会はなしにしましょう。みんなは明日も仕事があるわけだし、ここで解散にしたほうがいいわ」

「そんな、せっかくの送別会ですし、別に俺らはいいんですよ」

「ただでさえさっきのお店で飲み放題を延長したじゃない。最初の一軒で長々居座りすぎたのよ。さ、早く家に帰って、明日からも頑張って」

雅枝が大きく手を叩くと、「石井部長は最後まで石井部長だなぁ」と周りを囲む部下たちが破顔した。呂律《ろれつ》の回らない口調で、餞別《せんべつ》の言葉を投げかけてくる。

「ギリギリまで質問ばかりで、ご迷惑かけてすみませんでした。部長から最後の一滴まで搾り取った知識を生かして、これからも頑張ります！」

「退職してもまた遊びにきてくださいね。愛の鞭《むち》と、ついでに差し入れのお菓子も期待してます！」

「僕、前に部長に『誇れるものが何もないなら会社に朝一番に行きなさい。それがあなたの強みになるから』って言われて、ずっと実践してるんです。今後も続けようと思います！」

そう叫んだのは戸村だった。雅枝が過労で倒れた日に朝早く出社していたのはそういうわけか、と合点する。入社当初は課長や他の社員からいい評判を聞かなかった彼が、あるときを境に「あいつは頑張ってるから」「ちょっと抜けてるだけで、根はいい奴《やつ》なんだよな」などと評されるようになったのは、その生真面目な習慣のせいだったのかもしれない。当の雅枝は、そんな助言をしたことも今の今まで忘れていたのだが。

「まあ、近頃はコンプライアンスが厳しいから、ほどほどにね。サービス残業とみなされちゃ、社長が困るから」

「大丈夫ですよ。会社に来てから朝ご飯をゆっくり食べてるだけですから。バナナとか、冷蔵庫に入れておいたヨーグルトとか」

「お前、毎朝偉いなと思ったらそういうことかよ！」

周りから茶々が入り、戸村が「しまった」と頭を掻く。しばし談笑した後、陽気な若き酔っ払いたちが最後に雅枝の胴上げを提案してきたが、丁重に断った。パンツスーツだからめくれないし問題ないですよ、とどさくさに紛れて太鼓判を押してきたのは誰だったろう。立場が逆なら立派なセクハラだ。

いつまでも歩道を塞ぐわけにもいかず、流れで解散した。一部は駅へ、一部はバスロータリーへ、一部は通りかかったタクシーへと吸い込まれていく。家の方面が同じ社員と同乗してもよかったのだが、歩いて帰ることにした。やや遠いが、酔い覚ましにはちょうどいい距離だ。

長い時間をともにした社員たちに手を振り、一人になる。

案外、呆気ない別れだった。

会社員人生のラストというのは、まあこんなものなのかもしれない。それが大イベントなのは退職者本人にとってだけで、同僚たちにしてみれば、明日会社が消えるわけでも、顧客訪問がなくなるわけでもないのだから。

アルコールのせいというわけではなく、変に気分が高揚していた。右足を踏み出すたびに、手に提げた大きなビニール袋が太腿《ふともも》にこすれ、軽快な音を立てる。

このオレンジ色の花束を構成する一つ一つの花の名前を、雅枝はよく知らない。

四十二年間の働きを象徴するこの花が枯れたとき――雅枝は真に、あの会社の営業部長ではなくなるのだろう。

やっぱり、名残惜《なごりお》しかった。何者でもない、ただの石井雅枝になるのが怖かった。

薄い雲が揺蕩《たゆた》う夜空を見上げ、ふと思う。

あの土地にしがみつこうとしていた両親と、結局のところ、自分も一緒だったのかもしれない。土地か、立場か。執着する対象が違っただけだ。営業部長である私。幾人もの部下を抱える私。一家の稼ぎ頭である私。無職の夫と一人娘を養っている私。男女雇用機会均等法の前の時代から男と同じように働き続けてきて、その努力を認められた私。誰にも真似できないやり方で難局を幾度も乗り越え、同僚や顧客の信頼を得て、自分にしか出せない価値を常に発揮していた、会社にとって唯一無二の私。

これでは両親のことをとやかく言えない。他人にとってはどうでもいいことにプライドを覚え、人生の意味を見出したがっていたという点では、両親も自分も同じだったのだから。

その〝肩書き〟をすべて取り払ったとき、いったいどんな自分が残るのか。

それを――あの人とともに、観察していきたい。

白いパンツスーツのポケットからスマートフォンを取り出し、これで最後になるであろう、いつものメールを打った。

『To：弘　今から帰ります。遅くなってすみません。』

あまりに毎日同じ文面のメールを送りすぎたせいで、予測変換の候補をタップするだけでほとんど入力できてしまう。弘と雅枝の毎日が、いつの間にか、スマートフォンにまで染みついていた。すぐに返信はなかった。時間が時間だから、寝る前の歯磨きでもしているのだろうか。

秋の冷たい夜風が頬を撫でる。スーツの上着の襟元を思わず合わせた。

明日から会社に行かなくていいのだと思うと、不思議と肩の荷が下りたような気分になる。なぜだろう。仕事は好きだったはずなのに。そこに人生のすべてを懸けていたはずなのに。

自覚していた以上に、頑張りすぎていたのだろうか。

常に気を張り詰め、あらゆる義務感で、自分をがんじがらめに縛って。

努力すればするほど報われる。だから前を見て、走り続けなければならない——そう思い込んでしまったのは、時代のせいか、ダムのせいか、それとも生まれ持った気質のせいだったのか。

そうだ、と思いつき、道端に立ち止まってメールをもう一通送信した。

『To：弘　今度、瑞ノ瀬にでも行きませんか。父の供養を兼ねて。たまには私がお弁当を作るので、それを持って。』

誘ったら、都も来るだろうか。おばあちゃん子の彼女は、「行くなら四人で」と当然主張するだろう。とすると、湖畔の寒さは老人の身体にこたえそうだから、これからの時期は避けたほうがいいかもしれない。冬が過ぎ、暖かくなった頃にでも、改めて提案してみようか。

瑞ノ瀬に行くのは、約十年ぶりだ。

都が小学生のときに、家族三人で遊覧船に乗った。

そのまた十年近く前の二〇〇〇年春にも、雅枝は彼《か》の地を訪れていた。幾年もの時間をかけてダムがとうとう満水になり、博物館や土産物屋が次々とオープンして、華々しい完成記念式典が開かれた直後のことだった。

まだ二歳だった都を抱いて湖畔に立ったあの日、雅枝は美しく透き通った水を見た。上流の川から下りてきた魚が我が物顔で棲むこの湖の下に、生まれてから四半世紀を過ごしたあの集落が本当に沈んでいるのだろうか、と不思議な気分になった。近くのベンチに見覚えのある老夫婦が座り、湖面をじっと見つめていた。女性のほうは、藤色のハンカチを膝に押しつけるようにして握りしめていた。そして時おり、不意に俯いて、ハンカチを目元に当てた。

その姿がいつかの母と重なり、雅枝はたまらず目を逸《そ》らした。見ると、悠然と湖を泳ぐカルガモの親子を指差して、腕の中の都がきゃっきゃと笑っていた。幼い娘にとって、目の前に広がる景色はただの湖でしかないのだと、そのとき初めて理解した。

かつての村人の中には、貯水が開始された頃から毎日のように足を運び、今日はあの橋が沈んだ、今日はあの池が見えなくなったと、集落が沈みゆく様子を見守っていた者も多くいたらしい。雅枝はそうしなかった。だから実感がわかなかった。自分が通っていた小中学校の木造校舎がとうとう取り壊されたと、引っ越してすぐに聞かされたときもそうだった。少しは寂しいが、それ以上の感情は生まれない。来るべきときが来た、としか思わなかった。

それから早十九年が経った。

大学生になった都と、前より少し無口でなくなった弘と、おばあちゃんと、雅枝と。四人でダムを再訪した暁には、まずは遊覧船に乗る。埋葬する前に少しだけ取り分けておいた父の遺骨を、こっそり湖面に撒く。そして船から下りた後、湖の周りを散歩し、どこかでお弁当を食べる。身体の悪いおばあちゃんを連れていると遅々とした進みになるだろうが、苛立ったり焦ったりせず、時には都と一緒に脇を支えて、辛抱強く付き合おう。明日以降の自分には、それだけの時間と余裕があるのだ。

今朝、これからはおばあちゃんの家にきちんと足を運ぶようにと、都に釘《くぎ》を刺されたことを思い出す。自分の親なのに、と一か月ほど前に雅枝を非難してきた厳しい顔も。

「あのね……都」

再び歩き出した雅枝は、花束の入った袋を揺らしながら、口の中で小さく呟いた。

「実はね——あなたのおばあちゃんは、本当のおばあちゃんじゃないの」

頻繁に顔を出さなかったのは、そのせいもある。おばあちゃんと都は理想的な祖母と孫の関係を築いているようだが、その様子を目にするたび、雅枝は正直なところ、どうにかなってしまいそうだった。すべてを秘密にすると決めた過去の自分を、何度も恨んだ。

しかし、娘の都には波風のない人生を与えたいという思いは今も変わらなかった。平凡な町で、平凡な家族と、平凡な毎日を送ることが、どれほど幸せか。逆の体験をしていない都には理解できないかもしれないが、少なくとも雅枝はそう望んでいる。

だからそのためにも、できる限り長生きするつもりだった。今まではケアをおろそかにしていたが、おばあちゃんにも元気でいてもらわなくてはならない。たっぷり時間ができたのだから、これからは家族との関係改善に努めるのだ。営業部長として取引先との折衝を重ねてきた自分に、それくらいのことができないわけがない。

ポケットのスマートフォンが、短く振動した。


『From：弘　瑞ノ瀬、ぜひ行こう。今日は車を置いていったけど、迎えにいかなくて大丈夫？』

『To：弘　駅から歩いてるから平気よ。』

『From：弘　昼間に都があの新しいお店でケーキを買ってきた。退職祝いだって。あと結婚記念日も。ママお腹いっぱいじゃないかな、と心配してる。』


すっかり忘れてた、と苦笑しながらスマートフォンをポケットに戻した。今日は自分たちの結婚記念日でもあったのか。主役権限で二次会をなしにしたのは大正解だったかもしれない。

誰もいない歩道をゆっくりと歩きながら、ほんの少しの間、目をつむった。

まぶたの裏に、湖が煌めく。

遠い思い出の中のふるさとを奪い、ここに第二のふるさとを与えた、あの青々とした水をたたえる巨大な湖が。その青さにも負けない快晴の春の空と、緑豊かな裏山が。

雅枝は瑞ノ瀬に育てられ、この町で〝私〟を築いた。

それでいいじゃないか、と胸が軽くなる。瑞ノ瀬という土地や、そこで育んだ過去を頑なに拒否する必要も、今住んでいるこの町を心から愛そうとする必要もない。双方への思いは中途半端かもしれないが、全部ひっくるめて石井雅枝という一人の人間が形作られている、ただそれだけなのだから。

若い頃の父と母の姿が眼前に浮かび、すぐに消えた。

第三章　山ぎは少し明かりて

眩しいほどの緑が、頭上高くに天井を作っている。陽光に照らし出された枝葉が、生の喜びを山いっぱいにあふれさせる季節だ。瑞々《みずみず》しく輝き、濃い色に染まり、鳥や蟬《せみ》の声をも一緒くたに包容する背の高い木々が、空の暑さをずいぶんと和らげて、子どもらに格好の遊び場を差し出している。

佳代は地面に素早く手をつきながら、全速力で斜面を駆けあがっていた。背中の三代が、小さな身体が揺られて弾むたび、楽しそうな声を上げている。その重みを跳ね返さんばかりに、佳代は右足を強く踏みしめて目印の岩に手を触れ、次に巨木の幹を回り込んだ。振られて落ちそうになる末の妹の腰を、背中に腕を回して抱きとめる。

「三代ォ、しっかりつかまって!」

「姉ちゃん、速いねえ」

三代がのんびりと言いながら、佳代の左肩越しに小さなおかっぱ頭を覗かせた。今が競走の真っただ中だと分かっていないのだ。孝光んとこの茂《しげ》ちゃんのように、首に手を回すだけでなく、こちらの胴体に両脚を固く巻きつけてくれればもう少し速く走れるのに、まだ三つだから、いくら言い聞かせても忘れてしまう。

斜面の上から、数を数える声が響いてきた。もう三十を越えそうだ。

焦ったのがよくなかった。葉の間に少年たちの白いシャツが見えたその瞬間、佳代は木の根に勢いよくつまずいた。幼い三代が叢《くさむら》に投げ出されてべそをかく。笑い声と、こちらに向かう六人の仲間たちの足音が降ってくる。

脱げた草履を拾っている間に、上の妹の千代が地面に屈み込み、泣いている末っ子の頭を撫でてくれていた。千代が着ている洋服は、佳代のお下がりだ。一つに結わえた長い黒髪が、背中の白い布地の上に柔らかくうねりを描いていて、同じ血が流れているのにおらの髪はなんで藁束《わらたば》みたいなんだべと、見るたびにちょっとばかり羨ましくなる。

妹たちの足元を覗き込むと、黄色い女児服から突き出た三代の太腿には、新たに一つ、赤いひっかき傷ができていた。転んだ拍子に草で切ったのだろう。座り込んでいる末の妹の背中を、佳代は軽く叩いた。

「そんぐれぇ、なんともねえべよ。ほら、立った、立った」

「佳代は厳しいなァ」と孝光がすかさず茶化す。「見ろ、千代はこんなに優しいのに」

「だって、おらは長女だもの。躾《しつけ》も仕事の一つだァ」

「なァ三代ちゃん、佳代と千代だったらどっちが好き？」

「千代ちゃん！」

孝光ら男子が一斉に笑った。立ち上がった佳代は、藍色の布地についた土を払ってから、泣いている三代の前に背を向けて膝をついた。縋りつくように背中に登ってきた末の妹にもう一度同じ質問を繰り返すと、今度は「姉ちゃん！」という答えが返ってくる。佳代、千代、三代の三姉妹の中で、姉ちゃんと呼ばれるのは長女の佳代だけだ。男らは残念そうに舌打ちをし、幼い妹の気まぐれを予見していた千代は柔和な苦笑いをした。

──よぉ、今日も裏山に行くべぇよ。三時におめえんちでいっけ？

田の草取りから逃れたくてたまらない孝光は、ここのところ毎日、学校の休み時間に声をかけてきていた。孝光が暇だろうとそうでなかろうと、佳代はどのみち幼い妹の子守を言いつけられているから、ともに遊べる年長の子どもが増えるのはありがたい。五年生にもなると、放課後は家の手伝いに追われる者が多く、遊び仲間が年下ばかりになってしまうのだ。

天気がよければ山。悪ければ家。メンコ、独楽、かるた、双六《すごろく》、お手玉、ビー玉やおはじき、土間や座敷でできる遊びもいろいろあるけれど、なんだかせせこましくて、何日も続くとすぐに飽きてしまう。その点、今日のようによく晴れた日は格別だった。山のいたるところで鳴いている虫や鳥も、緑色の腕を整然と広げている背の高い杉の木も、湿った土から顔を覗かせる岩も、遠くから聞こえる沢のせせらぎも、すべてが佳代ら子どもの自由になる。

いつだって、時間が足りないくらいだった。斜面を駆け上ってもいい。下ってもいい。かくれんぼや鬼ごっこをしても、木登りをしても、虫を採っても、小鳥や野兎《のうさぎ》を罠《わな》にかけてもいい。ドドメやサクランボをつまみ食いしてもいいし、少し疲れたら座って草人形を編んでもいい。もっとも、女らしい遊びを始めると孝光が嫌がるから、男女交じっての遊びは、男子が喜ぶものに偏りがちだった。

瑞ノ瀬の村人は、みな兄弟姉妹のようなものだ。子どものうちは男も女も一緒くたに、年がら年中泥まみれになっている。小学校も各学年一学級しか作れないため、男子学級と女子学級とに分けられる町の子どもらとは違い、ここでは男女が仲良く同じ教室に通っている。

「今日も俺の勝ちだな」

「三代が茂ちゃんを見習ってちゃんとしがみついてくれたら、簡単に勝てんだけんど」

「そのぶん三代ちゃんは目方が軽いべ？　茂んほうが絶対、大変だぞ」

「そんなら次はとっかえっこすんべえ」

「望むところよ」

五年生の孝光と佳代が闘志をぶつけ合っているのを、年下の仲間たちは愉快そうに眺めている。佳代ら三姉妹、孝光と四つの茂則《しげのり》。あとの三人は千代と同じ三年生だ。家の近い幼馴染同士で一緒に遊ぶときは自然と、最年長の孝光と佳代が、何をするか決めることになる。その日の山の様子を見て、自分たちで勝手に新しいことを考え出すものだから、大抵の遊びに名前はつかない。

ここ数日は、誰が一番早く急斜面を駆けあがれるかの競走をしていた。三年生はそれぞれ一人で、上級生の孝光と佳代は弟や妹をおぶって走る。行く手を塞ぐ大岩や巨木、地面に波打つ木の根、草に隠れた小動物の巣穴、この短い距離に障害物はいくらでもあって、何度同じ場所を走ってもなかなか新記録を打ち立てられないのだから面白い。

今度は孝光が、三代をおぶって斜面を走った。先の自信はどこへやら、佳代らが声を合わせて叫ぶ数字は優に四十を越えた。次に茂ちゃんを背負って挑戦した佳代は、三十五秒の自己最高記録を作った。「おめえら、俺んときだけ数を速く数えたべ！」と孝光は憤慨していたが、負けは負けだ。三年生の哲男《てつお》が摘んできたヤエムグラの葉の勲章は、佳代の着る簡単服の胸につけられた。

「あぁ、かったりぃ。そろそろ沢に行くべえ！」

ふてくされた孝光が、山の奥を指差す。泳ぐ、泳ぐけ、と三年生の男子らが途端に目の色を変えて騒ぎ出した。七月になったばかりだし、沢の水は村を流れる川よりさらに冷たいからまだ早いと止めてはみたが、その気になった男たちはもう止められない。まあそう言わずによォ、足だけ入って魚でも捕《と》んべ、という孝光の言葉に背中を押されるようにして、佳代ら三姉妹もしぶしぶ山道を歩き出す。

ついこの間まで花を咲かせていたヒメレンゲは、いつの間にか葉ばかりになっていた。途中で千代が道端に屈み込み、イワタバコを摘んだ。見ごろを迎えつつある紫色の花が、白いドレス風の洋服によく似合っている。

草履の先で草や小枝を踏んで進むたび、佳代の簡単服の裾がはためいた。夏を迎えるにあたって、おかあが古い藍染の浴衣《ゆかた》を仕立て直してくれたものだ。三代や千代のように丈が短いと、遊んでいる最中に下着が見えて恥ずかしいため、今年ばかりは頼み込んで長くしてもらった。町の女性が着ているアッパッパみたいで気に入っている。ただ、山遊びには向かない。通学着の着物よりは動きやすいものの、急坂を全力で駆けあがろうとすると、膝が裾に引っかかり、足がもつれることがあるのだ。先の競走中に木の根に蹴つまずいたのも、おそらくはこのせいだった。

それでも孝光にスカートの中を見られるよりはいいと、そう思うようになったのは今年からだ。どうせ脚は剥き出しなのに、なぜだろう。昔は山蛭《やまびる》が多くてよォ、子どもでも山に行くときゃ足袋と脚絆《きゃはん》が欠かせなかったもんだ、などとおとうはよく思い出を語るけれど、今の瑞ノ瀬の裏山は、奥深くに分け入らない限りはどこも裸足《はだし》に草履のまま歩けてしまう。子どもだけでの立ち入りが許されているのは、集落からせいぜい半時間で行けるところまでだ。そこには危険な獣もめったにいないし、山仕事をする男たちや馬方が日ごと行き交う峠道もある。遊びに夢中で日が暮れかけても、少し走れば村の灯が見えてくる。

裏山といっても、表の山があるわけではない。佳代たちの住む瑞ノ瀬村は、四方をなだらかな山に囲まれている。集落から見ればどれも「裏手」だから、金色の朝陽が上る東のオー山も、茜《あかね》色の夕陽が沈んでいく西のチー山も、黒々とした北山も、ふもとの町に繋がる南の峠も、みなひっくるめて裏山だ。

見つけた草花を手折《たお》り、木の幹や葉にいる虫を追い回し、互いにじゃれあいながら山の中を進んだ。風邪を引いたときに煎じて飲まされるカエルッパの茎で引っ張り合い相撲をしたり、シオカラトンボの目を回して素手で捕まえたりと、歩いている間も暇など少しもない。春までは、ピーピーバナやフエクサを使った草笛の合奏にも励んでいた。瑞ノ瀬の山々は、遊具の宝庫だ。

「姉ちゃん。そのお花、取ってェ」

背中の三代が、前方に群生している毒芹《どくぜり》を指差す。今は夏だから茎の長さが三尺ほどもあり、一尺しかない本物の芹との見分けがつくけれど、春先なら決して新芽を摘まないよう注意しなければならない植物だ。それくらいのことは、瑞ノ瀬に育った小学生なら誰でも知っている。

「別のにすんべえ。あれは毒があっから」

「だけんど、三代も千代ちゃんとおんなじ、綺麗なお花がほしいのよォ」

「そんなら私のをあげる。白でなくて紫だけんど、そんでよかんべ?」

千代がにっこりと微笑みながら、先ほど摘んだイワタバコの花を差し出し、三代の小さな手に握らせた。姉の佳代から見ても、千代は本当に心根の優しい子だ。学校の教科書に載っている物語や、誰かがうちに置いていった児童雑誌が面白いと言って、本が擦り切れるまで何度も読むような頭のいい子なのに、可憐《かれん》な外見とおっとりとした口調のためか、「女のくせに」と疎まれることはない。

佳代をはじめ、村の女は大概自分のことを「おら」と呼ぶが、千代は「私」と言う。本の登場人物に倣っているのかもしれないし、外から嫁いできたおかあの癖が移ったのかもしれない。それが千代には自然で、よく似合うのだ。佳代も真似しようとしたことはあるけれど、綴《つづ》り方《かた》の文章をそのまま口に出しているようで、孝光にもさんざからかわれ、一日でやめてしまった。

字の読み書きができないおかあは、村の小学生の誰より教師の覚えがいい千代に、鳶《とんび》が鷹《たか》を生んだなどと自分で言ってはしきりに感心していた。羨ましいけれど、佳代も可愛い千代が心から好きだから、その気持ちが妬みに変わることはない。そんな二つ年下の妹に勝てるところがあるとしたら、身体の丈夫さと、肝の据わりっぷりくらいだろうか。

沢まであと少しというところで、孝光がとぐろを巻いた青大将を見つけた。アカガエルに食らいつき、今にも飲み込もうとしている。みんなで棒を拾ってきて負け戦の蛙《かえる》を応援したけれど、すんでのところで間に合わなかった。アカガエルじゃなくてゴトベエだったら、酒のつまみにおとうに持って帰ってあげたのになぁ、などと哲男が口を尖らすのを横目に、みんなして沢のそばの岩場に足を踏み入れる。

「うひゃあ、ひゃっけえ！」

真っ先に水の中に踏み込んだ孝光の声が裏返った。少年らの草履が次々と乱雑に脱ぎ捨てられ、ひゃっけえ、ひゃっけえという叫び声が、あちこちで上がり始める。

「だから言ったべえ、七月の初めはまだ水がひゃっけえって」

「でも慣れたら案外いけるぞ。おめえらも入ってこいよ」

孝光が手招きする。いつの間にか裸足になっていた千代が、白い爪先を水面に浸した。顔をしかめつつもそのまま入っていくのを見て、佳代も幼い末の妹を岩の上に下ろす。草履を脱がせるや否や、三代は差し出された千代の手を取り、妹同士で仲良く浅瀬を歩き出した。ここまでおぶってきたのはおらなのに、と思わなくもないが、これも千代のささやかな気遣いだと分かる。

沢の水は、子どもの期待を映し出すように澄んでいた。太陽の光の跳ねっ返りがなければ、どこまでが空気で、どこからが水なのか、すぐには分からないほどだ。それなのに底まで見通せないのは、そこら中に黒々とした魚の群れが泳いでいるせいだった。

アユ、ハヤ、ウナギ。魚捕り名人を自称している孝光でなくたって、目を凝らさずとも見分けられる。佳代が生まれる前の年に起きた震災では、土砂が沢に落ち、茶色い濁流が連日地鳴りのような音を立てて流れ、それ以来めっきり魚が減ってしまったと大人たちからは聞いていた。だが山の緑を押し分けるように流れるこの雄大な沢を眺めていると、そんな天変地異が本当にあったのだろうかと、思わず勘繰ってしまいたくなる。

魚の群れを蹴散らさんばかりの勢いで、佳代は流れの中に勢いよく駆け込んだ。

水の冷たさが、脚を伝って背中にまで上ってくる。ひゃっけえ、とたまらず声を上げた瞬間、横から思い切り飛沫《しぶき》を浴びせられる。見ると孝光が好戦的な笑みを浮かべながら、腰を屈めて両手を水に浸していた。

「何よ、水浴びはしねえって約束したのに！」

「あぁ、覚えてねえな」

「武士に二言はねえじゃねえのけ？」

「誰が武士だと言ったよ」

山の中で手ごろな枝を見つけては、見境なく切りかかってお侍ごっこをしているのを忘れたかのように、孝光が意地悪く唇の片端を持ち上げる。そこからは水の掛け合いになった。哲男や茂ちゃんまで加勢し始めて、視界が飛沫で白く染まる。敵も味方も分からないまま、去年の夏以来の水の感触を、自分の手に相手の身体に、ひたすらに刷り込み続けた。

千代の甲高い声で我に返る。佳代や孝光が立てる水飛沫の勢いに驚いた三代が、橋に見立てて渡っていた小岩の一つを踏み外し、浅瀬で尻もちをついてしまったようだった。またべそをかき始めた三代を、佳代と孝光とで助け起こす。じゃあ兄ちゃんが魚でも捕ってやんべえよ、と孝光が威勢よく腕まくりを始めると、ずぶ濡れの三代はあっさりと泣き止み、孝光の手元にじっと視線を注ぎ始めた。

「ヒッチャギすんのけ？」

佳代も隣に立ち、澄んだ水を覗き込みながら尋ねる。小魚が脚の間を始終すり抜けていくのが、何とも言えずくすぐったい。

「おうよ」

「沢に来んなら、ヒッカキの竿《さお》とトオメガネでも持ってくりゃよかったね」

「俺ぁ武士よ、そんな道具は要《い》んねえ」

「ほら武士でねえの」

佳代の声が聞こえなかったかのように、孝光は水の中を真剣に窺っている。石の下にいる動きの少ない魚を手づかみで捕る、それがヒッチャギだ。箱眼鏡で水中を覗きながら竹竿の先の釣り糸で魚を引っかけるヒッカキもいいけれど、ヒッチャギのほうが豪快で男らしく、傍《はた》からも見ごたえがある。

先ほど三代が転んだ小岩の前で、孝光が歩みを止めた。呼吸を整えたのち、えいやっ、という掛け声とともに、日に焼けた両腕が水の中に突っ込まれる。初めは失敗だった。だが十数秒をおいて試みた二回目で、立派なひれのついた身を激しく仰《の》け反らせる銀色の魚体を、孝光は見事その大きな両手に危なげなく収めた。

三代が黄色い声を上げて手を叩くと、孝光は得意げに胸を反らした。魚捕りの上手い子どもは通信簿もいいものだと村ではよく言われるけれど、仲間内ではまったく当てはまらないのが可笑《おか》しい。

それでいうと千代が魚捕り名人でなくちゃいけないのだが、敏捷《びんしょう》な動きができない千代は、せいぜい手ぬぐいを網のようにして小魚をすくうのが精一杯だった。

喜んでいる妹らにいいところを見せようと、佳代も負けじとヒッチャギを始めた。孝光がハヤを捕ったなら、佳代はアユを狙う。そのほうが食卓では喜ばれるのだ。瑞ノ瀬のアユは格別に美味《うま》い。住人の大半は米や野菜を作る百姓だけれど、この渓流の恵みのおかげで、夏には村のどの家の食卓にも魚料理が並ぶ。

競うようにして、石の下の魚を捕った。孝光がハヤを二匹とアユを一匹、佳代がアユばかり二匹。どっこいどっこいだ。せっかく獲物を手にしても籠や網がないから、哲男の脱いだシャツを借りてなんとか魚を包み、ひんやりとした岩の上に置いた。

魚捕りに飽きると、今度は上流に向かって歩き、巨石によじのぼって遊んだ。ここらの岩には、全部名前がついている。ひときわ高くそそり立っている「高岩」、こぶが二つ盛り上がっている「二つ岩」、上が平らで登りやすい「舞台岩」。その少し先には、二股の沢が合流して流れ落ちる「松吉《まつきち》の滝」がある。嘘か真《まこと》か知らないが、昔この小さな滝で、松吉という名の少年が溺れ死んだのだという。

佳代は妹たちを連れて舞台岩によじ登り、松吉の滝の下で水が白く泡立っているのを眺めた。そろそろ日が落ち始めている。家に帰って夕飯の支度を手伝わなければならない。身を翻そうとしたとき、やぁーっ、と大声を上げながら、長い棒を振りかざした孝光が岩の上を走ってきた。

前触れもなく始まったお侍ごっこの一撃をよけようと、首を反らして後ずさる。

その瞬間、一歩引いた足の踵が空を切った。体勢を立て直そうとするも、服が邪魔して脚を大きく開けず、みるみるうちに背後の川へと引っ張られる。

このあたりの川は、飛び込めるような深さではなかった。自分の背丈ほどの高さを落ちた佳代は、大きな飛沫を上げ、冷たい流れの中に転がった。

魚が驚いて逃げていく。岩だらけの川底に着地し損ねた足が痛い。呻《うめ》き声《ごえ》を上げ、水の中の足首を押さえた。

姉ちゃん、姉ちゃぁん、と妹たちが舞台岩の上で叫ぶ声が聞こえる。慌ただしい足音がして、岩の裏から孝光が姿を現した。ズボンが濡れるのも構わず、佳代のそばにしゃがみこむ。

「すまねえ、大丈夫け?」

「足が……」

「折れたけ?」

「挫《くじ》いただけと思うけんど」そう言いつつ、孝光を睨《にら》みつけた。「危ねえべ、あんなところで走ったら」

「ごめんって」

「あぁ、もう歩けねえ。三代もおぶえねえ」

「肩、貸すぞ」

「いんや、家までおぶってくれたら許す」

怪我は大したことがなかった。すでに痛みは引き始めている。行きのように三代をおぶうのは無理にせよ、ひとりで歩けないということはなさそうだ。孝光に難題を言い放ったのは、ただ怒りをぶつけたいがためだった。

だが孝光は大真面目な顔をして、しゃがんだ姿勢のままこちらに裸の背中を向けた。遊び疲れていたしちょうどいいと、佳代も深く考えずにその両肩をつかむ。佳代の膝の裏に腕を回した孝光は、足場の悪い川の中でよろめきながら立ち上がった。簡単服の裾がたくし上がり、佳代の濡れた太腿が露わになると、孝光が居心地悪そうに首をひねる。

「こんな丈の長《なげ》え服着てっから、落ちただべ」

「孝光が押したからだんべ」

「服のせいよ」

「孝光のせい」

言い合いながらも、最年長らしく仲間たちを一声で集め、山を下り始める。佳代の怪我を心配してか、三代も千代に手を引かれるまま、わがままを言わずに歩き出した。

先ほど捕ったアユを持って帰ろうと途中の岩を見やると、膨らんだ孝光のシャツの横に、もぬけの殻になった哲男のシャツが残されていた。慌てて岩の周囲を覗いて捜そうとするのを、孝光に止められる。

「端に置いたから、息を吹き返して跳びはねて、水に帰《けえ》っちまっただべ。済んだことは諦めてよ、さっさと帰るぞォ」

どうかしようにも、孝光が歩き始めてしまえば、おぶわれている佳代は手も足も出ない。足首が痛むのに加え、家で待つ両親や祖母への土産にするつもりだった魚まで呆気なく失い、佳代はいよいよ落胆しながら孝光の背に揺られた。

遠くの空が、徐々に赤らみ始める。頭上の杉も、地上を這う葉も、燃えているかのようだ。木々の開けたところに出ると、黒い影となったチー山の複雑な稜線が、暖かい光に満ちた夕空にくっきりと浮かび上がっているのが見える。身体は濡れているのに、孝光の体温は高く、おぶわれているこちらが汗ばむほどに熱い。

はるか木の上で、鳶が円を描いている。どこかでホトトギスも鳴いている。花が咲き始めたばかりの合歓《ねむ》の木が行く手に現れる。綿毛のような桃色の花弁が、夕陽を浴びてさらに色づいている。シカの糞《ふん》や足跡を見つけ、三代が足を止めようとする。一行の眼前を横切っていったオニヤンマを捕まえる体力は、もう誰にも残っていない。

「ねえ、千代ちゃん」

「なあに？」

「孝兄《たかにい》ちゃん、とっても重そうね」

三代の無邪気な言葉に、頬がかっと熱くなる。「姉ちゃんは足が痛《いて》えだからよ、そんなこと言わねえの」と千代は優しく妹をたしなめたが、当の孝光が「見て分かっけ？　重《おめ》えのよ」と応じるものだからたまらない。佳代はたちまち恥ずかしくなって、今すぐ降りて自分の足で歩くと言い張った。しかしそれを聞いた孝光は、ますます腕に力を込めた。「そんじゃ許してもらえねえべ」という彼の言葉を聞き、佳代は少しばかり後悔する。先ほどの自分と同じで、孝光も意地になっているのだ。

途中で、野良着姿の村の男たちとすれ違った。山で切り出した丸太を、水力を使って運び出そうとしているようだ。中には哲男の父親もいた。佳代の心の内も知らずに、「今日も仲がよかんべなぁ」と口々に話しかけてくる男たちの頭を、端からはたいていきたくなる。

山の出口は長い吊り橋だった。木製の大きな橋は、頑丈に造られているものの、大勢で乗るとたわむ。怖がる三代と茂ちゃんを、千代や哲男ら三年生が取り囲むようにして守り、佳代は相変わらず孝光におぶわれたまま、小刻みに揺れる吊り橋を渡り切った。

茅葺《かやぶき》屋根の家が、ぽつりぽつりと見えてくる。ここらの斜面は、すべて棚田《たなだ》になっていた。先月田植えを終えたばかりで、どれも青々としている。近道に田んぼの畔《あぜ》を通ると、土臭さと稲の青臭さが混じり合って鼻を突いた。春には馬が土を耕す様子が見られるものだが、今は放牧に出されている。

水路を避けながら歩き、また一つ小さな橋を渡ると、集落の中心部に差しかかった。鬱蒼《うっそう》とした木立《こだち》に覆われた熊野《くまの》神社があり、そのそばには明治政府のお偉方の別荘だったと噂される小さな洋館が息を潜めて建っている。少し歩けば、自分たちの通う瑞ノ瀬小学校の木造校舎が見えてくる。運の悪いことに、この時間になってもまだ校庭で遊んでいる五年生らがいて、孝光におぶわれている佳代の姿を見るや、鬼ごっこを中断して校門の前に駆け寄ってきた。

やーい、やーいと囃《はや》し立てられるのに耐えかね、佳代はとうとう身をよじって孝光の背から飛び降りた。小石を拾って投げつけると、相手も応戦してくる。味方には、佳代をはるばる沢から運んできたせいで息を切らしている孝光が加わった。

「佳代ォ、おめえ、足の具合は？」

「もう治ったァ」

「何だい、そりゃあ」

数分にわたって続いた石の投げ合いは、校門前を通った村人の一喝により終わりを迎え、子どもらは散り散りになって家へと帰っていった。佳代も妹たちを従え、畑を越えた先にある自宅に向かおうとする。佳代の家は野菜農家、孝光の家は先ほどそばを通った棚田の一部を所有する米農家だった。

「今日の晩、分かってんべな」

「もちろん！」

「あ、佳代ォ」

歩き出そうとしたところを呼び止められ、振り返る。すると孝光が、茂ちゃんが胸に抱えていた魚臭いシャツの包みを手に取り、佳代の目の前に突き出してきた。思わず顔をしかめ、首を横に振る。

「怪我のお詫びのつもりけ？　魚を逃がしちまったのはおらのせいだんべえ、孝光が全部持って帰《けえ》りな」

「違《ちげ》えだ。佳代を驚かそうと思って、俺が魚をみんなまとめてこっち入れただ。松吉の滝に向かうより前に」

足のことがあって言い出せなくなっちまったけんど、と気まずそうに申し開きをしながら、孝光が皺《しわ》の寄ったシャツを広げる。その言葉のとおり、中には魚が合わせて五匹包まれていた。

お返しに孝光の頭を一つ殴りつけ、その手で二匹のアユを取り戻す。もう少し嫌味を浴びせてやろうかと思ったけれど、だから孝光は集落に着くまで自分を頑なに背中から下ろそうとしなかったのかと今さら合点がいき、笑いが込み上げてきた。孝光はそんな佳代の心境に気づかない様子で、ごめん、ごめんよ、と何度も頭を下げてから、茂ちゃんの手を引いて駆けだしていった。

「孝兄ちゃん、姉ちゃんに意地悪したのォ？」

「そうねえ、きっと姉ちゃんの気を引きてえだべ。昔っから好き同士だから」

まだ三年生の千代が、妹の質問に妙に大人ぶって答える。

佳代は顔を真っ赤にしながら、魚をつかんでいないほうの肘で、可愛らしい千代の肩を小突いた。

うんめえ、うんめえ、という三姉妹のはしゃぎ声が、ちゃぶ台の上を飛び交う。何十年と煮炊きをするうちに黒い煤《すす》で染め上げられた太い柱と梁《はり》、そして家に一つしかない笠《かさ》つきの黄色い電灯が、一家六人の集う食卓を見下ろしている。

　佳代たちが口に運んでいるのは、先ほど囲炉裏で炭火焼きにしたアユだった。家の中には、まだ香ばしい煙の匂いが漂っている。

　六人でたった二匹を分け合うため、あっという間になくなってしまうのが惜しかった。それでも口の中が寂しくなることはない。畑で穫れたばかりの茄子《なす》のおひたしに、南瓜《かぼちゃ》の煮物、豌豆《えんどう》の味噌汁。乾燥させれば一年中保存がきく種々の山菜は煮物に、そうでない野菜は漬物に。ちゃぶ台の上には、おかあとばっちゃが作った品が山ほど並べられていた。

「こんな贅沢はよぉ、他じゃなかなかできねえぞ」

　箸の先で煮豆をつまんでいるおとうが、いつもの口癖を繰り出した。

「野菜の味が濃くてうんめえのもよ、麦を混ぜることなく白飯を毎日食えるのもよ、ここが瑞ノ瀬だからだ。行商に頼らなくたって暮らしていける。土地がよかんべえ、凶作の年でも村のみんなだけなら食わせられる。春にゃ山菜、夏にゃ川魚、秋にゃキノコ、冬にゃイノシシ。ここはさながら桃源郷だぁ」

「それ、昔うちに泊まった富山の薬屋さんが言ってたことだんべ？」

「おうよ。山奥の秘境、隠れた桃源郷、ってな。明治の初めの頃にゃ、『瑞ノ瀬なら腹を空かさねえから』と、山ん向こうの里から養女がわんさか送り込まれてきたもんだ」

「神社のそばに、お偉いさんのお屋敷だってあるものね」

「夏になると、お忍びで使ってただべなぁ。そういう立派なお方が、羨ましがって目をつけるぐれぇの土地、ってことよ」

山間の小さな村ではあるけれど、土地が肥沃で作物がよく穫れる。夏は涼しく、冬場の雪もそれほど多くない。四季折々の景色が美しく、動植物が常に命を芽吹かせ、湧き水も随所にある。南の峠を越えて三時間も歩けばふもとの町にも出られる。飢饉《ききん》に見舞われても、山の木々が炭や木材へと姿を変え、村人のつつましい暮らしを助けてくれる。

各地で暴動が起き、食うに困った農民が都市に逃げ出したという三年前までの大恐慌のときも、瑞ノ瀬では変わらずゆったりとした時間が流れていた。昭和に入る頃までにお蚕《かいこ》さんに見切りをつけていたからだ、と村の大人たちは言う。おかげで生糸《きいと》の価格が暴落しても、村の生活が傾くことはなかった。瑞ノ瀬の土や山の恵みがあったからこそ、収入を養蚕に頼らずに済んだのだ。

「あんたらは本当、いいところに生まれたねぇ。私も嫁いでこられて幸せだよ」

竹のお櫃《ひつ》から白飯をよそいながら、おかあが目を細めた。味噌汁を黙って啜っているばっちゃも、どこか誇らしげに頷いている。

あ、と千代が壁の柱時計を見上げた。そろそろ孝光がやってくる時刻だ。食べるのが遅い三代を急《せ》かして皿や椀《わん》を台所《でえどこ》に下げ、柄杓《ひしゃく》で洗面器に汲みだした井戸水で洗った。

やがて孝光が、戸口に姿を現した。右手に手製の蛍籠《ほたるかご》をさげ、左手を茂ちゃんとしっかりと繋いでいる。道が暗くて怖がられたようだった。でも今日は月夜だ。提灯《ちょうちん》も石油ランプも、壊れてばかりの懐中電灯も、こんな晩には要らない。

おとうもおかあもばっちゃも、孝光を見るなり頬を緩め、みな口々に声をかけた。五年生にもなると、特に家長の父親は男女の交流にうるさくなりそうなものだけれど、集落の中でも家が近く、父同士も瑞ノ瀬小学校の同級で仲がいいという孝光は特別だ。何代遡るのかは知らないが、一応遠縁にもあたるようだった。それが証拠に、孝光の家も佳代の家も、姓は瀬川だ。もっとも村人のほとんどは元を辿れば分家か遠縁で、苗字《みようじ》も瀬川を含め三つくらいしかないようなものだから、付き合いの長い幼馴染というのが信用の一番の理由なのだろう。

佳代ら三姉妹も、揃いの小さな籠を浴衣の腰につけ、土間から外に飛び出した。孝光が歳の離れた兄たちに作り方を教えてもらったという、麦藁で編んだ頑丈な蛍籠だ。

——ホー、ホー、ホータルこい、山道こい

——行燈《あんど》の光にまたこい、こい

小学生の三人で声を合わせながら、月明かりの下を進む。うら寂しい曲調に、また茂ちゃんが尻込みを始める。三代も抱っこを求めて歩かなくなり、佳代の胸に懸命にしがみついてくる。千代には歌うのをやめる思いやりがあるけれど、孝光と佳代は躍起になって歌い続ける。その声も、目的の小川に差しかかる頃には大きな歓声に変わる。

無数の黄色い光が、夜空の星のように、けれども星よりゆっくりと瞬きながら、草の上を滑らかに舞っていた。

闇の中で集まり、離れ、浮かび、落ちていく。その光の渦を、いつまでも飽きずに眺めていられた。こんなことは、電灯にはできない。幻燈機《げんとうき》にもできない。夢の中でだって、きっとこんな景色は見られない。

佳代が我に返ったのは、誰が一番多く狩れるか競争だぞォ、と孝光が叫んでからだった。

すっかり機嫌を直した三代を傍らに下ろし、夢中になって蛍を捕まえ始める。両手でそっと包んだ光の主《ぬし》を、次々と籠に入れた。その籠は家に帰るまで開け放つことがないのだから、結局誰が競争に勝ったのかなんて分かるはずもないのだけれど、蛍狩りという名前がついているからには、その腕を競うのがこの村の子どもの常だった。

幻想的な光に包まれていると、つい時間を忘れてしまう。しまいには孝光の次兄が呆れたように呼びにきて、一同はようやく家路についた。三姉妹を家に送ってから、孝光ら兄弟は棚田の方面へと歩いていく。小川の周りほどではないが、あっちにも蛍は飛んでいるだろうから、孝光の獲物はきっともう少しだけ増えるのだろう。

生まれてこの方、毎日が楽しかった。

学校の勉強は千代と違って肌に合わないし、農作業の手伝いは骨が折れるけれど、空いた時間にやりたいことはいくらでもある。蛍狩りの次は、バッタや鍬形虫《くわがたむし》、蟬捕りの季節だ。今月末には熊野神社のお祭りも開かれる。そろそろ笛の練習をしなくてはならない。去年までは千代や哲男らと一緒に山車《だし》に乗って太鼓を叩いていたけれど、五年生ともなればもう卒業だ。何より楽しみなのは神輿《みこし》担《かつ》ぎだった。川に入って神輿を清めるのは大人の男たちの役目だが、集落の中心街では子どもも加わらせてもらえる。

籠に入れた蛍は、家に帰ってすぐ、座敷に張った蚊帳《かや》の中に放した。電灯の下で針仕事をしているおかあとばっちゃにおやすみを言い、三人そろって布団に転がり込む。

蚊帳の中で、いくつもの黄色い光が舞っている。その動きをじっと見上げていると、自分の身体までもが、緩やかな小川の水面を揺蕩っているような気分になってくる。

「姉ちゃん」

儚《はかな》げな光に魅せられた声で、千代が呟いた。

「蛍、明日までちゃんと生きてっかな」

「朝のことは考えなくてよかんべ」

「綺麗ね」

「うん、綺麗ねえ」

千代と三代と手を繫ぎ、その日は星の中で眠った。

＊

佳代と千代が大荷物を背負って集落の外れに立ったその日、見送りに出てきた村人たちの頭の向こうには、秋の色づきをまだわずかに残した瑞ノ瀬の裏山が、清々《すがすが》しい朝日をたっぷりと浴びて煌めいていた。

「手紙、書いてよこせよ」

見上げるような背丈の孝光が、眩しそうに目を細めながら言った。

「俺もよォ、気が向いたら書くからよ」

「気が向いたら、って何よ」

佳代が呆れて返すと、孝光のそばに立つ哲男が、「俺は必ず書くぞ」と誰にともなく呟いた。視線を向けて確かめずとも、隣で千代が頰を赤らめているのが分かる。

何だお前《めえ》だけ格好つけやがって、いや格好つけた覚えはねえ——と声を潜めてやりあい始めた男二人を押しのけるようにして、三代が前に飛び出してきた。もう九つだというのに、三姉妹で末の自分だけが置いていかれるのをひどく寂しがり、今朝から目を泣き腫らしている。

「本当にここでいいの？　橋の向こうまで送ってくのに」

「お嫁にいくわけでねえだから」と佳代は笑って首を横に振る。「たった一冬のために、そこまですることたねえ」

「だけんど」

また泣きそうに顔を歪《ゆが》めた三代の肩に、後ろから追いついてきたおとうが手をかけた。姉ちゃんらが奉公に出てる間はお前《めえ》が家や畑のことを頑張るんだぞ、とゆんべさんざ言い聞かされたのをようやく思い出したらしく、三代が気丈に背筋を伸ばす。

「いってらっしゃい。姉ちゃんも、千代ちゃんも、お元気で」

「手紙、書くからね」

「うん、孝兄ちゃんや哲男さんだけじゃなく、私にもね」

三代が両親の目の前で余計な一言を口にしたせいで、別れの瞬間はどうにもぎこちないものになった。孝光と哲男は気まずそうに後ずさりしていき、おとうは裏山を見上げて知らん顔をし、おかあは近所の人たちと一緒になって失笑している。

また春にねぇ、とみんなに向かって元気よく手を振り、千代と連れ立って坂道を下りだした。曲がりくねった道は、峠の入り口に至るまで、木々の間を出たり入ったりする。その一キロメートルほどの道のりを行く間、高台に並んでいる見送りの人々は、佳代と千代の姿が覗くたびに大声で姉妹の名を呼んだ。山に跳ね返って重なりあった声に心地よく身を委ねながら、二人はじきに冬を迎える瑞ノ瀬の村を後にする。

「三代もみんなも、ずいぶんと大げさだべな」

「ねえ。三月にゃ帰《けえ》るのに」

「行き先だってそう遠くねえべ。こんなときだんべぇ、時間だけはかかるけんど」

千代と顔を見合わせて照れ笑いをしながら、最後にもう一度高台に向かって手を振った。茶色い木のトンネルをくぐり、今度は山道を登り始める。まずは鉄道の駅があるふもとの町まで、徒歩で三時間だ。本当は三輪トラックに乗っけてもらえれば早いのだけれど、『石油《ガソリン》の一滴は血の一滴』と叫ばれるこのご時世に、怪我も病気もない若者二人を運ぶために貴重な燃料を差し出そうという村人はいないし、いたとしてもおとうが許さない。

二人の向かう先は、県境の大きな町にある織物工場だった。哲男の父親が昔軍隊で知り合った中に機屋《はたや》の息子がいて、その縁で働かせてもらえることになったのだという。出稼ぎや年季奉公といった言葉と元来縁がなかった瑞ノ瀬の村人が、今年ばかりはと未婚の娘たちをこぞって送り出すことにしたのは、この秋の凶作のためだった。ただでさえ中国との戦争が続いていて、配給制やら米の供出やらと先行き不安の中、農作業が少なくなる冬の間に少しでも現金を稼いで家に入れるのが、十七歳の佳代と十五歳の千代の姉妹に課せられた大切な役目だ。

尋常小学校を卒業してから四年半と少し、佳代は長女として家や畑の仕事に精を出してきた。勉強好きの千代は先生の勧めで高等小学校まで進み、二年間の課程を終えて今年の春に卒業したばかりだ。瑞ノ瀬には中学校も高女《こうじょ》もない。今は佳代も千代も仲良く一緒に、日々おとうとおかあを支え、いつか訪れる嫁入りまでの時を過ごしている。

「姉ちゃんと歩いて峠越えだなんて、不思議な気分」

「ふもとの町でやった、小学校対抗の運動会ぶりだべな」

「それにしたって、二人きりは初めてよ」

「トラックか、せめて自転車に乗れりゃなぁ」

「おとうはああ言うけんど、別に女が自転車を漕いだっていいのにね」

「はしたなくなんかねえべな。着物の裾さえ乱れねえよう気をつけりゃ」

「あとは、山ん中まで乗合バスが来てくれれば、ねぇ」

「瑞ノ瀬とは言わねえ、隣村まででいいだ。そしたら一時間半歩けば済むべ」
落ち葉を踏みしめながら歩くうちに、視界が大きく開けた。そこからは県道を進む。村の近くまでこの広い道が通ったのは今から九年前、佳代が八歳の頃のことだった。徒歩で行くったって今は楽なもんだ、前は馬と人がすれ違うのも苦労する山越え道だっただぞ、平たい道をただ歩くのは峠越えなんて呼ばねえ、だから文句を言わずに歩いていけ——と、ゆんべおとうに叱られたことを思い出す。

そんでも遠いものは遠い、と二人して不平を垂れつつ、ふもとの町を目指した。峠のてっぺんを越えて下り坂に入ると、急に足取りが軽くなる。車も馬も通らないのをいいことに、時に子どもの頃のように走り、時に地べたに座って休んだ。そして大半の時間は、早足で歩きながら話に花を咲かせた。一人だったらさぞ苦痛に感じたであろう長い道のりも、おかげで遠足のように楽しく時間が過ぎていき、昼前には山のふもとに辿りついた。そこからは乗合バスを使ってもよかったのだけれど、移動してきた距離に比べれば大したものではないからと、駅まで歩ききってしまう。

人に訊きながらどうにかこうにか切符を買い、生まれて初めてプラットフォームに足を踏み入れた。黒い煙とともに滑り込んできた汽車は、想像以上に混雑していた。中国との戦争が始まって以来、軍人さんや物資の輸送が年々増えているというから仕方がないのだけれど、あまりいい気持ちはしない。千代と身を寄せ合いながらなんとか乗り込み、車両の端でできる限り小さくなって、揺れに身を任せた。

県内の移動には急行列車を使うべからずと国からお達しが出ているため、本来の倍近くの時間がかかってしまう。一時間半ほどかけて汽車を乗り継ぎ、やっとのことで目的地の駅に到着した。満員の車両から転げ落ちるようにして降り、千代と手を取り合ってほっと一息つく。しかしここからが大変だ。これから世話になる家族経営の織物工場では人手の余りがなく、駅への迎えはないと聞いていた。住所と工場名しか書いていない紙の切れ端を握りしめ、人や建物の多さに怖気《おじけ》づきながら、見知らぬ大きな町をうろつき始める。

案の定、道に迷った。妹を不安にさせまいと、泣きたくなるのを必死にこらえつつ、幾度も通行人を呼び止めて手元の紙を見せ、工場を探し歩く。

太陽が西に大きく傾いた頃、ようやく小さな工場の前に辿りついた。棒のようになっている足を休める間もなく、表に出てきたおかみさんに顔をしかめられる。

「どうして二人ともこっちへ来たの？」

無愛想に尋ねられ面食らった。なんでも、ここからもう二駅進んだところに旦那さんの従兄《いとこ》が営む別の織物工場があり、姉妹のうちの一人はそこへ行かせる手筈《てはず》になっていたのだという。

そう言われても、おとうからは何も聞いていない。哲男の父親を介して手紙のやりとりをする中で、行き違いがあったのかもしれない。

横を向くと、心細げに着物の共衿《ともえり》をいじっている千代と目が合った。てっきり冬の間中、姉妹一緒に一つ屋根の下で寝起きして働くものと思っていたから、突然のことに気が動転しているのだろう。それは佳代も同じだった。

「だったら……おらがそっちに行きます」

佳代は姉として、恐る恐る申し出た。だがおかみさんは姉妹を見定めるような目をして、「うちにはお姉さんのほうに残ってもらいましょ」と勝手に決めてしまった。もう夕方になるというのに、今から二つ先の駅まで千代を一人で行かせるのかと気を揉《も》んでいると、ちょうど先方に旦那さんの用事があるためついでに送っていかせるとおかみさんが言い添え、少しは安心する。

肌に突き刺さるような北風の中、姉妹は工場の前で別れた。姿が塀の向こうに見えなくなるまで、千代は何度もこちらを振り返り、姉ちゃん、と唇を動かしていた。

＊

拝啓。かはらずお元気でせうか。私もかぜなど引かずに毎日あくせく働いて居《ゐ》ます。千代はだんなさんの親せきの工場に住み込むことになりましたから、しばらく会へません。ここには女工は十人居《を》りますが、まだ十二、三の子も居ます。岩手や秋田から来てゐる子たちも居ます。私は飲みこみが悪いさうです。糸切れをすぐ直せず機械を止めてしまひ、おかみさんや織工さんにしかられます。そんで今はだれより楽な糸ならべとまき取りの仕事をまかされてゐますけど、年長なので食事のときやお部屋ではみなのお世話をしなければなりません。食事は三日にいつぺん位お肉も出るさうですけど、やつぱりさびしく、なみだをこらへて食べます。けれども年長なのでしつかりしなければなりません。

仕事は早番が朝五時から昼の二時まで、遅番が昼の二時から夜の十一時までです。夜も窓をおほつてしまへばいつもどほりに機械を動かしてよいと云《い》ひます。このごろは取りしまりの目があるさうですから、それより多くは働きません。三十台の機械が、朝から晩まで大きな音を立てて居ます。畑仕事と違ひ、合間に話も出来ず、きゆうくつです。織つてゐるのはスフです。このごろ綿は手に入らないさうです。出来上がつた布は、スースー風が通ります。ぜいたくは敵ですから、仕方ありませんね。

日曜は休みですから、外に行けます。町ではおいしいうどんやパンを買へたさうですが、このごろはお店も閉まつて居りますから、ほとんど部屋に居ます。町はどこもかしこも、せまいところにずいぶん人が多くてめまひがします。毎日がお正月のやうです。みな早口でしやべります。何もかも時間が決まつてゐます。晴れの日も雨の日もかはらず、暗い工場の中で糸をつないで居ると、なぜだかおそろしい気持ちになります。村の広い空と、田と畑と、お日様に見守らるる暮らしが、とてもこひしいです。

村では、でえこん取りや、もみ干しをしてゐるころでせうか。そちらもほねが折れるでせうが、お体たいせつに。ではさやうなら、瀬川孝光さまへ、佳代

今日も佳代は、早番の仕事が終わると部屋の隅にうずくまり、郵便屋さんが来るのを待っていた。六畳間の反対側の壁際では、ともに寝起きしている年下の女工が二人、小声でお喋りをしている。彼女らは二人とも東北の出だから、方言がきつくて、話の内容は半分も分からない。

家族や孝光に手紙を送ったのは、ここに着いて五日目のことだった。本当はもっと早く出すつもりだったのだけれど、長い文を書くのは小学校を卒業して以来のことで、手紙の書き方どころか簡単な漢字すらもなかなか思い出せない。笠に黒布のかかった暗い電灯の下で何度も書き直すうち、つい日が経ってしまった。このご時世に無闇に新しい便箋を使うわけにもいかず、やっとのことで書き上げて封筒に入れた茶色い便箋は、消しゴムの使い過ぎでところどころ破れていた。

まだあれから三日も経たないから、返事が届くはずもない。けれども待ち侘《わ》びずにはいられない。工場での生活に、佳代はちっとも馴染めなかった。仕事中見回りにくるおかみさんには、こんなに手際が悪いとは思わなかった、これならあんたを行かせて妹のほうを留め置くんだったと、しょっちゅう嫌味を言われる。旦那さんには「おら」や「だんべぇ」といった村の言葉をからかわれる。

通いで来ている熟練の織工たちには、佳代の失敗のせいで作業が止まって出来高が減るのに、準備工に日給が出るのは我慢ならないと甲高い声で文句を言われる。

おまけに、同じ部屋で暮らす住み込みの女工たちは年が四つも五つも下で、あからさまに距離を置かれていた。東北の辺鄙な山奥からはるばる年季奉公に来ている彼女らと違って、佳代が近くの村の出身で、春になればここを出ていくことが決まっているからだろう。その半端さを疎まれているのだ。彼女らの故郷と瑞ノ瀬とでは、同じ山村といっても作物の穫れ方に天と地ほどの違いがあるということは、時たま聞こえてくる「口減らし」という言葉からも如実に感じ取れた。

毎日細い糸ばかり見ているせいで、目の奥も頭の奥も痛かった。夜は夢の中でも延々と糸を繋ぎ合わせ、おかみさんの怒声にうなされて何度も飛び起きる。手先が不器用な自分が女工の仕事に向いていないということは、働き始めてから数日のうちに、身に染みて分かっていた。

きっと千代は頭がいいから、機械の仕組みや準備の細かい手順をすぐに覚えて頑張っているだろう。三代はまだ九つだけれど、料理も裁縫もよくできる子だから、いずれこうして働きに出たときには、技術の要る織工の仕事も難なくこなすに違いない。

その点自分は――と落胆しながら天井の梁を眺めていると、部屋の外で足音がした。佳代さん、という大声とともに襖《ふすま》が開き、おかみさんが顔を出す。

「手紙が届いたわよ。ええと、瀬川孝光さんって方から。お父様のお名前じゃないわね。お兄さんか弟さんかしら」

はやる気持ちを抑え、礼を言って封筒を受け取った。瑞ノ瀬の人間の場合、同じ苗字だからといって家族とは限らないのだが、本当のことを言って関係を探られてはかなわない。おかみさんの早とちりに安堵しつつ、急いで封を開けた。

これが今届いたということは、孝光が佳代の出立後すぐに手紙をしたためたということだ。気が向いたら書くなどと言っていたのは単なる照れ隠しだったのか、それとも純情な哲男の姿を見て競争心を燃やしたのか。急がなくてもこちらから送ったのに、という呆れと、思っていたよりも早く孝光の文《ふみ》を読めるという喜びを胸に、便箋を端から端まで埋め尽くしている力強い右上がりの文字に目を落とした。

瑞ノ瀬では昨晩ちら〳〵と初雪が降りましたが其方《そちら》は如何《いかゞ》ですか。いよ〳〵本格的な冬が到来しこの頃は田の片附《かたづ》けの傍ら山仕事に打ち込む毎日です。此《こ》の緊急事態に女子《をなご》だけを外で働かせて男衆がのんびり畳で寝転んでゐるわけにもいきませんからね。瑞ノ瀬の山は数年ぶりに煙で真つ黒です。朝三時に起床して炭俵十枚と弁当を持つて山へ入り何往復も炭背負ひをしてゐます。其《そ》れ以外に軍用材の切り出しにも駆り出されてゐます。可成《かな》り重くて疲れますが前線将兵の御辛労を思へば屁《へ》でもありません。肩や腰が連日痛くなる程度で矢張り百姓は気楽なものです。山奥から茸《きのこ》を持つて帰ると三代チヤンに喜ばれました。栗《くり》や木通《あけび》も欲しかつたと云はれましたがとつくに季節が終つてゐますね。大した金額にはならぬでせうが此方《こちら》は一寸《ちよつと》でも炭を売つて戦況の悪化に少しでも備へます。

先日ふと音を聞きつけて木々の間を見上げると、日の丸をつけた軽爆らしき一機が青い空を飛んで行きました。軍歌を歌ひつゝ皇居の方面を拝み胸中で聖寿万歳を奉唱する一方で、貴女《あなた》は今彼《か》の飛行機を見てゐるだらうか、音を聞いてゐるだらうかと思ひを馳《は》せたことは、周りの男衆には決して云へません。

村から出征して行く男子も徐々に増えて来ました。僕の次兄が一昨年《をとゝし》早々に召集されたことは貴女も御存知の通りですが、二十歳に成るのを待つてゐたかの様《やう》に三番目の兄や其の同級生等にも続々お呼びがかゝつてゐます。僕も三年後には御国《おくに》の為《ため》に此の命を捧《さゝ》げるつもりで居るべきなのでせう。いづれ靖國の英霊の一員に名を連ねるにしろ連ねないにしろ炭背負ひはよき訓練と云へます。近くの陸軍の連隊が毎年「瑞ノ瀬越え」の山中行進をしてゐたのは貴女もよく知つてゐますね。此れ程重い荷物を持つて炭焼き窯迄《まで》を一月《ひとつき》程往復するのですから彼の行進の数倍もの効果が得らるゝといふものです。瑞ノ瀬の男は皆よき軍人になりますよ。

さうは云ひつゝ、村では変はらぬ平和な日々が流れてゐます。昨日掘つた大根を三代チヤンが持つて来て呉《く》れましたが旨《うま》いです。其方は如何ですか。工場の仕事は慣れましたか。つらい目に遭つてゐなければよいのですが。では御返事を心待ちにしてゐます。親愛なる佳代様、瀬川孝光

読みながら、頬が火照るのを止められなかった。僕、貴女、心待ちにしてゐます、親愛なる佳代様——このまっすぐで大人びた手紙を、本当にあの孝光が書いたのだろうか。

冗談めいた言い回しがところどころに顔を出すのが彼らしいけれど、佳代が先日送った手紙よりよっぽど文章が洗練されている。自分の書いた文面を思い出すにつけ、愚痴ばかり書き連ねたことに後悔が募った。幼い頃はやんちゃ坊主、今は一転して飄々《ひょうひょう》とした印象の強い彼の新たなる一面を、昨今の物不足を映し出すような茶色く薄っぺらい便箋の上に、初めて見たような気がする。

手紙をもう一度頭から読み返した。炭焼きの重労働に参加したことはないが、昔からよく大人の男たちの後についていっては、薪拾《まきひろ》いや茸狩りをしていたことを思い出した。最近は下火になりつつあった炭焼きを村の男総出で行っているのは、やはり今年の凶作のためだろう。炭背負いをしている孝光の屈強な身体を頭に浮かべてみて、彼はとっくに大人の男になっていたのだと、今さらの

ように気づく。

佳代はすぐさま返事を書き、次の日に郵便局へ走った。彼に倣って、今度は素直な思いを紙に乗せた。一週間後、佳代が最初に出した手紙への返事が届いた。孝光は相変わらず真摯に、瑞ノ瀬を離れた佳代のつらさや心細さと向き合ってくれていた。

来る日も来る日も、薄暗い六畳間の片隅で指が痛くなるほど鉛筆を握り、文を書いた。手紙のやりとりを重ねるたびに、孝光という人間の深い部分が、より鮮明に浮かび上がっていった。彼が何を考え、世の中をどう見ているのか。小さい頃から知っていたはずなのに、孝光の中身はいつの間にか、佳代をはるか後ろに置いていってしまいそうなほどに成長を遂げていた。

女の佳代はラジオもあまり聴かないし、難しいことはよく分からない。今年から国民学校と名を変えた小学校に通う三代の話を聞く限り、子どもたちは一億一心の精神を隅々まで教え込まれているようだけれど、支那事変より前に卒業して家の仕事に明け暮れていた佳代にはさほど関係のない話だった。しかし同い年の孝光は、中国で行われている戦争を自分のことのように受け止め、村の若い男同士で意見を交わし、日々のニュースに興味関心を傾けている。孝光の文章が佳代よりずっと整っているのも、おそらくはその影響だった。

年頃の男女が頻繁に文通をしているのだから、自分たちがもはや単なる幼馴染の関係でないことくらい、佳代にも分かっていた。そんな特別な相手である孝光から、『御国の為』という四文字が送られてくるたび、複雑な思いが胸に渦巻いた。その反面、どうにかなるのではないかという期待もあった。自分たちはまだ十七歳だ。孝光が徴兵検査を受ける三年後までに中国との戦争が終われば、彼は前線に送られずに済む。

そんなことを考えていた矢先、対米開戦のニュースが日本中を駆け巡った。世の中の動きに疎い佳代も、おかみさんや年配の織工さんたちが顔を寄せ合って大見出しの躍る新聞を覗き込んでいるのを横目に、このときばかりは気持ちを揺さぶられざるを得なかった。

正月には、一か月半ぶりに千代と会った。少しやつれたようで心配したが、姉妹そろって旦那さんにご馳走《ちそう》してもらうと、たちまち柔和な笑顔が戻っていた。

そして――この県境の町にも、とうとう春がやってきた。

千代とは駅で待ち合わせた。切符売り場のそばで不安げに辺りを見回していた彼女は、佳代の姿を認めると、疲れのにじんだ顔を太陽のように輝かせた。

「姉ちゃん、やっと帰《けえ》れるね！」

「今日をずっと待ってただ！」

涙ぐみながら肩を抱き合い、満員の汽車に乗って山のふもとの町を目指した。降り立ったプラットフォームを走り抜け、村を目指して上り坂をひたすらに進む間も、足は止まらなかった。あの雪解け水を運ぶ渓流を、谷にかかった大きな吊り橋を、高台へと続く長い曲がり道を、山間に並ぶ棚田を、黄緑の草が生え始めているだろう畔を、早く、早く、早くこの目で見たい。

峠を抜け、はるか向こうに見えてきた村へと駆けだそうとしたとき、二人はやまびこを聞いた。

風に乗って、山にぶつかって、遠くから流れてくる。

佳代ォ、千代ォ、佳代ォ、佳代ォ。

はっとして高台を仰いだ。四か月前にも確かに見た、あのときは大げさだと笑い飛ばした光景が、そこにあった。

村人たちがこちらに向かって手を振っている。あれは三代、あれは孝光だ。哲男も、おとうもおかあもいる。

どうやら待ちきれなかったようだ。小さな三代が一目散に、坂道を駆け下りてくる。

佳代と千代は手を固く繋ぎあい、春の息吹に包まれた瑞ノ瀬の村へと、満面の笑みを振りまきながら、一斉に飛び込んでいった。

*

白い花びらが、睫毛《まつげ》をかすめて落ちていく。

あ、雪、と隣を歩く千代が首を反らして天を見上げた。灰色の雲が垂れ込めた低い空が、今朝からずっと、裏山のてっぺんを飲み込んでいる。

股引《ももひき》の上からもんぺを重《かさ》ね穿《ば》きしているおかげで寒くはない。途端に冷え冷えとし始めたのは、心のほうだった。どうか畑に積もりませんように。面倒事が増えませんように――初雪に心躍らせる人間は、たとえ小学生であろうとも、今の瑞ノ瀬にはいない。

暖簾を下ろして久しい落合《おちあい》荘の入り口の戸を開けると、音を聞きつけた子どもらが奥から飛び出してきた。千代と二人してよろめきながら、上《あ》がり框《かまち》に腰かけて背中の大籠を置く。

「わ、人参《にんじん》だッ！」

「でぇこんだッ！」

四方から競うように伸びてくる痩せた手を、軽く叩いて撥ね除《の》けた。どの手もほのかに温かいのは、一つしかない火鉢の周りで押《お》し競饅頭《くらまんじゅう》でもしていたのだろう。「大根《だいこん》じゃないの？」と不思議そうにする誰かの幼い声に、「馬鹿、でぇこんだよ、エンコだから知んねぇんだな」という少年の意地の悪い声がかぶさる。

佳代が注意しようと口を開きかけたときには、後ろから追いかけてきた房江《ふさえ》さんの平手が飛んでいた。叩かれた後頭部を押さえて首をすくめた少年が、都会から縁故疎開してきたばかりの三つの男の子に、意外にしおらしく謝る。すでに何度か痛い目を見ていて、他所《よそ》の子に優しくしないと、ただでさえ少ない食事を減らされかねないと分かっているのだ。

籠に群がる子どもたちを押しのけて中を覗いた房江さんが、あらぁ、と明るい声を上げた。

「こんなにたくさん、どうもありがとうねえ。重かったべ？」

「平気です。畑からそのまんま来たんで」

「今はどうしてもお米を節約しなくちゃなんねえから、助かるわぁ」

「村のみんながしてることとです。また穫れたら持ってきます」

奥の座敷からは、走り回る子どもを叱りつけている母親の声がする。一昨年《おととし》に旦那さんを兵隊に取られてからずっと休業しているこの瑞ノ瀬唯一の宿には、毎日毎日、村中の小さな子どもが集められていた。下は赤ん坊から、上は国民学校の三年生まで、親の仕事についていっても足手まといになる年齢の子たちが、落合荘の元女将《おかみ》である房江さんと、瑞ノ瀬の親戚を頼って他所から疎開してきた若い母親らに見守られ、ここで朝から夕方までの時間を過ごしている。

そうでもしないと畑仕事が回らない、と瑞ノ瀬の主婦たちがそろって悲鳴を上げ始めたのは、今年に入ってからのことだった。徴兵の対象年齢が拡大されて、十九から四十五までの男に手当たり次第に赤紙が届くようになり、低身長や病弱の男たちを除くと、今ではすっかり女子どもと老人ばかりが村に残されている。そんな中でも米や野菜の供出割り当ては増える一方で、身を粉にして朝から晩まで働かなければ、自分たちの食べる分が満足に残らない。農作業を主に担っていた男手のほとんどない中で、田畑に出る人数を一人でも増やすため、瑞ノ瀬の住人は村全体で協力しあい、この苦しいときを乗り切ろうとしていた。

　佳代の家は、身体の弱っているばっちゃが去年から寝たきりになっていることを除けば、まだ余裕のあるほうだった。ともに五十代のおとうとおかあは家にいて、未婚の女子である佳代や千代、そして国民学校の六年生になった三代も、町の軍需工場などへの動員を免除される代わりに、農家の一員として食糧増産に励むよう命じられている。うちにゃ男の子がいねえから御国に貢献できねえ、俺やおかあの顔を立てるためにも、お前《めえ》らはせめて村の人たちに尽くせ──おとうに口うるさく言われなくとも分かりきっていることを、佳代ら三姉妹は毎日懸命に行動に移していた。

「さっきまで三代ちゃんがお昼ご飯の煮炊きを手伝ってくれてよ。まだ小学生なのに本当に甲斐甲《かいが》斐《い》しくてねぇ。あの子はきっといいお嫁さんになるよ。あ、外で会ったけ？」

「そこですれ違いました。もう畑に戻ってると思います」

「お茶──はねえけんど、今日はやけに冷えるし、白湯《さゆ》でも一杯どうけ？」

　答えようとしたとき、背後の引き戸が開いた。二か月前に赤ん坊を産んだばかりの富子《とみこ》さんが顔を出す。野良仕事の合間を縫って息子に乳をあげに来ている彼女のもとに、南方に出征した夫が七月にサイパンで戦死していたという報《しら》せが届いたのは、出産三日前のことだった。それでも気丈に健康な赤ん坊を産み落とし、亡くなった主人のためにもこの子を絶対に生かさなければと寒空の下で鍬《くわ》を振るっている富子さんは、佳代よりたった三つ年上の二十三歳だ。

　息子の一郎《いちろう》ちゃんはスヤスヤお昼寝中だと房江さんに微笑みかけられた富子さんが、ほっとしたように頬を緩め、着物の上からでも張っていると分かる胸を小さくさすった。

「そこで組合長さんに会っただけんど、佳代ちゃんを探してたみたいよ」

「おらを？　なんで？」

「こねえだ、壊れた犂《すき》の修理を頼んだべ？　それが材料店に断られたって。直してほしいなら、米を持ってこいと」

「米って」佳代は絶句した。「おらっちは米農家でねえのに」

「野菜でもいいでねえか？　とにかく何か食いもんを渡さねえと、どこも注文を受けてくれねえだって、組合長さんも嘆いてたわよ」

顔を見合わせる佳代と千代の姉妹の代わりに、房江さんが怒りを吐き出した。最近は誰も彼も、百姓には食うものがあると思って、無茶な要求をしてくる。日本中が窮乏している今、こっちだっていっぱいいっぱいだ。女子どもだけでリヤカーを引いて配給品の肥料を山向こうまで取りにいったり、暴れて逃げ出した馬を追いかけてどうにかこうにか犂を外したり、四年生の子どもに鉈《なた》や鋸《のこぎり》を持たせて山から木を切り出したり。勤労奉仕の学生さんたちだって、ここまでは派遣されてこない。男がいれば夕方までで終わっていた仕事が、近頃は優に夜中までかかるというのに。

「そんでも、食べるものも、着るものもあるだけ、瑞ノ瀬の百姓でよかったと思います。米をくれ、野菜をくれと外の人に頼まれて、ふもとから絹の着物を持ってわざわざ山を登ってくる人までいて……全部にどうぞと言えねえのは心苦しいですけど、少しでも分けてあげられたときはものすごく喜んでもらえて、代わりに貴重な布や道具も手に入って……」

そう感慨深げに呟いたのは千代だった。房江さんが我に返ったように頷き、富子さんも同調する。

「どこの百姓も今は供出に根こそぎ持ってかれて米が食えねえっていうけんど、ここでは自分たちの分くらいは残せるものなぁ。野菜もよく穫れるし」

「おかげで、こんだけいる子どもらを飢えさせずに済むよ」

「山菜や茸、川の魚もある。薪だっていくらでも拾える」

「人がいねえから、都会のように爆弾を落とされることもねえ」

「いざというときにゃ、村のみんなの心が一つになって、今みたいに助けあえる」

「田んぼに畑に、来年もまたたくさん実るといいですね」

「本当にねぇ。あ、白湯はどうすっけ？　お昼ご飯は？」

房江さんの好意を丁重に断り、明治の初めに建ったという落合荘の古い家屋を後にした。広い座敷で遊んでいる子どもたちの声が、壁越しに聞こえてくる。さながら集団疎開のようだが、どの子も夜になれば母親に会えるだけ、まだましなのだろう。

北風が吹き、千代と身体を寄せ合った。どこかから空襲警報のサイレンが風に乗って聞こえてきた気がして、耳をそばだててしまう。幻聴かもしれないし、本物かもしれない。先月の終わりから、東京には毎日のように爆弾が落ちていると聞く。万が一瑞ノ瀬も危ないということになれば、常にラジオに耳を傾けている村長の命で、村の中心部にある火の見櫓《ひのみやぐら》の半鐘が打ち鳴らされることだろう。そのときには、まず落合荘に駆けつけ、子どもたちを引き連れて周囲の裏山に逃げ込めと、警防団で防空班長を務めるおとうに口酸っぱく教え込まれている。

雪がちらつく畑では、おとうと三代が大根取りを再開していた。おかあは家でばっちゃの食事の世話をしているという。佳代と千代も腰を屈め、これ以上天気が荒れる前にと、大根を土から引っこ抜いては運び続けた。

手がかじかむ。冷気が首筋に流れ込む。時たま頭が揺れるような感覚があり、目をつむって身体を休める。お昼ご飯が薩摩芋《さつまいも》半分では足りなかったろうか。

弱気になりかけるたびに、佳代は自分に言い聞かせた。これは御国の為の仕事だ。命を懸けて日の丸を背負っている軍人さんたちはもちろん、飢えに瀕《ひん》している全日本国民のために、野菜を作る。

米を作る。山で木を切る。百姓は今、何よりも必要とされている。今日、自分たちが取った大根や人参が、明日、誰かを生かす。

誰かを――孝光を。

孝光に赤紙が届いたのは、二十歳を迎えた今年六月のことだった。彼の三人の兄たちもすでに徴兵されていたから、元より覚悟はしていたものの、佳代が作業していた畑にふらりと現れた彼に、桃色の臨時召集令状を見せられたときは思わず言葉を失った。

――おい佳代、何か言うことはねえのけ？

――おめでとう……ございます。

佳代が唇を震わせながら答えたとき、孝光は心なしか当てが外れたような顔をしていた。だったら何と言えばよかったのだろう。あれからずっと考えているが、未だに分からずにいる。

――お前《めえ》の写真……。

――ん？

――いや、なんでもねえ。

二人きりで会話をしたのは、あれが最後だった。恥ずかしさなど捨て去って、千人針の腹巻と一緒に無理やりにでも自分の写真を押しつければよかった、と今では後悔している。そうすれば、内地での訓練中も、いざ外地に赴いた先でも、いつでも彼の胸元に寄り添っていられたのに。降り注ぐ敵の砲弾から守ってあげられたかもしれないのに。

見送りの日のことは、半年経った今も、まぶたの裏に焼きついていた。国民服の上から『祝出征瀬川孝光君』の白襷《しろだすき》をかけ、言葉少なに「御国の為、頑張ってまいります」と瑞ノ瀬小学校の校庭で挨拶をした彼は、村人による出征兵士を送る歌の大合唱と万歳三唱を聴きながら、かつてともに通った学び舎《まなびや》に寂しげに目をやっていた。わが大君《おおきみ》に召されたる、生命光栄《いのちはえ》ある朝ぼらけ——一転して凛々《りり》しい顔つきをした孝光が、峠に向かって曲がり道を下っていく。あの勇ましいようで物悲しい軍歌が、彼が最後にこちらを振り向いて残した「では元気で行きます」の声が、『祈武運長久』の幟《のぼり》や日章旗のはためく音が、今も耳から離れない。

孝光だけではなかった。千代の想い人《おもびと》の哲男までもが、日の丸印の飛行機乗りに憧れて、十六歳で海軍予科練に入隊していった。得意げに胸を張って村を出ていく哲男の前で、千代は「立派ね」と頬を赤く染めていた。だがその夜には、枕に顔を押しつけ、静かに泣いていた。あれはあくまで本人の望む言葉をかけたのであって、千代の願いは別のところにあったのだということを、隣の布団でなかなか寝つけずにいた佳代だけが知っていた。

先ほど落合荘で顔を合わせた富子さんのことを思い出す。結婚して瑞ノ瀬を出ていった彼女は、たった一年半で村に戻ってきた。里帰り出産後にそのまま瑞ノ瀬に残ったのは、まだ若いのだから息子のことは忘れて新しい人を見つけなさいと義理の両親に言い含められたからだというが、その日食うものにも困る中、産後の嫁と赤ん坊を厄介払いしたかったというのが先方の本音だろう。

死別。新しい人。考えただけで、胸が焼けつくように痛くなってくる。結婚すらしていなければ、その約束を家同士で交わしたわけでもない自分と、若くして未亡人になった富子さんの境遇を重ね合わせるなんて、失礼なことだと分かってはいても。

富子さんが新婚の夫を亡くした夏のサイパン島陥落以来、戦局が悪くなっていることは、さすがに無知な佳代も理解していた。孝光も哲男もまだ訓練中で、安全な内地にいる。しかしこの戦争は、日本が勝つまで終わらない。今が劣勢であるのならば、軍の大切な駒として育て上げられた二人は、近いうちに必ず、前線へと送られる。

――おめでとう……ございます。

佳代はあのとき、祝ってしまった。

孝光が戦地に赴くことを。

国のため、聖上陛下のために、その身をなげうつことを。

「――姉ちゃん？」

気がつけば、広い畑の真ん中で、千代に顔を覗き込まれていた。大根の葉に手をかけたまま動きが止まっていたようで、固まった腰の関節をほぐすのに一苦労する。

千代が胸に手を当て、そっぽを向いてつらそうな咳《せき》をした。食料不足で栄養状態が悪くなったせいなのか、このところ風邪を引きっぱなしのようだった。食欲が出ないと言い、心なしか前より痩せている。

「今、何を考えてた？」

「なんでもねえ。雪が降って指の先が寒いなって――」

「孝兄ちゃんのことだんべ」

十八の妹が、悪戯《いたずら》っぽく笑う。千代は何でもお見通しだ。幼馴染であり恋人でもある男からの葉書をそれぞれ待ち侘び、『御便り有難う』の一言に姉妹そろって舞い上がり、囲炉裏のそばで縄綯《なわな》いの夜なべをしているおとうに毎度無言で苦い顔をされる、そんな似た者同士の姉妹だからこそ、心の内を簡単に読まれてしまう。

「私たち女にできるのは」

千代が教科書を読み上げるような聡《さと》い口調で言い、霧のような雲に隠れた裏山を見上げた。

「男の人たちが帰《けえ》るまで、瑞ノ瀬を今のままにしておくこと。何一つ変えねえこと。遠い外地で心に思い描く故郷《ふるさと》を、決して失《な》くさねえように努めること」

「……そうだな」

「だから姉ちゃんも、孝兄ちゃんに見せたい顔のままでいなくちゃ」

一拍置いて、佳代の顔にも笑みが戻ってきた。

お正月には子どもたちとお団子作りをしたいなぁ、などととりとめもない独り言を口に出しながら、もんぺ姿の千代が向こうの畝《うね》へと歩いていく。

昭和十九年、師走《しわす》——瑞ノ瀬を真っ白く染めようとしていた雪は、いつの間にか、止んでいた。

＊

光の粒が揺蕩う水面に、ゆっくりと水桶《みずおけ》を沈めた。六月の空は青く明るく輝いているけれど、村に幾筋も流れる小川は山の土の冷たさを引きずっている。

天秤棒《てんびんぼう》を肩に当てて立ち上がろうとすると、身体が横にふらついた。もう一度踏ん張ってようやく、前後の桶が持ち上がる。休み休み家まで歩き、土間の水瓶《みずがめ》に中身をあけた。着物の袖から覗く手首の細さにため息が漏れる。どんなに腹が減っても、ふもとの町や山向こうの村の上空に敵の艦載機が舞い降りて人々を撃ち殺しても、水汲みは毎朝しなければならないし、畑仕事も放り出せはしない。

水瓶の縁に手をかけて一息ついてから、佳代は途中になっていた炊事を再開した。山で摘んできたアザミを茹《ゆ》で、南瓜の煮物や沢庵《たくあん》をほんの少しずつ器に取り分ける。せめてご飯は景気よくよそってあげたかったけれど、病人に却《かえ》って気を使わせることになると思いとどまり、普段どおりの量にした。茶碗の摺《す》り切《き》り一杯にも満たない。だがこんなものでも国民の大半から後ろ指をさされるほどの贅沢品であることを、瑞ノ瀬の人間は皆知りながら、朝も夕も、背中を丸めて薄暗い食卓を囲んでいる。

最後にカエルッパとヨモギを煎じた咳止めのお茶を盆に載せ、奥座敷に運んだ。富山の薬売りから買っていた常備薬が底を突いてからは、もう頼れるものが野草しかなくなった。草ならば、ここではいくらでも手に入る。それだけに心許《こころもと》ない。こうして物足りない食事や〝薬〟を用意するたび、佳代は病人の体調が悪化し続けているのは自分のせいなのではないかと恐れ、落ち込んだ姿を決して相手に見せないよう、襖を開ける間際に無理やり表情を整えていた。

奥座敷に入ると、竹箒《たけぼうき》を持った千代と目が合った。換気のため始終開け放してある窓から明るい陽が差し込み、畳に光の帯を作っている。その上を丁寧に掃き清めている妹に、佳代は慌てて声をかけた。

「いいだよ、あとでおらがやるんだから」

「でも、できることは自分でやりたくて。みんなは毎日忙しいんだし……」

「しっかり休まねえと、治るもんも治らなくなんべ」

あえて語気を強めて言うと、千代は申し訳なさそうに首をすくめ、箒を箪笥の脇に立てかけた。そのまま佳代と距離を取り、日向《ひなた》になっている縁側に出ていってしまう。

自らを日光消毒するかのように太陽に全身をさらした千代は、相変わらず布を何枚も重ねたマスクで口元を覆っていた。この頃は物不足で、何でもかんでも布の切れ端をみんなで持ち寄って繕うため、マスクも掛布団も模様がちぐはぐになっている。

「もう熱は測ったけ？」

「夜よりは下がったようよ」

「よかった。朝ご飯、持ってきたけんど」

「ありがとう。今朝は気分がいいから食べられそう」

佳代が布団の脇に据えてある机に食事の盆を置くと、縁側に佇んでいる千代が細い首を伸ばし、器の中身に目をやった。

「それ――アザミ？」

「そう。血を止める働きがあるって聞いたんべぇ、摘んできただ。痰《たん》によく血が混じるようになったって、こねえだ言ってたべ。ささっと茹でただけだけんど、不味《まず》くても薬だと思って、我慢して食べてけえろ」

「姉ちゃんごめんね、私なんかのために」

そう呟く千代の口の端は、心なしか赤かった。佳代の見ていないところでまた喀血《かっけつ》したのではないか、と怖くなる。千代はどんなにつらそうなときも弱音を吐かない。戦地で命を危険にさらしている軍人さんのほうがよっぽど大変な思いをされているのだから、と言って。

佳代が襖のところまで下がると、入れ替わるように千代が縁側から部屋に入ってきた。こちらに背を向けて布団の上に座り、カエルッパとヨモギの煎茶で遠慮がちにうがいを始める。その合間にも、千代は時おり激しく咳《せ》き込んだ。着物の上からでも見る影もなく骨ばってしまったと分かる肩が、そのたびに大きく震えるのが痛々しかった。

千代がどっと高熱を出して床に就いてしまったのは、去年の暮れのことだった。

寝汗と倦怠感がひどく、ろくに物も食べられずに毎夜うなされている千代を、おとうとおかあは早く医者に診せようとした。しかし山向こうの村に一人だけいた医者は出征してしまったといい、ふもとの町から呼び寄せようとしても馬力のない木炭車では峠を越えられないと断られ、診察を引き受けてくれる医者を見つけるまでには結局ひと月近くかかった。おとうが運転するトラックに乗ってはるばる峠を越えてきた初老の医者は、チフスだろう、ゆっくり静養するほかないと無愛想に言い残して帰っていった。千代が胸痛を訴えた二回目の診察で、ようやく結核だと告げられたものの、薬がないのは同じだった。

言葉を失った佳代ら家族に、千代は初めて、県境の町の織物工場に出稼ぎにいったときのことを打ち明けた。姉と別れてひとり連れられていった先は、女工が四人しかいない小さな工場だったのだという。仕事場には常に糸くずや塵埃《じんあい》が舞っていて、喉がすぐに痛くなった。取り締まりをどう逃れているのか、女工は月に一度しか休みをもらえず、朝五時から夜八時まで働いたあとに、旦那さんの家で煮炊きや掃除をさせられるのが常だった。四畳半の部屋で四人が寝起きするという劣悪な環境で、食事も偏ったものばかり与えられていた。今思えば、よく熱を出して寝込む女工もいた。感染したとしたら、あのときではないか。

どうして言わなかったの、と思わず涙を流した佳代に、もう終わったことで心配をかけたくなかったから、と千代は伏し目がちに言った。咳き込みそうになるのを無理にこらえながら畑仕事を続けていたせいで、どうやら肋骨《ろっこつ》にもひびが入っているようだと医者に言われ、千代の辛抱強さには家族そろって二度驚かされた。

療養所はどこも人手と物資の不足で空きがなく、家の中での看護が始まった。綺麗な部屋で清い空気を吸い、よく陽に当たり、好き嫌いなく食べ、身体を休めて力を養え――医者に言われるがまま、座敷の窓を開け放ち、食器や痰壺《たんつぼ》を煮沸消毒し、布団や衣類は日光に当てて菌を殺した。高熱が出た日は、氷嚢《ひょうのう》や氷枕を夜中でも二時間置きに取り替え、寝汗を拭いてやった。その仕事をおかあと佳代と三代とで分担するのだが、病人の千代は少しでも体調がよくなると、自ら布団を庭に干し、身の回りの掃除や寝巻の洗濯までしようとする。その健気《けなげ》な姿を見るにつけ、工場で働いていたあの一冬、おかみさんに粘着質に叱られるくらいのことで毎日へこたれていた自分が情けなくなった。身体が丈夫な自分があちらの工場に行っていれば、感染したとて発病しなかったかもしれないのに。

「姉ちゃん、この部屋にはあんまり長くいねえほうが……」

「千代の話し相手になるのも、おらの大事な仕事だんべ」

「私がね、悲しむのよ。万が一、大切な家族に病気がうつったら」

「平気だぁ。窓も開けてるし、おらは風邪だってめったに引かねえんだから。結核菌のほうから逃げていくべ」

半分おどけて言うと、湯呑を持った千代がこちらを振り返って表情を和らげた。マスクをつけていない妹の素顔を、四六時中見ていられたらいいのに、と思う。もどかしい話だ。千代が佳代たち家族のことを思いやり続ける限り、その望みは叶わない。

食事だってそうだった。料理をする家族は、弱っている千代に誰よりも滋養をとってもらいたいと願う。だが千代は、「畑仕事も家事もできねえ病人は後回しでよかんべよ」と口癖のように言い、薬草以外の食べ物を端から親や姉妹に譲ってしまおうとする。

緩慢に箸を動かし始めた千代の儚げな後ろ姿を、佳代はぼんやりと眺めた。彼女が座っている布団の枕元に、本が一冊置いてあるのに気づく。

「それ、まだ読んでんのけ?」

問いかけると、千代がまた横顔を見せて声を弾ませた。

「やっぱり面白いんだもの、『ロビンソン漂流記』。五年生か六年生の頃に読んだきりになってたけんど、もうこれが最後かもしれねえから、満足するまで何度でも読み返しとこうと思って」

「最後だなんて……」

明るく受け流そうとしたのに、胸が詰まると同時に言葉まで途切れてしまった。

今年の一月、千代が結核と診断を受ける直前に、この奥座敷で衰弱の末亡くなったばっちゃの姿が脳裏に蘇る。死というものを意識させないためにも、千代には別の部屋を用意してあげたかった。けれど家族との接触を極力控えようとすると、結局のところ、入り口から最も遠いこの座敷で静かに寝ていてもらうほかないのだった。

「こんな大変なときに布団の中で本ばかり読んでて、私、バチが当たるじゃねえかな。だって、調子がいい日には、身体だってまだ動くのよ」

「動かしちゃいけねえだって、お医者さんが言ってたべ」

「そう言ったってねぇ。なんにもできねえのは嫌だから、せめて千人針くらい、私にも縫わせてもらいたいものだけんど」

背を向けた千代が、小さく息を吐き出す。寅年生《とらどし》まれの千代のもとには、去年までは出征兵士に贈る千人針のお願いがよく来ていた。寅年は縁起がいいとされ、一人一針の決まりを越えて、自分の歳の数だけ針を刺せるからだ。時には山向こうの村から回ってくることもあり、依頼の数の多さは佳代が隣で見ていてうんざりするくらいだったけれど、当の千代はちっとも面倒臭がることなく地道に玉結びを作り続けていた。私なんてまだ十八よ、いっぺんに六十も七十も縫うわけでねえんだから楽なものよ、と快く笑って。

このごろは、乙種も丙種も関係なく、手あたり次第に赤紙が届くようになっていた。低身長や病弱を理由に徴兵を逃れていた男たちも皆出征し、村に残っている男はいよいよ子どもと老人ばかりだ。うちの愚息もやっと兵隊にいってくれました、と肩の荷が下りたように話す老齢の村人を目にするたび、何か大切なものを一つずつ失っているような気がしてならなかった。

B29が毎日のように日本上空に現れ始めてから、早七か月が過ぎた。三月には東京が大空襲を受け、五月には横浜《よこはま》が火の海になった。焼け出されて命からがら瑞ノ瀬まで逃げてきた村人の親類らが口々に語る内容は、あまりに惨《むご》く、凄絶で、同じ日本の話かと耳を疑うほどだった。

この山間の村にも、あの恐ろしい爆音は聞こえてくる。隊を作って大空を飛んでいく姿も窺える。ふもとの町のけたたましい空襲警報も、正体を知りたくはない断続的な破裂音のようなものも、時おり山の向こうから響いてくる。夜、遠くの空が燃えるように赤く染まるのを見たこともある。しかし瑞ノ瀬に爆弾や弾丸が落ちてきたことはない。まだない、だけなのかもしれない。それでも村人たちは、四方の山に宿る神の御加護を信じて、話に聞く戦争がこれ以上生々しさを伴わないことを祈りつつ、日々真っ黒い手拭でほっかむりをしながら田畑に出て汗を流している。

警報代わりの半鐘が鳴るのは珍しくなくなった。初めは重い身体を引きずっていちいち山に逃げ込んでいた千代も、次第に避難するのをやめ、家でそのまま寝ているようになった。口には出さないが、それだけ不調が増しているということだ。この戦争はいつ終わるのだろう、と気が遠くなる。せめて症状を和らげる薬があれば。栄養がつけられれば。療養所に入れれば。千代の心の支えとなっている哲男が帰ってくれれば。幼馴染の彼ならきっと、結核を患った妹を見捨てやしない――。

「哲男さんからのお手紙、来ていない?」

心の内を読まれたのかと一瞬動揺したが、千人針の話題から連想したのだと気づいて胸を撫で下ろした。いつもどおりの答えを返すと、千代はまた咳き込んだのち、寂しそうに長い睫毛を伏せた。

「孝兄ちゃんからは？」

「……来てねえよ」

「嘘でしょう」

簡単に見抜かれ、今度こそ動揺する。聡明《そうめい》な千代には敵《かな》わない、と佳代は肩を落とし、正直に答えた。

「来たよ。ついこねえだ」

「外地から？　よかった、本当によかった！　ねえ、私に読んで聞かせてよ」

「嫌だぁ、恥ずかしいもの」

佳代が身をよじると、千代は横を向いたまま「そうね」と呟き、可笑しそうに口元を緩めた。

「恋文を人に見せるのは野暮だものね。でも安心したぁ。孝兄ちゃんがご無事なら、哲男さんも元気で生きてる気がするから。うん、きっと元気だわ」

自分を励ますように言い、再び机に向かって箸を動かし始める。見たところ、珍しく食欲はありそうだった。替えの寝巻を取ってくると言い置き、佳代は病室代わりの奥座敷をいったん後にした。

廊下を数歩進んだところで、たまらず柱に寄りかかり、こめかみを押さえる。

一週間ほど前に孝光からの手紙が届いたのは本当だった。ただしその内容は、千代が想像しているようなものではなかった。


御元気ですか。此の手紙は無事貴女の許《もと》へ届くでせうか。補充要員として●●●島に送らるゝ事に成りましたから今後御手紙は受け取れず、書く事も出来ないと思ひます。貴女は何時《いつ》も僕の胸の中に居《ゐ》て呉れます。皆様の御健康と御多幸を心の奥底より御祈り致して居《を》ります。親愛なる佳代様、いつ書いたものなのかも、どこから投函《とうかん》したのかも分からない、茶色く薄っぺらい葉書だった。端が破けていて、宛先の書かれた表面《おもてめん》はなぜだか土で汚れ、鉛筆の文字や消印までもがかすれて読みにくくなっている。フィリピン方面に送られることになりそうだという手紙は去年の暮れに受け取っていたが、その直後にでも最終決定があり、追伸のつもりで慌てて書いたのだろうか。昨今の郵便事情はずいぶんと混乱していて、出したものが届かないことも多いようだから、半年前に投函したものが今さら山奥の瑞ノ瀬に配達されたとしても、さほどおかしなことではないのかもしれなかった。

　肝心の行き先は検閲により塗りつぶされていて、予定されていたフィリピン方面なのかどうかも分からない。唯一文面から読み取れるのは、想い人の彼が、手紙のやりとりもできないほどの激戦地に送られていったということだった。

　病床の千代に言えるはずがなかった。こんな手紙を読み聞かせようものなら、今年に入ってから同じく手紙の返事が途絶えている哲男の運命を、嫌でも想像させてしまう。

　涙がこぼれ出そうになるのを必死にこらえながら、佳代は再び廊下を歩き出した。千代に着替えを届け、食器を下げて煮沸消毒したら、残りの家族三人が働いている畑に戻って草取りの続きをしなければならない。房江さんが子どもらの面倒を見ている落合荘にも、畑で穫れた野菜を持っていく約束をしている。己《おのれ》の今日を生き、村の人々の明日を守るため、やるべきことは山ほどあった。

　一秒も立ち止まってなどいられない。この国に神風が吹き、戦争に勝つまでは。

佳代ォ、終わっちまっただ、戦争が。負けただ、日本が。

＊

昭和二十年八月十五日。朝から畑に出ていた佳代は、血相を変えて村長宅から帰ってきたおとうの口から、その事実を聞かされた。

鍬を投げ出し、急いで家に駆け戻った。米兵が進軍してきたら大変なことになると、どこの家も大わらわで、表座敷に飾っていた天皇陛下の写真を外し、納屋《なや》や家の床下に隠していた。奥座敷の縁側から身を乗り出して又聞きのラジオの内容を報せると、布団に横たわっていた千代は枕の上の頭をゆっくりとこちらに向け、わずかに目を見開いた。何か複雑な思いを呑み込んだ表情をした後、「でもそんならもうじき、孝兄ちゃんも哲男さんも帰《けえ》ってくんべな」と前向きに微笑み、恋人の帰りを待ち侘びた。

そして十月の終わり、千代が死んだ。

その夜、佳代は末の妹の三代の叫び声で目を覚ました。千代ちゃん、千代ちゃんというただならぬ声に、家族ばかりか、離れを貸している遠縁の罹災者母子《おやこ》まで駆けつけた。電灯の下に、大量の血を吐いてぐったりしている千代の姿があった。転がるように枕元に座り、痩せた身体を抱いた瞬間、明かりが落ち、何も見えなくなった。苦しげなか細い呼吸だけがしばらく暗闇に残り、揺らめき、やがて消えた。戦争が終わっても頻発している停電のせいで、歳が近く仲のよかった妹の最期を見届けてやれなかったことは、佳代の心に暗い影を落とした。

ふもとの町から神主さんを呼び、葬式を執り行った。煮炊きに墓穴掘《はかあなほ》りに、向こう三軒両隣の住人が忙しく立ち働いた。誰も彼も、人が死ぬのには慣れていた。ばっちゃや千代だけではない。山に守られた瑞ノ瀬でも、大勢の幼子や老人が発疹《ほっしん》チフスで倒れた。出征した男たちが続々復員してくる一方で、戦死の公報が届いて泣き崩れる家族の姿もあった。村人の葬儀には数えきれないほど出席した。それでも千代の死は特別こたえた。最期ぐれぇ美味いもんを食べさせてやりたかった、とおとうは泣いていた。遅く生まれた三姉妹の一人を失って、おかあもひどく気落ちしているようだった。

哲男の両親は、悲痛そうな顔をして線香をあげていた。千代が無事を信じて待ち続けていた幼馴染の彼は、未だ生死不明だった。孝光も同様に音沙汰がなかった。それを希望と見るか、絶望と見るかは、待つ者の心構え次第だった。

葬儀後の会食の席で、佳代は孝光の母親に声をかけられた。長男と三男を遠い外地の海上で亡くし、脚に大怪我を負って送り返されてきた二十六歳の次男を看護している母親は、佳代を気遣うような目をしていた。

「うちの孝光もよォ、兄ちゃんらと一緒で身体が丈夫で背も高かったんべぇ、真っ先に戦いに放り込まれたに違《ちげ》えねえだ。だから佳代ちゃん、あんまり長《なげ》えこと待たねえで、綺麗に見合い写真でも撮って、どうかいい人を探してけえろ。千代ちゃんがこんなことになって、長女のあんたまで行き遅れちゃ、親御さんも悲しむべぇ」

付き合いの長い孝光の母のことだ、一から十まで善意で言っているのだということは分かった。男一人に女はトラック一杯と言われる今、婚期を逃すのは大きな痛手になる。村に残っている未婚の女たちも、競うように嫁ぎ先を探し始めていた。

しかしその言葉を、佳代は違った角度から受け止めた。裏を返せば、孝光の両親には、佳代を息子の嫁として家に迎え入れる心づもりがあったということだ。佳代はまだ二十一だった。二十四まては待てる。いや、たとえ行き遅れと囃し立てられようと、二十五でも、六まででも。

「千代は待ってたです。哲男くんのこと」

「だけんども……」

「だから私も待ちます」

私、という言葉が初めて口を衝いて出た。冠婚葬祭の場の礼儀のつもりだったのだけれど、それ以上に、千代を自分の中で息づかせているような気分になった。読書好きな妹はいつだって、姉の佳代より洗練された口調で喋っていた。

――私ね、哲男さんはどこか怪我をして、外国の病院で静養してるんだと思うのよ。

――便りのないのはよい便り、って言うでしょう。

――戦争は終わったんだもの。孝兄ちゃんだって、きっと帰《けえ》ってくるはずよ。

この世からいなくなってしまった千代の代わりに、佳代は胸の中に希望を宿しつつ、変わらぬ日常と相対した。戦争が終わっても、食糧や日用品の配給はさらに遅れ、日本中の人々は飢餓に喘《あえ》いでいた。こんな山奥の村にまで担ぎ屋がやってきて、闇米をふもとの町へと運んでいった。悪いことをしているという意識はなかった。皆が生きるために必死だった。佳代は自分や親類の田畑はもちろん、十四歳の茂則しかまともな男手がなくなってしまった孝光の家の棚田にまで顔を出し、あちこち手伝いに走り回った。手先の器用な三代が見よう見まねでこしらえてくれた洋服は、戦時中に着ていたもんぺ以上に動きやすく、野良仕事が捗った。

灰色の冬が過ぎ、鶯《うぐいす》色の春がやってきた。上空をB29が飛び交っていた去年を思うと平和な雪解けの季節だったが、常に汚れたガラス窓を通して世界を見ているような感覚が拭えなかった。体内時計の調子もおかしかった。畑で芋の植えつけや菜の種まきをしていても、ある日はあっという間に夜になり、ある日はいつまで経っても昼時にもならない。

そんな春真っただ中の、西日が控えめに村を照らし始めた午後のことだった。

「姉ちゃん！　姉ちゃん！」

家で一人夕飯の支度をしていたはずの三代が、息せき切って裏の畑に駆けてきた。あまりの大声に驚いて顔を上げると、十四歳の妹の頬はしとどに濡れ、つぶらな両目がたいそう赤くなっていた。孝兄ちゃんが――、と彼女が泣きながら必死に声を絞り出すのを聞き、視界が暗くなった。千代ちゃん、千代ちゃんと声を限りに叫んでいたあの夜の三代の様子や、サイパン島の戦いで夫を亡くした富子さんに以前見せてもらった『死亡告知書』という残酷な戦死公報の文字が、次々と頭をよぎる。

そのときだった。

三代の後ろから、国民服に国民帽という出《い》で立《た》ちの背の高い若者が、静かに姿を現した。

永遠とも思える間、佳代は若者と見つめあった。

愛《いと》しいその名を呼ぼうとする。

それなのに、声にならない声が、喉から迸《ほとばし》る。

気がつくと佳代は、孝光の胸に爪を立てて縋りつき、みっともない嗚咽《おえつ》を上げていた。後ろから近づいてきたおとうとおかあが、孝光くん、ご無事で、とせわしなく声をかけ、近所に報せてくると言って駆けだしていく。

やがてためらうように、佳代の背中に大きく温かい手が置かれた。

はっとして身体を離し、辺りを見回す。隣に立っていたはずの三代の姿は、いつの間にかなくなっていた。

「気ィ使わせちまったな。親御さんと一緒に走ってってたよ」

目の前に立つ孝光が、畑の向こうを見やって言った。眉毛の太い顔も、たくましい上半身も、地面に伸びる長い脚も、飄々とした声も、別れたあの日のまま存在していることに、夢でも見ているような心地になる。

幻覚だったらと怖くなり、茶褐色の布地にまた手を伸ばした。佳代の涙が付着し、まだらに色が濃くなっている孝光の国民服は、ごわごわとした確かな手触りがした。

「どこにいたのよ……今の今まで」

「最後に出した葉書、届かなかったか」

「届いたけんど、島の名前が黒塗りにされてて」

「一昨年の、十二月の半ばに、フィリピンのレイテ島に向けて出発することになっただ。そんで――」

話しだそうとした孝光は、突然喉に物がつっかえたように唇を開け閉めし、畑の土をじっと見つめた。瞳は暗く、まるでここにはない何かを眺めているかのようだった。

終戦後に現地で伝染病の治療を受け、その後収容所で俘虜《ふりよ》生活を送っていたことだけを手短に告げると、孝光は思い出したように、ただいま、と言った。

おかえり、と佳代は答えた。忘れていた笑顔が、それを合図に戻ってきた。孝光も初めて微笑んだ。戦場の恐ろしい記憶を振り払うかのように、ぎこちなく頬を緩める彼を見て思う。黄泉《よみ》の国に旅立った千代が、自分を身代わりに、孝光を死線から呼び戻してくれたのだと。一度枯れた植物がまた芽吹き、瑞ノ瀬の山々を新たに彩るこの季節に。

千代の死を報せると、孝光はしばし呆然としていた。それから辺りを見回し、佳代の肩にそっと手を置いた。元気づけようとしているというよりは、大切な幼馴染の死をともに悼んでいるようだった。

冬の初めから佳代の視界の全部を覆い続けていた灰色のガラス窓が、徐々に薄くなり、春の息吹とともに宙に溶け込んでいく。

「孝光だけでも……生きてててくれてよかった」

「佳代が守ってくれただべ」

「え？」

「船の上でも、島でも、肌身離さず写真を持ってたから」

「だけんど、私の写真は――」

言いかけたところで、佳代は言葉を止めた。孝光が上着のポケットに手を入れ、細長い紙の切れ端のようなものを引っ張り出す。

歪《いびつ》な形をした、集合写真の切り抜きだった。小学校卒業の日、晴れ着姿で椅子に腰かけている佳代と、たまたまその後ろに立っていた学生服姿の孝光が、上下に並んで〝二人きりで〟写っている。

「何もこんな、記念の写真を切らなくたって……あんときちゃんと言ってくれりゃ……」

あとの言葉は続かなかった。戦地で、日本へ帰る船の上で、ポケットの上からどれだけ握りしめたのだろう。細かい皺が無数に入った縦長の写真を手にしたまま、佳代は再び泣き崩れた。

誰かと喋っている三代の甲高い声が、どこからか風に乗って聞こえてくる。佳代は慌てて顔を上げ、まだ十四の妹が古い着物をほどいて仕立ててくれたばかりの作業服の袖で、力任せに涙を拭いた。

孝光のそばに並んで立ち、美しい萌黄《もえぎ》色に染まり始めた裏山を見上げる。そして密《ひそ》かに考えた。いつか自分が死ぬときがきたら、今日という日のことを、小箱の中に入れた幼き日の宝物のように、きっと大切に思い返すのだろうと。

＊

花嫁は慎《つつ》ましく顎を引き、唇を結び、数歩先の地面を見て歩け。

長い道中、両親に言い含められたその教えを、佳代は頭の中で必死に唱え続けていた。そうでないと、すぐに忘れて顔を上げてしまいそうだった。伏し目がちにすると女は一番美しく見えるんだからね、とおかあが言えば、よそ見をせずに婿さんのところへ行くってぇのが何より大切なんだ、とおとうが言う。どちらが本当なのかは出発間際になっても分からなかったけれど、いよいよ迎えたこの晴れの日に、二十三になる歳まで自分を育ててくれた二親《ふたおや》の最後の助言に従わない理由はなかった。

婿の待つ家は佳代の生家の目と鼻の先なのに、嫁入り行列は坂を上り、下り、小川にかかった橋を渡り、村中の集落を一つ一つ練り歩いていく。花嫁を村から送り出すときも、他所から迎え入れるときも、瑞ノ瀬の村人は必ず家から飛び出して口々にお祝いの言葉を投げかけるものだが、今日の孝光と佳代のように村の若い者同士が結ばれるとなると、盛り上がりようもまた格別だった。気心の知れた小学校時代の同級生や、無邪気な幼子らが後からついてきて、賑やかに歌いながら手を叩く。婿方の家に辿りつく頃には、行列の後ろが坂の向こうに隠れてしまうほどに人数が膨れ上がっている。

途中で、佳代は一度だけ親の言いつけを破り、よそ見をした。孝光の家が間近になってきた坂の中腹に、一人で立ち尽くしている哲男の姿を見つけたのだった。黒留袖に角隠しという花嫁姿の佳代を見て、哲男は目を真っ赤に泣き腫らしていた。

去年の夏、終戦から丸一年経ってようやく復員してきた哲男は、台湾沖《たいわんおき》の海上で撃墜されて生死の境を彷徨《さまよ》っている間に恋人の千代が病魔に侵され死んだと知り、しばらく食事も喉を通らないほどに憔悴していた。どうして俺は自ら予科練なんかに、と拳を握って男泣きしていた哲男を見て、飛行機乗りになると言って意気揚々と旅立っていったはずの彼が味わった地獄を思った。男たちが戦地で絶え間なく胸に思い描いていたであろう、出征前のままの瑞ノ瀬を守れなかったことにも後悔が募った。

そんな哲男も、親同士の取り決めで、この春には山向こうの村から嫁をもらうことが決まっている。それが千代だったらどんなによかっただろう。こうして嫁入り行列を作って夫のもとへ赴く最中でも、死んだ妹とその恋人のありえたかもしれない未来に想いを馳せることくらい、孝光もきっと許してくれるはずだった。

夕闇の迫る中、孝光とその家族は提灯を携えて家の前で待っていた。凛々しい紋服姿の夫を、佳代はなかなか直視できなかった。孝光も照れているのか、佳代を家に招き入れてからも、座敷に飾られている嫁入り道具にせわしなく目をやってばかりいた。物不足の中、おとうとおかあが懸命に用意して持たせてくれた簞笥や鏡台や座布団だった。

長い距離を歩いてきた佳代には、身づくろい後に休憩のお茶と餅が振る舞われたけれど、その間も窓という窓から村人たちの顔が覗いているから気分は落ち着かない。その後、屏風《びょうぶ》の据えられた表座敷で、夫婦固めの三三九度の盃《さかずき》を交わした。次に親子の盃と親族紹介を済ませ、お色直しをして戻ってくると、息つく間もなく無礼講の宴席が始まった。

結婚したのは自分たちだというのに、孝光は酒の燗番《かんばん》、佳代はお酌回りで忙しく、まともに言葉を交わす暇もなかった。それでも、顔見知りの村人たちが二人のために集まり、余興をし、酒を呷《あお》っては騒いでいる光景には、幾度となく心が慰められた。幼い頃、裏山で一緒に遊んだ孝光の弟の茂則は、仲間と一緒に顔を赤くして縁側でひっくり返っている。山奥の炭焼き窯までよく連れていってくれた鉄《てつ》さんや、尋常小学校で教わった昭八郎《しょうはちろう》先生も、親類に限らずみんな一緒になって孝光と佳代の前途を祝している。結婚したからといって、人付き合いも、毎日の仕事も、何も変わることはない。せいぜい、畑が田んぼになるくらいだ。近頃は都会に嫁ぎたがる百姓の娘も多いようだけれど、佳代は十分に満足していた。瑞ノ瀬には恩がある。静けさと温かさと、平和がある。ばっちゃや千代の魂も、山沿いの墓地に眠っている。

村人同士の結婚だからか、訪れる客は驚くほどに多かった。だが本来なら三日三晩行うという祝宴も、酒や馳走がなくては続かない。縁談が正式にまとまった去年の初秋から両家で大切に蓄えてきた配給の酒も、佳代の実家を含む向こう三軒両隣の女たちが総出で煮炊きしてこしらえた料理も、二時間も経たずして綺麗になくなってしまった。惜しまれながらも宴会は早々にお開きになり、孝光と佳代は、日付の変わる頃にようやく部屋に二人きりになった。家の中で一番小さな六畳間が、今夜からの夫婦の寝室だった。

こんな夜更けに隣の家で風呂をもらい、佳代は久方ぶりに素のままの姿になっていた。髪に癖をつけるため五日前から島田髷《しまだまげ》に結いあげてもらっていた髪が、今はだらしなく寝巻に垂れているのも、白粉《おしろい》で真っ白に塗り固められていた顔が呆気なく元の日焼けした色に戻ってしまったのも、何とも言えず気恥ずかしい。部屋の隅に立ち尽くしたまま、電灯の光が壁に作る陰影を眺めていると、着替えを終えたらしい孝光が声をかけてきた。

「せっかく嫁に来てくれたのに、こんなところですまねえな」

「なんで？　二人で寝るにゃ十分でねえの」

「俺の親や兄弟がすぐ隣で寝起きすんだからよ、お前《めえ》にとっちゃ居心地が悪《わり》ぃべ。長男でもあるめぇし、いずれ離れを建てて住めるようにするつもりだけんど、大工に頼めるだけの金が貯まるまでは、ここでどうか辛抱してけえろ」

お前《めえ》、という言葉の響きがこそばゆい。これまでも呼ばれたことはあるが、今孝光が口にしたそれは明確に、佳代を自身の妻とみなしてのものだった。

ならばこちらも覚悟を決めようと、佳代は背筋を伸ばして夫を振り返る。

「辛抱も何も……結婚しただから、あんたのお義父さんもお義母《かあ》さんも、お義兄《にい》さんや茂則さんだって、みんな私の家族だんべ」

「気を張る必要はねえ。もう時代が違《ちげ》ぇだ。今年中にゃ憲法が変わる。いろんな法律が新しくなる。親と子も、男と女も、みんな対等になるだ」

急に始まった小難しい話に、佳代は思わず目を瞬いた。それに気づいた孝光が頭を掻き、全部新聞の受け売りだけんどよ、と弁解するように言う。

俺たちみてぇな夫婦がこれからは多くなる、と孝光は続けて語った。結婚する夫婦の戸籍は新しく作られ、家長の同意も不要になる。つまり、誰もが自由に相手を選べるようになる。日本を占領しているアメリカだけでなく、世界ではとうに、恋愛結婚が当たり前になっている。

「簡単に言うと、嫁に入ったからといって縮こまる必要はねえ、ってことだ。立場も平等、財産も平等。お前《めえ》は百姓の嫁で、俺と同じ大事な働き手だんべぇ、なおさらだ。眠くなったら夫や姑《しゅうとめ》より先に布団に入っていい。食事も自分の好みで作っていい。実家にゃいつでも顔を出してやりゃいいし、寂しくなったら一晩泊まってきたっていい。夫や家に仕える、だなんて思うな。よしなに付き合う、ぐれぇにしろ。そんであれこれ言われそうになったら俺に言え。どうにかするから」

孝光は妙に流暢《りゅうちょう》に言った。それはたぶん、縁談がまとまったと親の口から聞かされたときから、あるいはささやかな結納の儀を終えて今更のように〝清い交際〟が始まったときから、彼の中で時間をかけて用意されてきた台詞だったのだろう。

佳代は相変わらず、世の中の変化に疎い。ピンク色の顔をしているという進駐軍の米兵も見たことがない。戦争がどう始まって、どう終わったのか、未だによく分からずにいる。だから孝光の語る難しい前置きは半分ほどしか理解できないし、法律が変わるくらいでこの国がそれほど劇的に変化するものだろうかと首を傾げたくもなる。

それでも、佳代の心の中には、この人と結ばれてよかったという一片《ひとひら》の実感が残っていた。

女の佳代にとって、結婚とはいつだって、そこはかとない物悲しさの漂うものだった。子どもの頃から幾度となく嫁入り行列を高台から見送ってきたけれど、峠の入り口へと曲がり道を下っていく姐《ねえ》さんたちは皆、村の美しい景色を最後に目に焼きつけようとするかのように、潤んだ瞳を遠くの山々へ向けていた。見合い一つで、時には親同士が写真と釣り書きを交わしただけで結婚が決まり、ろくに知らない相手の家へと送り込まれて二度と帰ってこられないのだから、その心細さは察するに余りある。

それに比べれば、どこよりも心安らぐこの場所で、幼い頃から毎日のように遊んでいたこの人と家庭を築くことが許され、さらには娶《めと》られたのちも変わらず一人の人間として認められようとしている自分は、なんと幸福なことか。

「今日は……少しは楽しめたけ？」

「なんでそんなこと訊くのよ」

「お前《めえ》が下ばっか向いてよ、暗《くれ》ぇ顔してるからだんべ」

「あれは、花嫁はそうするもんだって、おとうやおかあが口酸っぱく言うからよ」

佳代が説明すると、孝光は一瞬呆気に取られた顔をして、それから安心したように笑った。

「ああいう顔はよ、あんまりお前《めえ》らしくねえ。歯を見せて、しっかり笑うほうがいい。そうだな、ヒッチャギで大物の魚が獲れたときみてぇに」

「いつの話をしてんだべ」

「……死ななくてよかった」

急に孝光の声色が真剣になったのを感じ取り、佳代は笑みを引っ込めた。

「命を投げ捨てねえで、歯を食いしばってでも、ここへ戻ってきてよかった。それだけだんべ。……本当に、それだけだ」

戦争から帰ってきたあの日以来、孝光がそのことに触れるのは初めてだった。

式は終わったものの、明日からも多忙な日々は続く。引き出物代わりの紅白餅を作って近所に配り、村のしきたりに倣って夫婦で熊野神社に詣でなくてはならない。三日目には形ばかりの里帰りをし、その日の午後からは作業服に着替えて苗代《なわしろ》の準備だ。孝光の言うとおり、百姓の嫁は大事な働き手だった。

けれども今は、何も考えずに、この余韻に浸っていたい。

山中の沢で遊んだあの日の延長線上で、二人は接吻《せっぷん》を交わした。

電灯の明かりを落とすと、穏やかな夜が迫ってきた。

＊

「佳代さん！　今、中山《なかやま》先生が着いたからね！」

襖の向こうから、義母の甲高い叫び声がする。間もなく座敷に入ってきた和服姿の助産婦を見て、佳代は思わず目を見開いた。

「先生、どうしたんです？　汗だくでねえの」

「ふもとからよォ、自転車で来てくれただって」

助産婦に代わり、義母が早口で答える。佳代は腹の痛みも忘れて布団から身を起こし、「自転車で、峠を？」と思わず驚きの声を上げた。

「バス、出てなかったですか」

「出てたわよ」肩で息をしている中山先生が、白い割烹着《かっぽうぎ》を素早く身につけつつ答える。「でも行っちゃったばかりでね。次は一時間後でしょう。そうなったら自転車のほうが早いのよ。バスに乗ったって結局、何度も何度も停まって一時間以上かかるんだから」

下り坂は天国だけど峠に入ってからは地獄だったわね、と事もなげに言いながら、中山先生は鞄を開けて診察用の器具を取り出し始めた。産婆の仕事は体力勝負だと事あるたびに本人の口から聞いてはいたけれど、まさか五十近い女性が婦人用の自転車で峠越えをしてくるとは誰も思わない。三年前にふもとの町と瑞ノ瀬を繋ぐバス路線が開通してからは、村人だって専《もっぱ》ら乗合バスか自家用スクーターを利用しているというのに、なんという根性だろう。

「でも急ぎすぎたかしら。電話でお義母さまの声を聞いて、今にも生まれそうなのかと思ったんだけど。私とこうしてお喋りできるってことは、まだまだかかるわね」

「すいません、お産というのがどうも久々なもので……」

小柄な義母が、恐縮したように首をすくめる。今朝、佳代が稲扱《いねこ》き中に腹を抱えてうずくまったとき、「売店で電話を借りてくんべぇ」と田の畦道を慌てて駆けていった義母の後ろ姿が脳裏に蘇った。初めてのお産に臨む佳代よりも、傍で見守ることしかできない義母のほうが、長年待ち望んでいた初孫の誕生を前に、どうやら平静さを失っているようだった。

三十五歳の秋。金色に実った稲を刈り終え、ほっと一息ついたのも束の間、今まさに、別の大仕事が始まろうとしている。

結婚から、実に十二年が経っていた。妊娠するのは初めてではなかったが、初期の流産を繰り返した。三十を目前にした頃、子どもが欲しいのなら離縁してくれと、夫を前に泣いた。孝光の長兄と三番目の兄は戦争で死に、次兄は砲弾に吹き飛ばされて両脚が動かなくなったせいで結婚が望めない。実質的に長男の嫁として扱われる重圧の中、女としての不甲斐なさに涙を流す佳代を前に、孝光は困ったように眉尻を下げて言った。お前《めえ》と一緒でねえとちっとも意味がねえのよ、と。

村には戦後すぐに生まれた子どもがうじゃうじゃいた。本当なら自分も今頃は、という思いを必死に押し隠して、佳代は孝光とともに田んぼの世話に専念した。妊娠に気づいたときには、お腹の子はすでに六か月になっていた。孝光もその両親も、実家の父や隣村に嫁いだ妹の三代も、誰も彼もが諦めていたぶん、喜びが大きかった。あれよあれよという間に〝腕利き産婆〟の中山先生が呼ばれ、安産祈願の腹帯を巻かれた。最近は病院で出産する妊婦も増えているようだけれど、医者の一人もいない山奥の村の住民には初めから関係のない話だった。

「さて、横になってもらえる？」

中山先生は片手で佳代の着物の前をはだけさせると、鞄から取り出した筒形の聴診器を膨らんだお腹に立てた。先生が耳を近づけて心音を聴こうとした瞬間、お腹の子が勢いよく動き、「あらまあ」と相好を崩す。

「赤ちゃん、とっても元気そうよ。痛みはどんな感じ？」

「五分にいっぺんくらい、お腹がぎゅうっと……あっ、今ちょうど」

佳代が顔をしかめると、中山先生がすっとお腹に手を伸ばしてきた。軽くさすりながら、柔らかい声で指示を出してくる。息は止めないでいいのよ、細く吐いて、痛みを逃がすようにね――先生の言うとおりにすると、少しばかり気が紛れた。やがて陣痛の強い波が引いていき、楽に呼吸ができるようになる。

「お義母さん、タオルか手拭を用意していただけます？　佳代さんの汗を拭いてあげたくて。あとは団扇《うちわ》もあったほうが。こんな時期ですけど、妊婦さんは暑くなりますからね」

「分かりました」と義母が慌てて座敷を出ていく。

「ねえ佳代さん、ご主人はどちらに？」

「母屋《おもや》のほうにおりますけども」

「立ち会いはされないおつもりかしら」

「え、立ち会いですか？　でも、男の人が家ん中にいたら、赤ちゃんが出てこなくなるって……」

「誰に吹き込まれたの、そんな迷信」

先生は腕組みをすると、佳代の言葉を豪快に笑い飛ばした。

「言っとくけどねぇ、戦前はどこの家でも、旦那さんがそばに付き添って我が子の誕生を見届けたものよ。いつの間にやら、女の人が一人で頑張るのが主流になっちゃったけど。銃後の守りの精神を未だに引きずってるのかしら？　いやぁねぇ」

「あのォ、付き添ってもらっていいんですか、主人に」

「当然でしょう。出産は気持ちが大事なんだから、ご主人にもお姑さんにも、精一杯応援してもらいますよ」

先生はそう言い放つと、「私が呼んでくるわ」とひょいと腰を上げた。引き留める間もなく、玄関から庭へと回り、その向こうに建つ母屋へと歩いていってしまう。孝光が生まれ育ち、佳代と結婚してからも五年ほど住んでいた古い茅葺の家は、そろそろ建て替える予定になっていた。工事中は、孝光の両親と次兄、自分たち夫婦、そして生まれてくる赤ちゃんの六人が、こちらの新しい離れで生活をともにすることになる。考えただけで息が詰まりそうだけれど、大人五人の目が行き届くという意味では、幼い子どもにとって安心なのかもしれない。

普段から寝室として使っている八畳間に一人取り残された佳代は、壁際に据えられた嫁入り道具の和箪笥をぼんやりと見つめながら、三十五にして初めて子どもを持つという巡りあわせに思いを馳せた。腹いっぺぇ飯を食えるようになってお前《めえ》の身体が元気になっただべ、『もはや戦後ではない』らしいしよォ、と孝光は冗談を言って笑っていたが、戦時中から続いた食糧難はもう何年も前に解消している。単純に、子どもができにくい体質だったのだろう。去年亡くなった母も、佳代ら三姉妹を授かるまでには苦労したと話していた。南の峠の先にある隣村に二十二で嫁いだ三代も、本人の切実な希望を他所に、未だに妊娠とは無縁のままでいる。

孝光の言うとおり、確かにいい時代にはなったけんど——とは思う。作った米や野菜を強制的に国に持っていかれることはない。赤痢やチフスで村の子どもが次々と死ぬこともない。千代の命を奪ったあの結核ですら、今では治る病気になった。村に七つあった吊り橋がすべてコンクリート・

アーチ橋に生まれ変わり、都心には赤と白の東京タワーが建ち、五年後に東京でオリンピックが開かれることが決定したという見出しが新聞の一面を大きく飾り、電気洗濯機だのテレビだのが現れ始めて国民の関心を集め、村の女の子が中学どころか高校にまで通っている、そんな今の状況をもし千代に見せることができたなら、頭のよかった彼女はどんな顔をするだろう。

まだ五分も経っていないはずなのに、また腹が痛み始めた。

不安になって庭先に目をやると、茶色い落ち葉を蹴散らしながら駆け戻ってくる中山先生の姿が見えた。座敷に入ってくるや否や、荒い呼吸をしている佳代のそばに跪《ひざまず》き、急いで佳代の腹をさすってくれる。先生の着物の膝が当たる部分は、見るからに生地が薄くなっていて、今にも擦り切れてしまいそうだった。これはね、産婆の勲章なのよ、と先生が前の診察のとき、愛おしそうに膝を撫でていたことを思い出す。

風呂敷包みを抱えた孝光が息せき切って座敷に飛び込んできたのは、発作のような痛みがわずかに尾を引くばかりになった頃のことだった。

「佳代ォ、大丈夫け、無事け！」

「何よあんた、大きな声出して恥ずかしい」

先生の手前、内心では嬉しい気持ちを隠し、「その包みは？」と尋ねる。

「三代ちゃんがよ、さっき峠谷《とうげたに》の商店で買って持ってきてくれただ。サイダーとパイナップルの缶詰と林檎《りんご》と柿。全部姉ちゃんの好きなもんだから、これでしっかりお産で力を出してくれ、とさ」

「今ここで飲み食いしろって？」

三代や孝光の能天気ぶりに呆れそうになったが、「あら、食べられるうちに食べておくのは大事なことよ」と中山先生に横槍《よこやり》を入れられ、それもそうかと思い直した。手拭と団扇を手に戻ってきた義母が、そのまま台所にとんぼ返りして林檎と柿を綺麗に剝いてくれる。甘さと瑞々しさが、渇いていた喉に染みわたる。孝光がすかさず差し出してきた手拭で、そっと指先の汁気を取る。

昼になると、義母が食事を用意してくれた。鰺《あじ》の塩焼き、南瓜の煮物、冷ややっこに茸の味噌汁、ぬか漬けの茄子と胡瓜《きゅうり》。昼食にしてはずいぶんと豪華な品々を、布団の上で食べられるようにと、孝光が佳代の求めに応じて一皿ずつ手渡してくれる。今から産後十日ほどまでは、食事は上げ膳据え膳。農作業も家事も免除。痛みの波がくると夫が手を握ってくれ、義母がせっせと汗を拭いて気遣ってくれる。たまには嫁の立場を放棄して、周りに尽くしてもらうのも悪くねえな――と団扇であおがれながら悠長に構えていられたのは、せいぜい三十分やそこらだった。

急激に、これまでとは痛みの質が変化した。胡坐《あぐら》をかいてもいい、横向きに寝てもいいという中山先生の助言はどこへやら、体勢を変える余裕もないほどの激痛が訪れる。荒波が寄せては引く。来るなと念じてもまた寄せる。夫や姑の手前、みっともなく泣き叫ぶことだけはすまいと心に決めていたのに、気づくと獣のような呻き声が漏れている。

「もうそんなに痛い？　赤ちゃんの通り道、まだあんまり開いていないのだけど」

中山先生の声が聞こえる。その間にもまた波がやってくる。佳代は降参の悲鳴を上げ、芋虫のように身をよじる。だが逃げられない。どうしても、どうやっても。涙が布団に飛ぶ。大きくて節くれだった孝光の手を、握りつぶしてしまいそうになる。

「先生、うちの嫁は大丈夫なんですか。野良仕事をしてる女は、お産も軽いって聞いただけんど――」

「お義母さん、氷枕と氷嚢を持ってきて。佳代さん、熱が出てきたみたい」

不安げな口調でまくし立てていた義母が、先生に指示されるなり、慌てたように座敷を出ていった。もうどれほどの時間が経っただろう。意識が朦朧《もうろう》としている。身体を引きちぎられるような痛みに、ただひたすらに身を任せている。病院では分娩台《ぶんべんだい》に縛られてお産をすると聞いて震えあがったものだが、こうなるともはやどちらでも変わらない。

たまに薄目を開けると、孝光がこちらを覗き込んでいる。その顔はぼやけて見えない。視界が妙に暗かった。小学生の頃、同級生の母親が二人もお産が原因で亡くなったことを思い出す。この痛みは果たして正常なのだろうか。三十五の初産《ういざん》はやはり無茶だったのか。今手を握ってくれているのは、孝光なのか、千代なのか。外は昼なのか、夜なのか。いつしか、陣痛があるときとないときの区別もつかなくなっている。

佳代ォ、佳代ォしっかりぃ、と孝光が遠くで叫んでいる。額が冷たい。身体は熱い。先生と夫の手が代わる代わる、腰やお腹を強くこする。体力自慢のあんたなら赤ん坊なんてぽぉんと出てくらぁ、と無責任に請け合ったのはどこの誰だったか。村の熊野神社に夫婦で何度も詣でた意味はなかったのか。神様は無慈悲だ。生まれてこのかた、人を出し抜いたり騙したりすることもなく、ひたすら真面目に土とだけ向き合ってきたのに。

永遠に思える時間ののち、不意に耳に飛び込んできた中山先生の声は、ひどく上ずっていた。

「佳代さん、ねえ佳代さん、聞こえる？　赤ちゃんの首と肩にね、臍《へそ》の緒《お》が幾重にも絡まってるの。それを今から私が切ります。次の波がきたら、全身全霊でいきんで、踏ん張って、赤ちゃんを外に出してあげて。あなたならできる。絶対にできるからね」

やはりただ事ではなかったのだ、と放心する。その一波で押し出せなければ、赤ん坊は息ができずに死んでしまう。母体の命も危ない。そういうことなのだ。だが踏ん張る体力などもうどこにも残っていない。もう終わりだ。こんなに悶《もだ》え苦しんだのに、何一つ報われないまま、ここで終わってしまう。

心が折れそうになった瞬間、耳元で孝光の囁き声がした。

――お前《めえ》が死ぬぐれぇなら、俺が死んでやる！

後から思えば、とんだ応援の言葉だった。それでもその叫びは、壊死《えし》しかけていた佳代の心をわずかに動かした。

電灯の明かりの下で、先生が汗びっしょりになって、佳代の股の間に両手を入れている。直後、あの耐えがたい痛みがせり上がってくる。背中を丸め、無我夢中で全身に力を込めた。一秒、二秒。何か大きなものが、太腿の間を勢いよく通り抜けていく。

先生と義母の叫び声が聞こえた。

再び布団に倒れ込んだ佳代の耳に、一拍遅れて、か弱い赤ん坊の泣き声が届く。

「よくやった！　よくやった、佳代ォ！」

薄目を開けると、孝光がそばで喜びを爆発させていた。涙のにじむ彼の両目は、まっすぐに佳代に向けられている。夫が生まれた子どもではなく、まず妻である自分へ労《ねぎら》いの言葉をかけてくれたことに気づき、全身が温かく震えるようだった。この人のためなら、この先どんなことがあっても身を粉にして尽くせる、尽くしていこうと、心の底から思う。

お腹から出てきたばかりの子は、義母の用意した木の盥《たらい》へと運ばれ、薄暗い部屋の隅で産湯に浸かった。中山先生がお湯の中で優しく肌を撫でる間も、赤ちゃんは世界の広さと心許なさに深い衝撃を受けたかのように、小さな身体を反り返らせ、激しく泣き続けていた。

遠くの空が白んでいる。いつの間にか、夜が過ぎ去り、次の朝がやってこようとしていた。

瑞ノ瀬の木々が赤や黄に美しく色づき始める、十月の終わりのことだった。

生まれた女の子には、雅枝、と名前をつけた。

＊

四角いタクシーが、エンジン音を上げてそばを通り過ぎていった。乾いた土埃が盛大に舞い上がり、視界が薄茶色に煙《けむ》る。

思わず咳き込むと、道を行く黄色のツーピース姿の女性が驚いたようにこちらを振り返った。都会に暮らす人々にとっては、これくらいのことは何でもないのだろうか。この夏は日照りが続き、新聞でも異常渇水が叫ばれて、都市では時間給水が行われているという。山を流れる潤沢な水の恵みの素晴らしさを知る佳代にしてみれば、喉の渇きを我慢してまで埃っぽい都会に暮らす人々の気持ちは、どうにも理解できなかった。

二年ぶりに遊びにやってきたこの県内随一の都市では、立派に舗装された大通りから商店街の細道まで、どこもかしこも自動車が音を立てて走り回っていた。佳代の住む瑞ノ瀬にも農作業用トラック以外の自家用乗用車がぽつりぽつりと現れ始めている今、都会はさぞガソリン臭いだろうと思ったら、想像を超える交通量だ。人も車も目が回るほど多く、どうやったら何にもぶつからず安全に歩けるのかがさっぱり分からない。

「都会って、虻《あぶ》がいなくていいわねぇ」

先を行く雅枝が、よそゆきのワンピースの裾をつまみながら、誰にともなく言った。赤地に白の水玉模様が眩しい。小学三年生になった彼女は、生意気にもお洒落に興味津々だ。ふもとの町の書店に立ち寄ると、母親向けに売られている子ども服の雑誌を小遣いで買い、これを縫って、それを編んでとせがんでくる。安物の既製服を買って済ませたい佳代は適当にあしらうのだが、そうすると雅枝は決まって隣村に住む叔母の三代に頼みにいき、念願のワンピースやカーディガンを作ってもらってしまう。

娘を甘やかすな、と三代には強く言えない。妹はついに子どもを授からないまま、三十六になる年を迎えていた。孤児《みなしご》を引き取って養子縁組をすることも考えたようだが、夫の家族の反対に遭い、今では合併して同じ『瑞谷村《みずたにむら》』となった旧峠谷村の一軒家で、夫婦二人きりの生活を続けている。三代が姪《めい》のわがままを聞きたがるのも、無理もない話だった。

「虻がいるとかいねえとか、考《かんげ》えたこともなかったけんど……」

「だって嫌じゃない。刺されたら痛いし」

娘に力説された佳代が首をひねると、「そうねぇ、痛いよりは、痛くないほうがいいわよねぇ」と隣を歩く三代が微笑んだ。中学校教員と結婚して専業主婦になった妹の肌は、佳代よりも数段白い。たった一人で家を守るというのはどういう気分なのだろう、と三代を見るたび思う。不得意な家事育児を夫や義母と分担し、そのぶん農作業を多く担ったほうがましという考えの佳代には、とても務まりそうにない。

「父さんも母さんも、昔っから虻とはオトモダチのようなもんだったからな」

ポロシャツ姿の孝光が冗談交じりに言うと、「何よオトモダチって、嫌だぁ」と雅枝が破顔した。

行く手に巨大なデパートが見えてくる。近道だからといって、こんな狭苦しい通りを歩くんじゃなかった、と佳代は今さらのように後悔する。

デパートのあるこの町へとはるばるやってきたのは、このままじゃ田んぼの草取りだけで夏休みが終わっちゃうよぉ、と数日前に雅枝に泣かれたのがきっかけだった。そのために今日は十時に農作業を切り上げ、バスと電車に乗って小旅行をしてきた。瑞ノ瀬行きのバスは十八時半が最終だから、目的地に滞在できるのはせいぜい四時間程度なのだが、雅枝はたいそう喜んでいる。

去年は海水浴、今年はデパート。そもそも草取りの手伝いは最低限しかさせていないし、同級の子たちとふもとの町にマンガ映画を観《み》にいくのも許したし、何より田舎の山や川でだっていくらでも遊ぶ術《すべ》はあるだろうに——と不満はあるけれども、それを口に出せばまた雅枝がへそを曲げてしまう。

到着して真っ先に、最上階の大食堂に向かった。家族連れでごった返している中、ようやく四人一緒に座れる席を見つけ、孝光が雅枝を連れて食券を購入しにいく。雅枝が選んだのは、お子様ランチとクリームサイダーだった。大人の分は、オムライスとハンバーグ、それからライスカレー。孝光や三代と分け合って食べた品々は、全部美味しいには美味しいのだけれど、毎日食べろと言われたら飽きてしまいそうな味がした。

食べ終わると、孝光と雅枝は屋上の遊園地に向かった。せっかくデパートに来たのだからと、佳代と三代は婦人服売り場を見にいくが、普段着の調達はふもとの町の衣料品店で間に合っているため、すぐに屋上へと引き返す。夫と娘はちょうど、象の形の飛行塔に乗っているところだった。その後も回転ボート、子ども自動車と目まぐるしく遊び回る雅枝の姿を、目の上に片手で庇《ひさし》を作り、照りつける夏の日差しに閉口しながら見守る。

乗り物で遊び尽くした後は、屋内の玩具《おもちゃ》売り場に移動した。「夢の国みたい！」とはしゃいでいる雅枝に、今日は買わないからねと念を押そうとした途端、「いいわよ。一つだけね。叔母さんが買ってあげる」と三代が笑顔で口を挟む。「選ぶのに時間がかかるだろうし、孝光さんとお姉ちゃんはコーヒーでも飲んできたら？」という妹のありがたい提案を受け入れ、孝光と佳代は再び最上階に足を運ぶことにした。

　大食堂は昼時より空いていた。景色の綺麗な窓際の席に座り、苦みの強いコーヒーを啜りながら、まさに玩具のような大きさの車が通りを往来するのを見下ろす。

「甘やかしすぎかねぇ、あの子のこと」

　佳代がぼやくと、「一人娘っつうのはそんなもんだべ」と孝光が肩をすくめた。遅く生まれた一人っ子にして、両家初孫。叔母の三代に限らず、親戚総出で蝶《ちょう》よ花よと育ててきた自覚はある。

「うちはこんなとこ、めったに来ねえからいいけんど……都会の子はこんなデパートが近くにあって、親はお金がいくらあっても足りねえべな」

「みんなそんだけ稼いでんだべ。今の時代、都会にゃ仕事がいくらでもあるんだから」

「遠くの高校の先生が、わざわざ村の中学校に入学を頼みにくるほどだものねぇ」

「『高度経済成長を支える人材を求めています』ってな。そんで若い人たちは、どんどん村を出ていく。村に残った親は汗を流して、子どもの学費と下宿費用を一生懸命稼ぐ。寂しいもんよなぁ」

　このままじゃジジババ村になっちまう、と孝光は冗談めかして言った。すぐにそんなことにはならないとは思うけれど、当たらずといえども遠からず、かもしれない。バスが瑞ノ瀬に乗り入れるようになってからは、村の外に仕事を持つ人が一気に増えた。会社員。教員。看護婦。みんな朝の停留所に長い列を作り、夕方にはバスにすし詰めになって帰ってくる。ふもとの町にはこの十年あまりで工場が続々と建ち、そこに通勤する村人も多い。特に所有する田畑の面積が小さい家や、戦前までは炭焼きなどの林業を主に生業《なりわい》としていた家は、実際、外に働きに出たほうが実入りがいいようだった。

「瑞ノ瀬はもともと、自給自足できる村だったのによ。金、金ってみんな目の色変えるようになったのは、庶民も贅沢品に手が届くようになってからだ。テレビやら扇風機やら、洗濯機やら電気冷蔵庫やら掃除機やら」

「そうねぇ。パンやら、マーガリンやら、ラーメンやら」

「昔のようによ、米と野菜と魚がありゃ十分ってわけにゃいかねえだな。日本は豊かになった、もうじき西ドイツを抜いて世界二位になる、そりゃ素晴らしいこった。でもよ、一度贅沢に慣れ切っちまうと二度と抜けられねえ、新製品の売り文句に踊らされ続けて金の亡者にならざるをえねえ、まあ、そういう恐ろしさはあるわな。金をもらって心が貧しくなったんじゃ、まったく本末転倒よ」

ひとたび勢いづくと、孝光は調子よく喋る。新聞やラジオから常に最新の情報を取り入れている夫の話は、いくら聞いても飽きることがなかった。佳代さんとこは本当に夫婦仲がいいねぇ、うちのお父ちゃんなんか口を開けば野球の話ばっかりでよぉ、などと周りにもよく羨ましがられる。結婚して二十一年も経つのに、こうして食堂でコーヒーを啜りながら夫婦二人で過ごすのがちっとも苦にならないのは、佳代がいつも実感している以上に幸せなことなのだろう。

「終戦後に生まれた赤ちゃんが、もう二十三になるだものねぇ」

「今の若者は、あんときみてぇに耐え忍ぶことも節制することも、もう知んねえだな」

「雅枝もよ。田舎は不便で嫌だ、読みたい雑誌や着たい服が手に入んねえだなんて、平気で言うし」

「新しい時代の申し子ってわけだ、うちの娘っ子は。何せ、人間がロケットに乗って宇宙に行く時代だものなぁ」

都会の景色を窓越しに眺めながら、孝光がしみじみと結んだ。手前にはビルが林立し、遠くには空に立ち上る工場の灰色の煙や、何棟も連なる四角い団地が見える。壮観だけれど、美しいと思ったことはない。立派な大通りの裏には、浮浪者がうろつく汚い路地があると知っているからだ。金持ちは公害を恐れてどんどん海や山のそばに引っ越していると、孝光もこのあいだ言っていた。

　買い物を終えた三代と雅枝が合流したのは、出発時刻間際になってからだった。雅枝が手に提げた大きな紙袋の中身を尋ねると、リカちゃん人形とドリームハウスのセットだという。去年発売されて以来、デパートを訪れる女の子に大人気の商品なのだと店員に勧められたらしいが、もうすぐ九歳になる雅枝は人形遊びなどすぐに飽きてしまうだろう。華やかな売り場で、目新しいものについ心惹《こころひ》かれただけだ。そんな使用期間の短い玩具のために、三代はいったいどれだけのお金を払ったのか。

「叔母さんにお礼を言うのよ」

　雅枝に声をかけると、「もう言ったわよ」というそっけない答えが返ってきた。佳代がむっとしたのを察したのか、孝光が「そうかよ。じゃ、帰《けえ》んべ」とさりげなく割って入り、席を立って大食堂の出口へと歩き出す。

　一時間、電車に乗った。駅前の停留所で三十分待ち、さらに一時間以上バスに揺られる。途中の峠谷で降りていく三代を見送り、瑞ノ瀬の自宅に帰りついた頃には、とうに日が暮れていた。山特有の涼しい夜風と、まだ鳴き始めたばかりの鈴虫の声が、都会の喧騒《けんそう》に当てられて消耗しきった佳代の五感を徐々に癒していく。

　夕食は、母屋に住む義母が鰤《ぶり》の照り焼きとけんちん汁を用意してくれていた。ちゃぶ台を囲んで食べた後は、孝光は浴衣に高下駄をつっかけて夜の散歩に出かけ、雅枝は床に座り込んでリカちゃん人形の箱を嬉々《きき》として開け始めた。佳代は台所で水道の蛇口を捻《ひね》り、手早く洗い物を済ませていく。夏でも冷たい瑞ノ瀬の沢の水温を手の甲に感じるうちに、地味で平穏な日常の心地よさが、半日ぶりに身体中に染みわたっていった。

「ねえ、お母さん」

「はい？」

「今度の運動会だけど、親子二人三脚、また一緒に出てくれる？」

「もちろん。今年こそは雅枝を優勝させてやんねえと」

小中学校合同の運動会は、昔から村の一大行事だった。校庭を見下ろす公民館の日本間に敬老席が設けられ、地域の住民もこぞって参加してリレーや綱引きを行う。村内の集落ごとに組分けがされるため、運動会前の時期は特に近所の団結が強くなり、就学前の子どもから中年の親までもが夕方の練習に集うのだった。

名目は小中学校の運動会なのに、参加歴が長い大人のほうが、大抵熱が入る。孝光や佳代も例に漏れず、毎年秋を楽しみにしていた。

「でもねぇ、お母さんってもう四十四でしょ？　何歳まで走るつもりなの」

「五十……いんや、六十」

「嘘ぉ」

あと十五年くらいは頑張んべ、とタオルで手を拭きながら宣言すると、数秒おいて、娘の呆れたような笑い声が返ってきた。

この村には、都会のような刺激も豊かさもない。変化もない。代わりに、最低限の食う物に困らず、ごくささやかな幸福をこの先も享受して暮らしていけるという、ただそれだけのことに対する安心感がある。

十年後も、二十年後もきっと、今や昔と何も変わらずに。

＊

春先だというのに、大きな牡丹雪《ぼたんゆき》が降り始めていた。真上の空に、灰色の雪雲《ゆきぐも》がかかっている。しかし東の山の向こうはひときわ明るく輝き、山の端《は》にかかるように、細い雲が筋を引いている。

髪に積もった雪を軽く払いながら、佳代は昔千代がよく暗誦していた枕草子の一節を思い出した。春はあけぼの。やうやう白くなりゆく山ぎは少し明かりて――千代が軽やかに口ずさんだとき、今まさに視界に映っている瑞ノ瀬の裏山と美しい夜明けの空が、佳代の頭に自然と浮かんだ。千代や、千代とともに高等小学校に通う生徒らも同じだったろう。瑞ノ瀬の人間にとっての山とは、村の四方を囲む小高い自然の恵みを指す。

それにしても変な天気だった。山菜を摘むのは、仕方なく諦めることにする。例年より早めに花盛りを迎えたコブシやユキヤナギを横目に、空っぽの籠を背負ったまま斜面を下りて引き返すと、集落の近くまで戻ってきたところで、今度は雪がほとんど止んでしまった。気まぐれな山の天気には慣れているつもりだけれど、こうも短時間で掌《てのひら》を返されると腹立たしくもなる。

時刻は朝の六時過ぎだった。朝食はいつも七時半だから、支度を始めるにはまだ早すぎるが、納屋で耕耘機《こううんき》の整備をしている孝光を手伝うだけの時間もない。

気がつくと、足が自然とそばの共同墓地へと向いていた。

山沿いに並ぶ墓石の間を縫って進み、いくつもある『瀬川家之墓』のうち、まだ新しい花の供えられている一つの前で立ち止まる。じっちゃ。ばっちゃ。千代。おかあ。そしてこの冬に脳梗塞で倒れ、医者が手を尽くした甲斐なく帰らぬ人となったおとう。

ここに眠る幼き頃の家族たちの顔を、順番にまぶたの裏に思い描きながら、佳代は静かに手を合わせた。他家に嫁いだ身だからこの墓に入るわけじゃないけれど、次に死ぬのは自分か三代なのだ、と思うと背筋が震える。死が怖いからではない。いつの間にか過ぎ去っていた時間の膨大さを突きつけられ、打ちのめされたような気になるのだ。

オー山には紅白の梅がたくさん咲いていたよ。雅枝は今年、十歳になるよ。去年の夏は異常渇水で田んぼへの水の引き入れに気を使ったけんど、今年は心配ないといいな——近況報告のような、ただの願望のような、そんなとりとめもない思考を記憶の中の故人たちに投げかけてみる。心がゆっくりと凪《な》いでいく。今日も一日、きっといい日になる。

誰の邪魔も入らない静謐《せいひつ》な時間を過ごすうちに、辺りが燦々《さんさん》と朝の陽光に包まれ始めた。佳代はかつての家族たちに別れを告げ、自宅への道を辿り始める。百姓であれ勤め人であれ、村人の朝は早い。道ですれ違う顔馴染みの老若男女と挨拶を交わし、同世代の母親らとは先ほどのにわか雪についての話を二言三言しつつ、親子三人で暮らす離れへと戻った。背中の籠を勝手口のそばに下ろし、朝食の準備を始める。

佳代がガスコンロの火を止めて鍋に味噌を溶いている頃になって、雅枝がようやく起き出してきた。洗顔に便所にと、せわしなく駆け回っている三年生の娘の足音を聞きながら、新品の電気釜の蓋を開けて白米をよそう。従来の竈《かまど》に羽釜で炊いた飯よりは味が落ちるものの、主婦の仕事はずいぶんと楽になったものだ。

表の戸が勢いよく開き、新聞を手にした義父が駆け込んできたのは、佳代が居間のちゃぶ台に茶碗や皿を並べ始めた頃のことだった。

「佳代さんよ、孝光は？」

「納屋です。もう戻ってくると思いますけど」

朝の挨拶もなしに息子の居場所を尋ねる舅《しゅうと》の様子を訝しみつつ返すと、義父は落ち着かなげに窓の外を見やり、両手で新聞の端を握りつぶすようにした。

「朝刊、もう見たけ？」

「まだです。あの人はいつも、ご飯を食べながら——」

「国がよ」義父が大きく声を震わせる。「ダムを、造るらしいだ」

「ダム？　どこにですか」

「ここによ」

「ここ？」

「瑞ノ瀬によ！」

痺《しび》れを切らしたように、義父が突然怒鳴る。よく見ると、彼の両目は血走り、唇はわなないていた。さては痴呆《ちほう》の症状がまた悪化したのか、夫を呼びにいくべきだろうかと考えあぐねていると、折よく孝光が勝手口から入ってくる足音がした。大声が家の外にも届いていたとみえ、慌てて義父と佳代との間に割って入る。

「朝っぱらから何事よ、父さん。血相変えて」

「ここに大ダムが建つだ。瑞ノ瀬の三百戸、全部水に沈むだ！」

「ダム？　藪《やぶ》から棒《ぼう》に……んな話、聞いたこともねえべ」

「朝刊を読め。ほら、早く!」

義父が孝光の面前に、皺の寄った新聞紙を突きつける。孝光は困った顔をして受け取ったが、示された箇所を一瞥するなり、その顔つきは急に険しくなった。

居間の真ん中に立ち尽くしたまま、孝光が紙面を睨みつけるようにして、記事に目を走らせる。

「どうしたのよ、あんた。ダムって、まさか本当なの」

『建設省が大ダム構想を発表』と……見出しにある。上津《うえつ》川に二億トンのダムを……県の協力のもと、瑞谷村瑞ノ瀬に……」

何よそれ、と佳代が思わず悲鳴を上げると、だから俺が言ったでねえか、と義父が怒ったように言った。

活字の苦手な佳代の代わりに、孝光が解説を加えつつ、ゆっくりと記事を音読していった。建設省が昨日、首都圏最大となる大ダムの建設構想を打ち出した。瑞谷村に流れる上津川水系は、昨年に県管理の二級河川から国管理の一級河川へと変更されており、今回の大ダム構想の布石だったとみられる。現時点での計画では、旧瑞ノ瀬村にあたる地域がそっくりそのまま二億トンの水をたたえるダム湖となり、実現すれば約三百戸の住民が移転を余儀なくされる。建設省はダム建設地点のさらなる検討のため、県の協力のもと、来月にも関係町村に予備調査を申し入れる意向――。

なかなか頭がついていかなかった。ダム云々《うんぬん》以前に、瑞ノ瀬という自分たちの小さな村の名前が、今朝届いたばかりの全国紙に載っているということすら、まったく現実味がない。

「どうしたの?」

細い声がして我に返ると、居間の入り口に橙《だいだい》色のカーディガンを着た雅枝が立っていた。ぽかんとした顔で、こちらを覗いている。

いいから、と登校前の娘を急かし、先に朝ご飯を食べさせ始めた。義父と孝光と三人で額を集めていると、ごめんください、と表で男の声がして、新聞を手にした哲男が窓から顔を出した。子どもの登校時刻に合わせて、どこの家も似たような時間に朝食にしているのだろう。じきに隣近所に所帯を構える同年代の男たちが、一人、また一人と、顔の広い孝光のもとへと集まってきた。

寝耳に水だ、と誰しもが首を横に振った。瑞ノ瀬を含む県西部は山地が続くため、戦前から周辺にいくつかダムが造られてはいたが、水没した集落はどれも瑞ノ瀬より人口が少なく、小学校の分教場しか設けられていないような寒村だった。誤報でねえのけ、という孝光の声に、他の男たちも賛同する。ここはふもとの町にほど近く、乗合バスの路線が通っている村だ。渓谷にかかるコンクリート・アーチ橋も、去年完成したばかりだ。明治政府のお偉方がお忍びで来ていたという洋館だって残っているし、東京五輪を機に首都高速道路や新幹線が開通してからは、山の紅葉や沢の絶景を目当てに観光客が訪れるようにもなった。土地が肥沃で作物もよく実る、天からの贈り物のようなこの地を、ダムなんかのためにつぶすわけがない。

本当にこんな大がかりなダム構想が計画されていたのなら、自分たち住民の耳には何らかの形で先に情報が入っているべきだ、という孝光のさらなる主張に、男たちは口々に同意した。建設省の官僚か新聞記者のどちらかが、地名を取り違えたのかもしれない。そんな淡い希望を胸に、男たちは連れ立って表に出ていった。瑞ノ瀬出身で今は峠谷に住んでいる村長のもとに、記事の真偽を確かめにいくのだという。

家の中が、急にしんとした。雅枝はすでに学校に行き、空になった皿と椀だけがちゃぶ台に残されている。

佳代は一人座布団に座り、冷めきった味噌汁を飲んだ。

食欲は失せていた。さっきから、夢でも見ているような気分だった。

男たちを率いていった孝光は、昼過ぎになっても帰ってこなかった。心配そうに様子を窺《うかが》いにきた義母と立ち話をしたのち、夫と一緒にやるはずだった種籾《たねもみ》の塩水選の作業を黙々と進める。水に浮いてきた種籾をざるに掬《すく》って取り除くたび、水没、という不穏な響きの単語が頭をよぎった。

瑞ノ瀬がダムになる、かもしれない。

ならば自分たちが毎年耕してきた大切な棚田はどうなるのか。この家は。築十年も経っていない母屋は。両親や千代が眠る墓地は。自分もかつて通った学校は。四百年の歴史があるという高台の熊野神社は。その鳥居のそばにそびえる樹齢千年の杉の木は。庭でつぼみをつけている山桜の木は。

昼食は、握り飯を一人で食べた。ようやく峠谷から帰ってきた孝光は、まだ何も分かんねえそうだ、と疲れた顔で言い、耕耘機の整備のため納屋に引っ込んでしまった。

夕方には、隣に住む山中《やまなか》さんの奥さんが醤油《しょうゆ》を借りにきた。互いに割烹着姿で長々話し込んでいると、今度は妹の三代がひょっこり現れた。同じ村内とはいえ、南の峠の向こう側、ふもとの町寄りに位置する峠谷に水がかかることはないはずなのだが、三代のように瑞ノ瀬の住民と親戚関係にある人も多く、今日はあちらでも蜂の巣をつついたような騒ぎになっているという。

「ダムだなんて……いったいどうなっちゃうのかしら」

「そんなもん、みんな反対するに決まってんべ」

眉を寄せた三代の一言を、納屋から戻ってきた孝光が一蹴した。いつも穏やかな夫がこれほど不機嫌そうにしているのは、思い出せる限りでは初めてのことだった。学校から帰ってきた雅枝までもが、ダムのこと先生から聞いたわよ、と大人ぶって父親に話しかけようとし、そんなことより学校の宿題をしなさい、とあえなく自室に追い払われる。

あくる日以降も、孝光は隣近所一帯を代表し、仕事用の小型トラックで峠谷の村長のところへ幾度も会いにいった。そのたびに「まずは役場で対応を検討中ですから」と曖昧にはぐらかされるといい、あれが住民に選ばれた村長の態度かと、夫はしきりに首をひねっていた。

国から正式に予備調査の申し入れがあり、村長がそれを承諾したという噂を小耳に挟んだのは、報道から一か月と少しが経った、春真っ盛りの四月下旬のことだった。

＊

灰色の雲が低くたなびき、東のオー山のてっぺんを暗い空に呑み込もうとしている五月初めの宵、灯《あか》りの点き始めた集落には薄ら寒い夜風が吹いていた。

母屋と離れの間にある庭には、孝光の所有する小型トラックのほかに、数台の自転車が停められていた。そこへ黒塗りの高級車が一台、派手にエンジンをふかしながら乗り込んでくる。佳代は母屋の戸口から走り出て、運転席から出てきた老齢の村長を家に招き入れた。

表座敷に集まっていた男たちは、皆一様に額にしわを寄せていた。どうもこんばんは、と山中村長が禿《は》げた頭をひょこりと下げつつ中に入っていくと、孝光をはじめとした幾人かがさらに顔をしかめる。今日が日曜とはいえ、着古した格子柄のシャツにだぶついた黄土色のズボンという村長の服装に、自分たちの集会を軽視されたような印象を抱いたようだった。

誰もいない台所で、佳代は急須の茶葉を新しくし、温かい緑茶を淹《い》れた。義母と義兄は、雅枝とともに離れにいる。小学生の娘は十数名の男たちが集まってくるのに興味津々で、「私もお手伝いさせてよ」としきりに鼻を突っ込みたがったが、「大人が大事な話をすんだから」と佳代が一喝すると、不満げに頬を膨らませて子ども部屋へと駆け込んでいった。

茶托《ちゃたく》に載せた湯呑を一つ丸盆に置き、表座敷に運ぶ。男たちが一つの円になって座っている広い部屋には、緊迫に満ちた沈黙が漂っていた。村長は唇を引き結んだまま、残り全員の視線から逃れるように背中を小さく丸め、畳に目を落としている。

佳代が湯呑を村長の前に置く。それが合図であったかのように、孝光の隣に胡坐をかいている義父が、荒々しい声を上げて静寂を切り裂いた。

「おい村長さんよ、あんたはいってぇ、俺たちの村をどうするつもりだ」

「どうする……と言われましてもね、作造《さくぞう》さん」

「そりゃ、こちらは納得できかねますよ」

痴呆の症状が出ていて長い話ができない義父の代わりに、孝光が感情を抑えた口調で言葉を継いだ。

「役場で対応を検討するというのは、国の要請をそのまま呑む、ってことだったですか」

「そんなことはない。慎重に協議を重ねて――」

「ならばどうして、予備調査を拒否しなかったですか。ダムなんか、瑞ノ瀬の住民は皆、反対に決まってるじゃねえですか」

真剣な訴えかけの場に女がいては邪魔だろうと、佳代は襖のそばで一礼して座敷を出た。どうせなら台所の掃除でもしようかと雑巾を絞ったものの、男たちの声が始終聞こえてきて落ち着かない。

孝光や義父が怒るのはもっともだった。ダムの受け入れについては行政主導で検討を進めるからと幾度も役場であしらわれた挙句、村長が住民の意向も聞かずに、国の予備調査をあっさり許可してしまったのだ。その後、薄茶色の作業服に白いヘルメットという格好のダム調査員が、書類のフアイルを手に村のあちこちをうろつくようになった。農作業中に彼らを見かけるたび、抗議の意思を示すには初めの段階で村に入れさせねえのが肝心なのに、と村の男たちは臍《ほぞ》を噛んでいた。

　発電所、という単語がちらほら聞こえてくる。大正の終わりに、今の東京電力が北の裏山の沢沿いに建設した瑞ノ瀬発電所のことを、かつて村が受け入れた近代的な施設の前例として、村長が引き合いに出したようだった。

「それとこれとは話が違《ちげ》ぇべ。発電所は確かに周りの町に電気を送ってるけんど、おかげで俺たち村の人間も灯りを使えてるわけだ」

「あそこに勤めてる奴だって何人もいるしよ」

「発電所は俺たちに灯りと仕事をくれた。じゃあダムは何をくれんだ？」

「なんにもねえ。それどころか、俺らを根こそぎ瑞ノ瀬から引っぺがす気だ」

　座敷の外まで響いてくるのは、男たちの怒声ばかりだった。村長も弁明しようとしているようだが、その声はぼそぼそとしていて、すぐに荒々しい反論の嵐に掻き消されてしまう。先ほど出したお茶が、一口も飲まれることもなく冷めていく光景が、台所にいる佳代のまぶたの裏に浮かんだ。

「栗一《くりいち》さんとこは、代々山持ちですよね」

　ひときわ鋭い、孝光の声がした。

　栗一というのは、山中村長の家の屋号だった。江戸の末期まで名主を務めていたという、村一番の旧家だ。普段は温厚な孝光が、突然空気を切り裂くように口を開いたせいか、男たちのざわめきが止み、しんと静まり返る。

「昔から鋤《すき》も鍬もとらずに、炭焼きの山代金だの、栗の実の収穫費だので悠々食ってきたと聞きます。ただ、今の時代はいくら山を持ってても、大した金になんねえどころか、管理の手間がかさむだけでしょう。そこへダムの話が転がり込んできた。しかも沈むのは瑞ノ瀬だけで、今の村役場や邸宅のある峠谷は関係ねえ。重荷になってた資産を数億の大金に換える絶好のチャンスだ——そういうことだったじゃねえですか」

ひどい、と孝光に呼応する声が聞こえた。あの上ずったような声色は、おそらく哲男だ。金儲けに俺たちを巻き込まないでくれ、瑞ノ瀬の土地は売りもんでねえという言葉が、矢継ぎ早に村長に浴びせられる。

村長は頑なに否定しているようだった。誰の目にも明らかなことなのに、どうしても認めるわけにはいかないのだろう。その後も気が遠くなるほど長々と、男たちの間で言葉の応酬が繰り広げられた。今にもつかみ合いの喧嘩が始まるのではと気を揉んでいると、そのたびに孝光が努めて冷静に発言し、自然と場を鎮めた。

「山中村長。どうして我々がこんなに怒っているか、お分かりですか。瑞ノ瀬というのは、自分たちだけのものでねえからです。何百年も前に、俺たちの先祖が山に入り、土地を耕し始めた。それを代々、連綿と、いろんな時代の先祖たちが、大切に受け継いできた。土地と人との繋がりが途切れないように、飢饉や天災があっても決して血を絶やさないように。山中、落合、瀬川——ここにいる人たちゃ皆、大きな家族のようなもんですよ。村長さんだってそうです。瑞ノ瀬の土にゃ、先祖の汗や涙や血がたっぷり染み込んでる。そう簡単に金に換えられるようなもんでねえ。たまたまこの時代に生きてる俺らの一存で決めていいもんでもねえ。だからね、ダムを造りたいから邪魔な住民たちをそっくりそのままどこかに移転させりゃいいなんてのは、まったく見当違いです。どうか考えを改めて、今からでも国の要求を拒絶してください」

村長の応答は聞こえてこなかった。二時間にも及んだ話し合いは、孝光による気持ちの入った演説を最後に、お開きとなった。

逃げるように走り出した高級車のエンジン音が、強い夜風の向こうに消えていく。佳代が湯呑の片付けに入ろうとすると、窓から前庭のほうを眺めていた孝光が、座敷に残っている男たちを振り返り、諦めたように言った。

「ありゃダメだ。行政にゃとても任せらんねえ。俺たち住民主導で、ちゃんと国に対抗できるような組織を立ち上げんべ」

村長が委員長を務める村役場の組織には、ダム対策委員会という名がついていた。それに対抗してダム対策協議会なる団体を結成することをその場で決定し、男たちは三々五々、徒歩や自転車で帰途に就いた。

数日後、有志の集まりがあり、孝光が会長に推された。しかし孝光は自分より年配の人間が幾人もいるのだからと遠慮し、最終的には副会長の座に収まった。

その日から、闘いが始まった。孝光は毎夜、仲間とともに瑞ノ瀬中の家々を回り、協議会のメンバーを徐々に増やしていった。農作業の合間に、村役場に日参するのも忘れなかった。佳代も売店での買い物の際などに顔見知りの主婦らに積極的に声をかけ、組織の拡大に一役買った。

田植えに向け、米農家が最も忙しくなる時期のことだった。専業農家もそうでない者も、人手を掻き集めてようやく青い苗を棚田いっぱいに植え終わった頃、村人の手が空くのを見計らったかのように、ダム建設に関する住民向け説明会の開催が告知された。

案内のポスターを貼り出したのは、役場のダム対策委員会改め、ダム連絡委員会だった。住民が組織したダム対策協議会と名前が似ているのを嫌ったのか、今夏、村長の提案により名称が変更されたのだ。

対策ではなく連絡。いよいよ何もやる気がないことの表れだ——と、孝光は夜、居間で煙草《たばこ》をくゆらせながら、ため息交じりに言った。

＊

県の人口は、戦後すぐの時期と比べて約二倍になっています。三十九年には「東京サバク」と呼ばれる異常渇水がありました。つい二年前である四十三年にも日照りが続き、各地で給水制限がかかりました。今後もさらに人口は増え続ける見込みであり、県民にとって水源確保は焦眉の急です。皆様のご協力がどうしても必要なのです。瑞ノ瀬にダムができれば、五百万の県民が飲み水に困ることはなくなります。また河川の氾濫を防ぎ、下流の主要交通網や、大勢の住民の生命財産を守ることができます。百五十年に一回の災害にも耐えうるようになるのです。すべて、皆様のご厚意とご協力があればこそ、実現可能となります。

そのための損失補償は、これまでも申し上げておりますとおり、誠心誠意、皆様のご意向に沿うようにいたします。私どもでご用意する集団移転地に限らず、どこにお引っ越しされても原則として費用を全額負担するなど、過去のダム建設時のものと比較しても最上級の補償基準を適用できるよう善処してまいります。こうしたお願いをするのは大変心苦しいのですが、皆様のご厚意に感謝しつつ、収用に応じていただけた方々の生活再建に全力を尽くすのが私どもの務めであると、職員一同、肝に銘じております。ですからどうぞ、公共の福祉のため、ダム建設へのご理解とご協力を、何卒《なにとぞ》よろしくお願い申し上げます——。

この一年で四回目の説明会ということもあり、壇上の責任者はすっかり板についた口調で話していた。建設省のお役人の話しぶりに磨きがかかった以外、特にこれまでと変わらない内容だったことに軽く失望しつつ、佳代はパイプ椅子から立ち上がり、流れ出る汗を拭いながら体育館の出口を目指した。

会場には女性や学生の姿も多かった。初めのうちは各家庭を代表して大人の男性ばかりが出席していたのだが、主催者である建設省の側から積極的に呼びかけがあったのだ。参加するだけで一人五千円の謝礼が出るというから、興味がある者もさほどない者も皆、説明会が開かれるたび、瑞ノ瀬小学校の体育館に殺到した。

出口から次々と姿を現す顔見知りの村人たちに挨拶しながら、前のほうの席に座っていた孝光らを待つ。協議会の会長を務める源治《げんじ》さんのほか数名の協議会メンバーとともに出てきた孝光は、案の定、難しい顔をしていた。

「相変わらず、という感じの説明会でしたね。公共の福祉、公共の福祉って」

「貯水量が何億トンだとか、事業費が何百億円だとか、俺たち相手にそんなことを繰り返されてもなぁ」

孝光の言葉に、源治さんが頷く。それには佳代も同意だった。ダムの必要性をいくら数字で語られたところで、想像などできっこないし、土や空を相手に日々働いている自分たちの心に響くわけがない。

「……だけんどよ」

ためらいがちな口調で声を上げたのは、哲男だった。

「国が用意した移転先じゃなく、違う場所への引っ越しを希望しても全額負担してもらえるってのはよ、今日初めて聞いた気がするな」

「確かにな」と源治さんが同意する。「これまで以上にしつこく繰り返してたなぁ。過去の事例と比べて最高の補償を約束する、俺たちの生活水準は上がりこそすれ絶対に下がることはない、と」

「本当にそのつもりですかね、国は」

「さすがに嘘ってことはねえだろう。建設省の担当者は腰が低くてちゃんとしてる印象だし、説明も毎回筋が通ってるしよ」

「そんなら——」

表情を明るくした哲男が、佳代と目が合った瞬間、はっとしたように視線を逸らした。哲男だけではない。小さな輪を作っている男たちの間に、消えかけの炎のようにゆらりと、不穏な空気が漂った。

その一瞬を、孝光は見逃さなかったようだった。「そんなら何だ?」と哲男に詰め寄り、続いて協議会の中心メンバーである残りの男たちをおもむろに見回す。

「まさか、お前らまで言い出さねえよな。国が下手《したて》に出てるうちに条件闘争に転じて、有利に交渉を進めたほうがいい、だなんて」

「あのなぁ、孝光くん」最年長の源治さんが、宥めるように言った。「こんなところで話すのもなんだが……実は俺もよ、最近ちょうど思い直し始めてただ。国は思ったよりもきちんと、誠意をもって、俺たちと話し合う覚悟でいる。県民のためと偽って東京に水を引こうとしてるじゃねえかとか、得をするのは山持ちの名家だけで借地借家の住人は無一文で追い出されるじゃねえかとか、俺らがこれまでの説明会でぶつけた意地悪な質問にも、お役人さんらは言葉を尽くして答えて、ちゃんと否定してくれたべ。無知な百姓から土地を取り上げてやろうだなんていう傲慢さは、あの人たちからはまったく感じねえだ」

「源治さんまで、正気ですか。『善処する』だの『前向きに検討』だの、あの人らの説明はいつも、俺らを煙《けむ》に巻くような言葉ばっかりでねえですか」

「頭から信じるってわけじゃなく、あいつらを闇雲に敵視するのはやめよう、って話よ。お役人さんだって、俺らと同じ人間だ。こねえだもほら、担当者が個人的にって、菓子折り持って挨拶に来やったべ？　こんないかがわしいものは受け取れねえって、追い返しちまったけんど……」

全員の咎《とが》めるような視線が、孝光に集中する。一週間前、自宅で協議会の会合を開いていたところに、建設省の若い担当者が現れた。会合に参加させてほしいと話す彼を警戒し、玄関先でお引き取り願ったのは、家主である孝光だった。

「あれがいけなかったと？　こっちはダム反対の姿勢を表明してんですよ。菓子折りぐれぇで懐柔されるわけにゃ——」

「そこを考え直《かんげ》してみねえか、と提案してるだ」

さらに語気を強める孝光に対し、源治さんが穏やかな物腰で言った。

「孝光くんと佳代さんところは、夫婦で足並みがそろってるからいいけんどよ。誰とは言わねえが、協議会メンバーの中にゃ、奥さんや子どもらと意見が対立するようになっちまった人もいる。家が傷んでるが建て替える金がねえからダムの話に乗りたいだとか、こんな辺鄙な場所で細々と農家を営んでも先がねえからこの機に一緒に町に出ようだとか、学校の友達が引っ越すなら自分も行きたいだとかな」

「辺鄙って……土地が肥沃で作物がよく穫れる、いいところでねえか」

「今でもそう感じてる村人はごく一部だ、ってことだよ。大阪万博のニュースなんかを見りゃ分かんべ。食うもんに困らなけりゃ豊かだといえる時代は、とっくに終わっただ。孝光くんとこのように田んぼがある程度広けりゃ百姓だけでやっていけるだろうけんど、そうでねえ家は皆、むかし炭焼きなんかをやってた代わりに、今じゃ毎日山の向こうまで働きに出てる。哲男くんもそう、うちだって冬の間はそうだ」

「でも……先祖の墓が水に沈むですよ。熊野神社も、学校も。それを許そうってわけですか！」

「もちろん、瑞ノ瀬は大切だよ。失いたくなんかねえよ。だけんど皆が皆、一丸となって国に立ち向かうだけの余裕があるわけでもねえだ。年寄りがいる家もある、病人を抱えた家もある。このことを踏まえた上で、一度、今後の方向性を話し合ってみるべきでねえかな、ということだ」

お役人に誠意がある云々よりも、きっとこちらが本音だったのだろう——と、佳代は源治さんの訴えかけるような言葉を聞きながら考えた。

おそらく彼自身が、この一年の間に、今の生活のどこかに綻びを見つけてしまったのだ。そしてその綻びが、お役人の懇切丁寧な説明に幾度も耳を傾けるうちに、国から得られる補償金で綺麗に修繕できる目途が立ってしまった。説得したのは外から嫁いできた奥さんかもしれないし、来春から町の高校に進学する予定の息子さんかもしれない。村の女性や若者を説明会に呼び込んだ建設省の思惑に今さら気がついても、もう遅かった。

協議会の活動を支える上で、むしろダム計画を歓迎している村人がいることを、察していないわけではなかった。進学や就職で町に出るのが当たり前になった若い世代は特にそうだし、戦争で夫を失って未亡人となった富子さんや落合荘の房江さんなども、大っぴらには言わないものの、生活の助けになる金が手に入るのを喜んでいる様子だった。

それでも、会長の源治さんや幼馴染の哲男をはじめ、ここにいる中心メンバーだけは、志を同じくしていると信じていたのに。

山から風が吹きおろし、校庭の細かい砂が舞った。炎天下で長いあいだ立ち話をしていたにもかかわらず、身体の芯が冷えている。

次の会合で改めて話し合おう、と気まずそうに言い残し、源治さんは足早に校門へと去っていった。哲男や他の男たちもその後を追っていく。孝光と佳代の二人だけが、すっかり人がまばらになった体育館前に残された。

「なぁ佳代……俺がおかしいのけ？」

孝光が背の高い身体を丸め、地面の砂に向かって悄然《しょうぜん》と問いかけた。

「いつまでもお役人に盾突いてる俺が悪《わり》ぃのけ？　こんだけ国になだめすかされても、やっぱり瑞ノ瀬を奪われたくねえと思うのがそんなに非常識け？　あの戦争中もお前《めえ》らが必死になって守ってくれた故郷《ふるさと》を水に沈ませたくねえと願うのは、そんなにおかしなことけ？」

夫の声は小刻みに震えていた。同志だと信じていた会長の源治さんや、幼い頃から可愛がってきた弟分の哲男が、いつからか違う道を歩いていたと分かり、ひどくこたえているのに違いなかった。

佳代も思う。瑞ノ瀬とは自分そのものであり、家族そのものなのだと。千代や三代と、山を駆け回った。足を怪我して、孝光におぶわれて帰った。十七の冬、県境の町にある織物工場に奉公に出たときも、心にはいつも瑞ノ瀬の山があった。戦時中は自然の恵みに助けられて命を繋いだ。ばっちゃや千代や両親を看取《みと》り、墓に花を供えた。瑞ノ瀬では火葬をしない。土に返った彼らは、やがて木になり、枝になり、花になり、美しい山の一部となり、今を生きる村人たちをいつまでも見守ってくれる。

昔から、何の取り柄もなかった。千代のように頭もよくない、三代のように手先が器用なわけでもない。そんな佳代にとって、瑞ノ瀬の一員であることが、自分が自分であることの唯一の証《あかし》だった。ここで結婚し、出産し、田畑を耕し、死んでいく。土に返り、木となり花となる。そうして自分も、村人たちを頭上から見守る魂となる。

「……おかしくなんかねえ」

気がつくと、佳代は孝光の日焼けした大きな手を、強く握っていた。

「国の人たちは、瑞ノ瀬を服か何かだと思ってるだ。簡単に脱ぎ捨てて、身一つでどこかへ引っ越せんべぇと。でも瑞ノ瀬は服でねえ。皮だ。身体の皮一枚剝いでもお前《めえ》はお前《めえ》だんべと言われてるようなもんだ。いくら大金を積まれたって、私ゃ皮は売りたくねえ。中にゃ売りてえ人もいるだろうけんど、だからってみんな従えってのは違《ちげ》ぇべ」

「だべな」萎《しお》れていた孝光の顔が、にわかに輝く。「お前《めえ》ならそう言ってくれると思っただ。これは国の横暴だ。瑞ノ瀬から離れちまったら、俺は瀬川孝光でねえし、お前《めえ》も瀬川佳代でねえ。まったくの別人だ」

「そうよ。そのとおりよ」

「連絡委員会の奴らにも何度も言ってるけんどよ、ここは国の土地でもなんでもねえ。俺たちが何百年もかけて育てて、次の世代へ、次の世代へと手渡してきた土地だ。五百万の県民を救うためって言うが、こちらから見りゃ勝手すぎるだよ。高度経済成長に乗じて、誰かが街を開発して、遠くからたくさんの人を集めて、人口が増えて、それで水が足りなくなって——だからここにでっけぇダムを造る？　そんな道理が通るか。なんで都会ばかりがそんなに偉《えれ》ぇだ。どう考《かんげ》えてもそっちがおかしいべ」

俺は徹底的に闘う、と孝光が高らかに宣言した声が、煌めく砂粒に乗って、二人が三十数年前に通った木造の学び舎の上を舞っていった。

大きな灰色の岩が、互いにわずかな隙間を作るようにして沢の表面に転がり、流れる水を一身に受け止めている。

＊

その向こう岸では、斜面の木が次々と切り倒されていた。枝を落とされた木が、オレンジ色の重機の爪につかまれ、ひとところに集められていく。作業員たちの操るチェーンソーが絶えず唸《うな》り声《ごえ》を上げ、小鳥の声も虫の声も、何もかもを覆い隠して、山じゅうをけたたましく震わせている。

どうして何もかも報われねえんだっ、という悲痛な叫びが、近くで聞こえた。

見ると、孝光が地面に膝をついていた。『瑞ノ瀬ダムはいらない』と黒い太字で手書きした黄色いプラカードを、今にも素手で叩き割ろうとしている。両脇に立っていた平次郎《へいじろう》さんと登《のぼる》くんが、必死に孝光の腕をつかんで制止した。佳代も夢中で、夫の背に縋りついた。もともと根は温厚で、それゆえに人望があり、工事事務所や他の団体の人間と議論をするときもめったに喧嘩腰にならない夫が、これほど激情を露わにするのは珍しかった。全員の目に、大粒の涙があった。

「強制執行なんて……誰の許可があって……俺たちの七年は……」

重機の音のせいで、孝光の叫びは途切れ途切れにしか聞こえない。振り返ると、手にプラカードを持った反対同盟の若いメンバーらが、呆気に取られたように口を半開きにして、丸裸にされていく向こう岸の斜面を眺めていた。駆けつけたばかりの茂則夫婦と、三代夫婦の姿もある。茂則は兄の広い背中を虚《うつ》ろな目で見下ろし、三代は真っ青な顔で夫の腕にもたれかかっていた。

源治さん率いるダム対策協議会経由で、国による実施調査の強制執行が決まったとの一報が入ったのは、つい一時間ほど前のことだった。実際には、昨日のうちには村役場に情報がもたらされていたらしい。ダム建設地点とされている東のオー山の沢沿いに駆けつけてみると、大地に大穴を開ける地質調査のための準備がすでに始まっていた。

地面に崩れ落ちて悲嘆に暮れている孝光の姿を、マスコミの記者が写真に収めようとする。それに気づいた若いメンバーが、後ろから大声を上げて抗議する。先ほどからこちらをじっと睨みつけている機動隊の警察官らが、衝突を予期してか、すかさず一歩前に進み出る。

自分たちが暴力に訴えると思っているならとんだお門違いだ、と佳代は心の中で憤慨した。十年前の学生運動も、成田空港の三里塚《さんりづか》闘争も、アイヌ革命論を掲げる過激派による活動も、反対する側が下手に暴力を行使した途端、同じだけの力で公権力に押しつぶされたという。佳代には難しいことはよく分からないが、日々新聞を熟読して勉強している孝光がそう言っていた。少ない村人の中から、怪我人も死人も逮捕者も一人として出したくないというのが、反対同盟の代表を務める孝光の確固たる理念だった。その方針に従って、この七年間、平和的なデモや座り込み、意見書の提出などを中心に反対運動を続けてきたのだ。

情報が手に入るのがもっと早ければ、道を塞いで重機の進入を防げたのではないか。いや――反対同盟に所属する十数名のメンバーを総動員したとて、機動隊を伴ってやってきたダム調査員らに対抗するのは、土台無理な話なのかもしれなかった。

協議会の会長である源治さんと袂《たもと》を分かった昭和四十五年の夏、孝光は協議会の副会長を降り、『瑞ノ瀬ダム反対同盟』という名の新団体を作った。

しかしながら、人を集めるのは一苦労だった。すでに大所帯となっていた協議会に離反する形で結成を決めた上、ダムの条件付き受け入れへと気持ちが傾き始めている村人が想像以上に多かったためか、家々の戸口を回るたびに腫れ物に触るような扱いを受け、苦々しい愛想笑いとともに加入を断られたのだ。それでも落合登くんをはじめとした全共闘世代の若者たちや、村以外の暮らしを知らない高齢者らが同盟の趣旨に賛同してくれ、孝光より五つ年配の山中平次郎さんの副代表就任にも支えられる形で、三十名規模の団体運営がスタートした。

協議会のときのような、生温《なまぬる》い活動に甘んじるわけにはいかなかった。村役場の連絡委員会からまめに情報を仕入れ、建設省主催の説明会で前列に陣取って厳しく質問をするくらいでは、聞こえのいい甘言にすでに搦《から》めとられている住民たちの心は取り戻せない。村には節税のプロを自称する税理士や不動産業者、宝石のセールスマンまでもが車で乗りつけ、将来補償金を得る予定の村民たちに、早々に〝金持ちになった気分〟を味わわせるようになっていた。南の峠から瑞ノ瀬へと入る道に、業者が勝手に置いていく融資やダイヤモンド購入に関する立て看板を、佳代たちは毎週いたちごっこのように撤去した。

予備調査が終わったのは、開始から二年が経った昭和四十六年のことだった。間を置かずに、ふもとの町に建設省が開設した『瑞ノ瀬ダム工事事務所』が、ダム計画を次の段階に進めるための実施調査を申し入れてきた。役場の連絡委員会が住民の出方を窺う一方で、協議会と反対同盟は断固拒否の姿勢を貫いた。協議会は「補償基準や代替地問題を先に解決すべきと考えるため」、反対同盟は「ダムを建設させるわけにはいかないため」というのがその理由だった。

国との新たな対立を機に、反対同盟の活動はいよいよ本格化した。所属メンバーの家の壁や塀に大きな横断幕をかけ、ダムの関係者が村役場に来る日にはプラカードを持って峠谷の中心街を練り歩き、ある日は県庁にまで出向いていって知事の協力要請文を突き返した。佳代の自宅では連日連夜、反対同盟の会合が行われた。戦争で大怪我をして以来下半身が不自由だった義兄と、痴呆状態だった義父が相次いで死に、それで気が抜けたかのように義母までもが急性心不全で亡くなってしまってからは、空き家となった母屋全体を事務所として使うようになった。

ダム計画が発表されて以来、まるで外堀を埋めるかのように、村内の車道やふもとからの林道が次々と舗装されていった。アスファルトで固められた道路には、常にトラックやダンプカーが行き交い、無遠慮に荷台の土埃を撒き散らしていた。地権者から許可を取った場所では、少しずつ木の伐採も行われているようだった。

——裏山をみんなはげ山にすりゃ、俺らが出ていくとでも思ったか。

——んなわけねえ。これは闘争だ。絶対に負けるもんか！

——どんな理由があって、俺たちの土地を国に取られていいというんだ。

——そうだ、理由なんか要んねえ！

青年隊を自称する二十代の若手メンバーは特に勢いがあったが、同時に不安定でもあった。膠《こう》着《ちゃく》状態が何年も続くうちに、代わり映えのしない反対運動に飽きてしまったのか、東京に働き口を見つけて村を出ていったり、子どもが生まれて会合にぱったり姿を見せなくなったりする者も増えた。体調の問題を抱える高齢者も同様だった。気がつくと、反対同盟の実質的なメンバーは、当初の半数ほどになっていた。

「おい、危ないだろ。ここから離れるんだ。さっさと家に帰れ」

重機の騒音の切れ間に、作業服姿の初老の男がこちらに近づいてきた。ふもとの町にある瑞ノ瀬ダム工事事務所の責任者だった。後ろには濃紺の制服を着た機動隊の警察官らを従えている。

記者たちがこちらにカメラを向けていないことを、横目でせわしなく確認しているのが腹立たしかった。六年前に開設された工事事務所の職員は、それまで説明会などを担当していた建設省の担当者とは違い、体格のいい強面《こわもて》の男ばかりが集められていた。管轄が変わったのか、反対運動の激化に備えて配置換えをしただけなのかは分からない。初めは丁重な態度で話し合いに応じていた彼らだったが、長期間にわたって対立が続くうちに、住民に対して脅迫的な態度を取るようになっていた。

「早く動けって言ってるだろ。作業の邪魔なんだよ。聞こえないのか？」

「これ以上居座るなら妨害とみなすよ。どきなさい、ほら早く」

責任者と警察官の双方に厳しく追い立てられ、佳代たちは後ろ髪を引かれつつ踵《きびす》を返して退散した。意固地になって最後まで残っていた登くんは、機動隊の若手に尻を蹴られたと言って激怒していた。周りの警察官は皆、見て見ぬふりをしていたという。

山を抜けて集落に入り、売店や学校のある村の中心街に差しかかる。熱されたアスファルトの上を歩くと、靴の裏がペタペタと引っ張られる感覚があった。

いつもだったら、孝光と平次郎さんとで売店前の赤いベンチに座り、煙草を吸いながら今後の活動方針についての話し合いをするところだった。だが今日ばかりは、そんな気力も起きないようだった。誰も彼もが無言のまま、三々五々、それぞれの家の方向へと散っていく。

始まったのは実施調査だ。まだ、ダムの建設が確定したわけではない。

そうは分かっていても、徒労感が拭えなかった。反対運動に充てる時間を確保するために田の植えつけをする面積を減らし、年頃の娘である雅枝や義理の両親に我慢を強いて生活を切り詰めてまで、村を守るために奔走してきたこれまでの七年間は、いったい何だったのだろう。

「佳代ォ、一つ、頼み事をしてもいいっけ」

いつの間にか、夫婦二人きりで畦道を歩いていた。横には、自分たちが日々世話している青々とした棚田が広がっている。

横を向くと、孝光は意外にも晴れ晴れとした顔をしていた。あんなことがあったばかりなのにどうしたのだろうと半ば面食らいつつ、「うん？」と話の先を促す。

「今年はちょうど、結婚三十周年だべな」

「ああ、そうだったねぇ」

「そんでよ、俺ぁ、腕時計が欲しいんだ。いっそ身の丈に合わねえぐれぇ高級な奴を、よ」

「……腕時計？」

孝光の思惑が分からず、目を瞬く。すると夫は気恥ずかしそうな笑みを浮かべ、白いシャツから突き出た茶褐色の手首を撫でた。

「こんなことになった以上、これからはいっそう、ダムのお偉いさん方とやりあわなきゃなんねえべ。そんときによ、見下されたくねえのよ。どうせ田舎の百姓だろ、まともな話し合いもできねえだろ、って。背広は今のでよかんべぇ、せめて時計ぐれぇはちゃんとしたもんをはめて、対等な人間だと認めさせてえのよ」

「それを、私から贈れと？」

「家計は一緒だからよ、贈るというよりは、買うのを許してほしい、という感じかな。もちろん、お前《めえ》も何か欲しけりゃ、ハンドバッグでもハイヒールでも買えばいいだろうし……」

その思いつめたような口調に、笑ってしまいそうになる。何より嬉しかったのは、国と闘うこと、瑞ノ瀬を守ることを、孝光がまだ諦めていないということだった。

腕時計は、その気持ちの象徴だ。今日の悔しさを断ち切り、ひたすらに前を見て、夫はなおも突き進もうとしている。

「私のはいいから、今度買いにいきましょう。久しぶりに、デパートにでも行って」

「ありがとう！　そうと決まれば、明日にでも行くか」

明日ぁ、と呆れ果てながら、行く手に見える自宅への道を急ぐ。七月二十日の今日は、高校の終業式だ。昼過ぎには、雅枝がバスに乗って帰宅するはずだった。

それから一か月半後、スイス製の高級腕時計がようやく家にやってきた。思い立った翌日にすぐデパートに赴いて購入を決めたものの、せっかくの記念品だからと裏に刻印を入れることにしたため、引き取り日が遅くなってしまったのだった。

「いいだろう。母さんからもらった初めてのプレゼントだぞ。しかも、だ」

夕食後、晩酌が進んで顔を赤くしている孝光が、左腕にはめた腕時計を外し、裏の『ＫＳ』という刻印を雅枝に見せびらかそうとした。「ほら見ろ、母さんの名前の頭文字だ」と孝光が機嫌よく酒臭い息を吐くのを、高校の制服姿のまま仏頂面でテレビドラマを見ている娘が「ああ、はいはい」と邪険にあしらう。

「何だ雅枝、冷《つめ》てえ反応だなぁ」

「そんなこと言われたって……いつも忙しくしてるくせに、なんでこういうときだけ私に構うのよ」

「今日はたまたま会合がないからな。平次郎さんが熱を出して寝込んじまったらしくてよ」

「ドラマがいいところだからさ、悪いけどちょっと静かにしてくれない？」

父と娘のやりとりを、佳代は夕飯の皿を片付けつつ、苦笑しながら見守った。

翌年の昭和五十三年、住民一人ひとりの財産の詳細を調べる一筆調査が国から申し入れられたときも、孝光は燦然《さんぜん》と輝く銀色の腕時計を左手首にはめ、連絡委員会や対策協議会との話し合いに鼻息荒く出かけていった。

今年はレンギョウが咲くのが早いな、川の魚が多いな、米が豊作になりそうだ、初雪はまだかねぇ――村人同士の、いつだってのどかだったはずの会話は、いつの間にか聞かれなくなっていた。あの人は賛成派、条件付き反対派、反対派。うちの庭にある柿の木は一本いくら、お宅の玄関にある立派な敷石はいくら。家も土地も、木も草花も、見えるものすべてが金に換算され、瑞ノ瀬の沢のように澄んでいたはずの村人たちの心を真っ黒く染めていく。

ダムは魔物だよ、とあるとき孝光が言った。

金を抱えて人々の腹の中に潜り込み、郷土愛や良心を根こそぎ吸い取っていく。いったん呑み込まれたら、もう戻れない。

そんでもよ、あの平和な日々が返ってくるのを俺は願ってるだ――と呟く夫の目は、山で遊んだ子どもの頃のように、清らかだった。

＊

病室のドアが勢いよく開き、若い男女が大慌てで駆け込んできた。

「お父さん、何やってるのよ！　大丈夫なの？」

ベージュ色のパンツスーツ姿の雅枝が、血相を変えて近づいてくる。その後ろにいる弘くんも紺色の背広に身を包んでいるのを見るに、二人して仕事を切り上げて、市内にある会社から車を飛ばしてきたようだった。

白いベッドの上で、包帯を巻いた右脚を吊られている孝光が照れ笑いする。新婚の娘夫婦に心配されてまんざらでもなさそうな顔をしている夫の代わりに、佳代が事の経緯を説明した。

「田んぼの端にある、お父さんがいつも休憩してる切株ね、今日のお昼に握り飯を食べようとしてあれに座ったら、切株ごと後ろにひっくり返《けえ》って、斜面を下まで転がり落ちただって」

「何よそれ。根元でも腐ってたわけ？」

「そうだべなぁ。今朝までの大雨で、周りの地面がだいぶぬかるんでたみたいだし」

佳代が頷くと、雅枝は太く濃く描いた眉を寄せ、大きなため息をついた。骨折した部位が悪く、一か月ほど入院する見込みだと伝えると、雅枝はさらに顔をしかめた。それから、初めて周りの目に気がついたかのように、ベッド脇に集まっている同盟メンバーや三代に向かって頭を下げる。所在なげに立っている弘くんも、雅枝に倣って一同に会釈した。無口で頼りない雰囲気は相変わらずだけれど、気が強い雅枝のお相手は、このくらいでちょうどいいようにも思う。

二人が結婚したのは、つい一か月前のことだった。雅枝の誕生日である十月末日に洋風の結婚式場で挙式し、次の日から一週間の休みを取って宮崎に旅行に出かけていた。タキシードにウェディングドレスに新婚旅行。佳代の若い頃とは常識があまりに違っていて、母親として助言できることはほとんどなく、むしろ雅枝に当日の服装から立ち居振る舞いまで細かく指図される始末だった。親としてなかなか手をかけてあげられなかったが、しっかりした娘に育ったのは確かなようだ。

雅枝が二十三、お相手の弘くんは二十一。今の時代にしては結婚が早すぎるようにも感じたけれど、長いあいだ空き家のままになっていた佳代の実家を綺麗にして住みたいという二人の意向を聞き、孝光とともに諸手を挙げて賛成した。昔から都会好きで、東京で働くキャリアウーマンになりたいと話していた時期もあった雅枝は、結婚したら当然瑞ノ瀬を出ていくものと思っていた。それがふもとの町出身である弘くんを伴って、ダム計画に揺れる村に住み続けてくれるというのだから、親としては感無量の一言だった。

雅枝の結婚のおかげで、風前の灯火《ともしび》だった反対運動のメンバーが一人増えた。従順で大人しい弘くんは、副代表の平次郎さんや、今年で三十四になる事務局長の登くんにもよく可愛がられていた。

実施調査の強制執行から五年が経った今、反対同盟のメンバーはわずか十名に減っていた。孝光と佳代、平次郎さん、登くん、三代夫婦、茂則夫婦、雅枝夫婦——それだけだ。

かつての仲間たちは、国の職員やダム賛成派の連絡委員会による夜討ち朝駆けの説得工作に押されて、次々と一筆調査承諾書にハンコをついていった。当初は補償基準確定前の一筆調査に難色を示していた大所帯の対策協議会も、三年前に県知事が瑞ノ瀬を訪ねてきて住民の協力を求めたのをきっかけに、調査開始をやむなく容認する流れになっていた。今も一筆調査を拒否し続けているのは、およそ一千人の住む瑞ノ瀬じゅうで、自分たち十人だけだ。

「一か月も入院だなんて、困ったもんだよ、孝光くん。あんたがしっかりしてくれなきゃ、反対同盟は空中分解だ。代表のあんたを、みんな頼りにしてんだからよ」

「すまねえなぁ、平次郎さん。俺が留守の間は、どうか踏ん張ってけえろ」

「無理しちゃダメですよ、本当に。この間も突然、あんなことをしでかすし……」

「あれは源治さんのほうが先につかみかかってきただべ」

登くんが心配するように言ったのは、二週間前に源治さんと孝光が法事の席で起こした殴り合いのことだった。佳代はその場にいなかったが、瑞ノ瀬の住民が加入する大小の組織を率いる二人が激しい衝突を起こすのは、きっと時間の問題だったのだろう。

反対反対って馬鹿の一つ覚えみてぇに理想論ばかり唱えやがって、じゃあ瑞ノ瀬が水に沈んでもいいってのか、お前《めえ》が拒否し続けてるからみんなの足並みがそろわねえだ、飲めや食えやの接待に引っかけられただけのくせに、ここまできたらもっと現実的に国との交渉を進めるべきだろう、建設省の回し者が、何だとォこっちの苦労も知んねえで——後から平次郎さんに聞いた話では、酒の入った源治さんと孝光の間で、およそこのようなやりとりがあったらしい。周りが仲裁に入って二人を引き離したものの、冷え切った空気に耐えきれず、孝光は平次郎さんと登くんを引き連れて、すぐにその場から退出したとのことだった。

強硬な姿勢を崩さない反対同盟への風当たりは、この五年でますます強くなっていた。ダム計画がいつ進み始めるか分からないため、家屋や学校の校舎は、どんなに雨漏りや隙間風がひどくても応急処置で済ます。赤字続きの商店も、先の見えないまま営業を続けざるを得ない。将来の補償金獲得を前提に、銀行からすでに億単位の融資を受けた事業主もいる。ほとんどの住民が、早期の補償交渉開始を望んでいた。〝もう終わった村〟に住み続ける彼らにとって、未だダム建設反対を唱え続けている佳代たちは、目の上の瘤《こぶ》のようだった。

「もう還暦近いんだから、無理だけはしないでよ。まったく、お母さんから電話もらってびっくりしたじゃない」

「すまんすまん。大事な日に、とんだ失態を演じてしまったな」

ベッドの上で、孝光が頭を掻いた。何か含みのある言い方のように感じ、「大事な日って——」と問いかけようとした途端、病室のドアが再び音を立てて開く。

入ってきたのは、鼠色の背広を着た四十代ほどの男性だった。大勢の先客がいることに驚いた様子を見せ、「後ほど出直しましょうか」と廊下に戻りかけた彼に、「ああ平気ですよ」と孝光が声をかける。

「ご家族の皆様がお集まりのところすみません。毎朝新聞の浅野《あさの》と申します」

男がさらりと口にした大手新聞社の名前に、佳代らは互いに顔を見合わせた。

その場にいる全員の視線を集めた孝光が、やがて気恥ずかしそうに笑って口を開く。

「みんなに秘密にするつもりはなかっただけんどよ。記者さんが本当に来てくれるか分からなかったんべぇ、今の今まで言えなかっただ。実はよ、毎朝新聞の地域面に、反対同盟についての特集記事を載せてもらえることになった」

「ええっ」登くんが素っ頓狂な声を上げ、新聞記者の浅野を見た。「あの毎朝新聞に？　本当ですか？」

「瀬川さんがねぇ、もう本当にしつこいんですよ」

浅野が困った口調で言う。しかしその目は、ベッド上の孝光を見て親しげに笑っていた。

「初めはね、末端の記者を追いかけ回すんです。自分たちのインタビュー記事を大々的に載せてくれ、と言って。そんな権限はないと若い記者が断ると、上の者を出せと迫って、今度は私が支社から出てくるのを毎晩のように待つ。もうね、根負けしましたよ。我々は人を待ち伏せするのは得意中の得意ですが、自分が対象にされるのには不慣れですからね。それで何度か、喫茶店で話を聞いたんです」

この二か月ほど、孝光が平日夜に頻繁に家を空けていたことを思い出す。どこへ行っているのかと尋ねると、デモや座り込み以外の反対運動のやり方を模索しているとだけ返答があり、てっきり平次郎さんや登くんと寝る間も惜しんで話し合いでもしているのかと思っていた。まさか村の外に出て大手新聞社の記者を口説き落とそうとしていたとは、妻という立場でありながら露ほども知らなかった。

「正直に言うとね、最初は記事にする気なんてさらさらなかったんですよ。報じるべき問題は他にいくらでもありますし、瀬川さんの率いる団体は住民の中でも孤立しかけている少数派だと聞いていましたしね。とりあえず思いの丈を吐き出してもらって、しつこい尾行を中止させ、次は補償調印か強制収用か、何らかの大きな進展があったときにまとめて記事を書けばいいだろうと考えていたんです。でも――一対一で話すうちに、思い始めたんですよ。この人の言葉には惹かれるものがある。小さなプラカードや短い記事の片隅に無理やり押し込めてしまうのはいささかもったいないんじゃないか、とね」

「ありがとうね、浅野さん。さっそく話し始めてもいいかな」

「もちろんです。こちらの椅子、失礼しますよ」

三代が勧めたパイプ椅子に、浅野が慣れた様子で腰かけ、膝の上に手帳を広げる。

ベッドの上で目をつむっている孝光が、ゆっくりと話し出した。内容が似通っていたからだろう、十三年前に自宅の表座敷で、孝光が当時の村長に語りかけていた姿が蘇る。あのときはまだ、瑞ノ瀬の人間は皆、故郷を愛していた。先祖を敬い、大地に感謝し、山に与えてもらった恩を返そうとする心を忘れていなかった。

瑞ノ瀬はいいところです。空気も水も澄み渡っていて、作物もよく実る。だけんども、山奥の狭い土地だから、その恩恵にあずかれる人間はほんのわずかです。俺たちは皆、その小さな幸せを分け合い、融通しあい、ささやかながらに誇りを持って暮らしてきました――。

新聞記者の言うとおりだった。

ダム計画が持ち上がってから十三年間、変わらない思いを今も貫き続けている孝光の言葉には、力があった。

年末になって、孝光の退院がようやく決まった。病院のあるふもとの町から約一か月ぶりに瑞ノ瀬へ帰ってきた夫は、高台に立って大きく深呼吸すると、真っ先に雅枝夫婦に会いたいと言った。俺のいねえ間に農作業を手伝ってくれたお礼をしねえとよ、と口では説明していたが、後から考えてみると、あの時点で虫の知らせがあったのかもしれない。

娘夫婦が仕事から帰宅する頃合いを見計らって、佳代は松葉杖をついている夫に歩調を合わせつつ、夜道をゆっくりと進んだ。無防備な首筋を伝って、オーバーの中に冷気が忍び込んでくる。

小川にかかる木の橋を渡り、坂を上っていくと、その先に灯りの点いている古い木造住宅があった。父が生きていた頃に幾度か改築をしたようだからそっくりそのままとは言わないけれど、佳代が幼い頃に家族と暮らした、思い出の家だ。

前庭には、白い乗用車が停まっていた。引き戸に手をかけ、こんばんは、と声をかけながら中に入る。

「あ、お父さん！　そうか、今日退院だったのよね。段差、上がれる？」

奥から走り出てきた雅枝と弘くんが手を貸し、脚にギプスをつけている孝光を家の中へと招き入れた。「お母さんが呼びにきてくれれば私たちがそっちに行ったのに」と父親を気遣う娘に、「入院生活で身体がなまってるから動きたいんだって」と佳代が返答し、四人で傷だらけの古いちゃぶ台を囲む。

「それ、俺が載った新聞でねえか」

ちゃぶ台の端に置かれていた新聞を、孝光が顔をほころばせて覗き込んだ。右脚を吊られてベッドの上に横たわっている孝光の写真に、『水底に沈む故郷　最後まで闘い抜く』の見出しが添えられている。自分たちの反対運動が初めて世間に認められた嬉しさのあまり、病室のベッドで孝光と顔を寄せ合って、もう数えきれないほど読み返した記事だった。

反響は、それなりにあった。水没地の住民に同情を寄せた読者から、応援の手紙が何通も届いた。ダム計画を強行しようとする国への怒りを長ったらしく表明したものもあれば、記事に漂う郷愁に読者の生い立ちを重ね合わせた自伝のような内容のものもあった。中傷が綴られた手紙もあったが、数は少なかった。

ダム建設の是非を改めて問う、いい記事だった。しかし、それが劇的な突破口になることはなかった。工事事務所の職員は知らん顔で村に出入りし、相変わらず一筆調査を続けている。源治さん率いる対策協議会に所属する村人たちは、示し合わせたように沈黙し、道ですれ違っても軽く会釈するだけで足早に通り過ぎてしまう。「許可なく取材を受ける行為はやめるように」と村役場の連絡委員会から通達があったのが、唯一の目立った反応だった。許可を願い出たところで了承されるわけがねえべな、と孝光は委員会の指示を一笑に付していた。

「写真の下の、注釈っていうの？　笑っちゃったんだけど。『反対運動を展開する最中に脚を骨折』って、まるで名誉の負傷みたいになってるじゃない」

「本当は切株から転げ落ちただけなのにな」

「まあ、おかげで目を引く写真にはなったみたいね」

「そうだな、どんな形であれ、注目してもらえるのが一番だ。もう一押し、何かできりゃいいんだが……」

孝光が考え込みながら言い、新聞を手に取る。

その下から、はらりと、一枚の白い紙が落ちた。

ちゃぶ台の中央に着地したそれを、何気なく眺める。向かいに座る雅枝と弘くんが、同時に息を呑んだ気配があった。

一筆調査承諾書――用紙の冒頭に手書きされた文字と、見覚えのある瑞谷村瑞ノ瀬の住所、そしてその下に捺された『石井』の赤い印影の意味を理解した瞬間、頭に血が上り、視界が真っ白になる。

「雅枝っ！」

とっさに頭に浮かんだ数々の思いが、ただの一つも言葉にならず、佳代は娘の名前だけを大声で叫んだ。孝光が驚いたように新聞から目を上げ、ちゃぶ台の上を見る。

直後、大きな音がした。思わず立ち上がろうとして前のめりになった孝光の右膝が、ちゃぶ台を下から蹴り上げた音だった。

「おい雅枝……何だこれは！」

「何って、見れば分かるでしょ」

雅枝が目を逸らし、開き直ったように言った。そんなところに置いとくんじゃなかった、と赤い口紅を塗った唇が小さく動くのが見える。そのふてくされたような態度が、こちらの感情をいっそう逆撫でした。

「ここは母さんが育った家だぞ。三代叔母さんや、お前《めえ》のじいさんばあさんも、ここで何十年も暮らしてただ。俺らに一言の相談もなしに、どうしてこんな書類にハンコをついた！」

孝光の言葉を聞きながら、佳代は必死に考えた。書類がここにあるということは、必要事項を記入しただけで、まだ工事事務所に提出してはいないということだ。

今ならまだ間に合う――そう思って紙に手を伸ばし、破り捨てようとする。その途端、ちゃぶ台に身を乗り出した雅枝に、勢いよく奪い返された。

「ちょっとお母さん、やめてよ！　私たち、もう結婚した大人よ？　自分のことは自分で決めたいし、その権利だってあるはずでしょう」

「権利って……こねえだ、あんたに言われてやった手続きけ？」

「そうよ。別に私だけじゃない、周りの家だってみんなやってることでしょう？　村を出ていった子どもをわざわざ呼び戻して、補償対象を少しでも増やして、生前贈与だとか、今のうちに済ませておける税金対策は全部して。お父さんやお母さんがまったく手をつける気配がないから、私が少しでもやっておこうと思ったのよ」

「私が雅枝の言うとおりにしたのは……将来この土地をどうせ子どもに引き継ぐんなら、早いうちに名義変更しておいたほうが相続より税金が安くなるって、あんたが教えてくれたからだべ。それは嘘だったってことけ？」

「嘘ってわけじゃない。このままダム計画が進んで、補償金が下りれば――」

「お前《めえ》、親を騙したな！」

孝光の鋭い怒号が、古い家屋の壁や天井を揺さぶった。

「勘違いしやがって。いくら法律上はお前《めえ》の土地でもなぁ、勝手に売り払うなんて非常識なことを許した覚えはねえ。最初から補償金目当てだと分かってりゃ、母さんの先祖が代々受け継いできた大事な土地を、お前《めえ》らにやったりしなかった！」

「そのくらい分かってるわよ。だから言わなかったんじゃないの。このまま放っておけば、お父さんもお母さんも引き際を見失って、絶対に誰よりも損をする。そっちは好きで反対運動をしてるからいいのかもしれないけどね、私まで巻き込むのはやめて！　土地の対価はちゃんと払ってるんだから、あとは好きにさせてよ！」

「お前《めえ》が俺と母さんに対してやったことは、工事事務所の奴らの小狡《こずる》い工作と一緒だ。甘い言葉でこっちを言いくるめて、こっちが大切にしてるもんをかすめとって。お前《めえ》はよ、魔物に心を乗っ取られただ！」

父親に怒鳴られた雅枝が、潤んだ両目を大きく見開いた。手に握っていた承諾書をちゃぶ台に叩きつけ、これまでに聞いたことのないような荒れた口調でまくし立てる。

「魔物？　ふざけないでよ。それはこっちの台詞でしょ。お父さんもお母さんも、田んぼかダムか、いつもそればっかりで、私のことなんか二の次だったくせに。うちは昔からずっと、普通の家じゃなかった。大人同士で毎晩のように打ち合わせする間、邪魔者みたいに居間でテレビばっか見せられて、私が何を考えてたと思う？　こんな寂れた村のどこがいいんだろう、って。そう思ってたよ、毎日。心の底からね」

「おい、雅枝！」

「瑞ノ瀬に住んでて、いいことなんか一つもなかった。反対運動のせいで学校では変な目で見られるし、高校も職場も遠くて選択肢がほとんどないし、お父さんもお母さんもいつも遠くの理想ばかり見てて、全然近くが見えてないし。私がもし母親になったらね、絶対にお母さんみたいにはならないから。私は自分の子どもを、こんな狭い田舎に閉じ込めたくない。東京に出たって、海外に行ったっていい、もっと広い世界を見せてあげる。私はずっと、それが嫌だったから」

「謝りなさい、雅枝。親に向かって……そんな口をきいて」

「先にこっちを侮辱してきたのはお父さんでしょ？　言っとくけど、騙したつもりなんてないからね。私は瑞ノ瀬で暮らした人間の一人として、最低限手に入れるべきものを確保しただけ。今までさんざん不便な思いをさせられた分の、慰謝料として」

大喧嘩は、その調子で深夜まで続いた。孝光と佳代は怒鳴り続け、雅枝は泣き叫び、弘くんはひたすらに黙っていた。

零時前になって、すぐ裏の家に住む哲男が不機嫌そうにやってきて、脚を怪我している孝光を無理やり雅枝夫婦から引き離した。それでようやく、孝光と佳代は重い身体を引きずるようにして帰途に就いた。

冬の夜半、外はぞっとするほど寒く、静まり返っていた。

家に帰って布団に入るまで、夫との間に会話はなかった。目を閉じても、なかなか寝つくことはできなかった。

何かが壊れてしまったのだ、と思う。そして考え直す。いや、とっくの昔に壊れていたのだ、と。村は大事だ。だがそれと同じくらい、雅枝のことも大事なはずだった。何も言わなくても、血を分けた娘にその思いは伝わっているものと、勝手に信じていた。

田の仕事や反対運動の傍ら、器用にあの子を育てられなかった自分が憎い。過去に戻ってやり直したい。けれども、関係を修復するにはいったいどの時点まで遡ればいいのか、見当もつかない。

夫婦の寝室として使っているこの部屋で、丸一晩かけて、無我夢中で娘を産み落とした日のことを思い出す。

無力だった。

悔し涙が一粒、頬を真横に伝い、枕にこぼれた。

＊

玄関の戸を開けると、鱗雲《うろこぐも》の浮かぶ秋空が佳代を出迎えた。村を見下ろす裏山が、昨日より一段と濃く、赤や黄に色づいている。

今日は山が綺麗だなぁ、と孝光が緩い笑みを浮かべてこちらを振り返った。昨晩はずいぶんと冷えたからねぇ、と佳代はゆっくりと頷き、農作業用の上着を羽織った夫の背中にそっと手を当てる。

「あのねぇ、瀬川さん。ちょっと聞いてるか、瀬川孝光さんよ。あんた、どれだけの人に迷惑かけてるか分かってんのか」

家の前庭では、ベージュ色の作業着に身を包んだ工事事務所の職員が、今日も朗々と声を張り上げていた。

「たいそうカッコよく公権力と闘ってるつもりかもしれないがね、あんたらの強情さにほとほと呆れ果ててるのは、何も私たち国の職員だけじゃないんだ。工事を請け負う建設会社に勤める何千人もの従業員やその家族。すでに調査を完了させている周辺町村の住民。台風のたびに河川氾濫の恐怖に怯《おび》えている何十万もの下流の市民たち。それだけじゃないよ。この村の人らも、みんなあんたを疎ましく思ってる。こんなにいつまでも計画が進まないんじゃ、自分たちが身を切る思いで承諾書に署名したのは——大勢の人々の命と安全を守るために犠牲を払う決意を固めたのは、いったい何だったんだ、とね」

大柄な身体から発せられる太い声は、きっと近所の家にまで届いている。あえてそうすることで、この夫婦は厄介者だという印象をますます周りに植えつけ、集落の中で孤立させて心理的に追い詰めようとしているのだと、孝光は常々、悔しさのにじむ声で言っていた。

職員の脇を素通りし、目も合わさずに倉庫へと移動する。孝光と佳代が寄り添うようにして移動する間も、声は一定の距離を保って後ろからついてきた。

「あんたらは特別、郷土愛が強いつもりでいるのかもしれないが、ここを出ていくのがつらいのはみんな一緒だよ。協議会の落合源治さんなんかはね、私と酒を酌み交わしながら、何度も男泣きしていたさ。思い出の詰まった瑞ノ瀬が沈むのは悲しい、でも町の人のためと思って涙を呑んで受け入れる、とね。それで今では、水没者一千人のできるだけ早い生活再建のため、代替資産取得の支援に、墓地移転の候補地選びに、補償交渉の前準備にと、身をなげうって精力的に活動しているわけだ。要は利己主義か利他主義か、違いはそれだけだね。あんたらに他人を思いやる心が少しでもあれば、ここに署名するのが最善の選択だと分かるはずだよ、この間の山中平次郎さんのようにね。これはね、あんたのために言ってるんだ。補償契約を蹴って強制収用にでもなれば、税金面で大損をすることにもなるんだから。無視はやめてくださいよ、ねえ――」

籾摺《もみすり》機《き》の電源を入れると、ねちっこい職員の声が、作動音の後ろに隠れて小さくなった。佳代が機械の調整をしつつ籾を補充し、孝光が丁寧に袋詰めをして壁際に積み上げていく。その間も、借金の取り立てを彷彿させる声は一向に去っていく気配がなかった。機械の音がもっと大きければ聞かずに済むのに、と思う。真っ当に生きてきたはずの自分たちが、なぜこんな嫌がらせを受けなければならないのか、佳代は未だに納得できていなかった。

蠅《はえ》の羽音のように耳障りな声を聞き流しながら、倉庫の入り口に背を向け、二人して黙々と作業を続ける。

反対同盟発足時から副代表を務めていた平次郎さんが、同盟を抜けて協議会に入りたいと土下座して頼み込んできたのは、稲刈りが終わって間もない今月の初めのことだった。畳に這いつくばる平次郎さんは、とめどなく涙を流していた。家族の理解がとうとう得られなくなったという。この期に及んで考えを曲げないつもりなら離婚して土地や財産を折半させてくれと、前の日の晩に奥さんに迫られたようだった。穏やかで慎み深い性格の奥さんが近年、村の女性たちの間で爪弾《つまはじ》きに遭って塞ぎ込んでいたことはよく知っていたから、家族を想う平次郎さんを無理に引き留めることはできなかった。

代わりに、三十五になったばかりの登くんが副代表の座に就いた。とはいっても、反対同盟はもはや組織の体をなしていなかった。孝光と佳代、登くん、それと三代夫婦だけだ。孝光の弟の茂則は、勤め先の食品工場が隣県に移転することになったといい、面倒事から逃げるかのように家族で引っ越していってしまった。雅枝夫婦とは、昨年の暮れに一筆調査の件で大喧嘩をして以来、顔も合わせていない。数少ない仲間の三代夫婦が、同じ村内でも水没を免れる峠谷の住人であることを考えると、当事者として今も反対運動を続けているのは、自分たちと登くんの実質三人だけだった。

今や瑞ノ瀬の住民のまとめ役として東奔西走しているダム対策協議会会長の源治さんは、補償金目当てに毎朝足繁く瑞ノ瀬に通ってくる各行の銀行員たちや、承諾書にハンコをつかせようと孝光を日々追い回す工事事務所の職員と同じくらいのしつこさで、この家にも姿を現していた。俺も村長さんもできれば全員の了解を取って物事を進めてえだ、強気に補償交渉に臨むには住民が一丸となるのが最重要だ、と源治さんは毎度力説するけれど、孝光も佳代も首を縦に振る気にはなれなかった。自分たちに有利な条件を引き出そうとする闘いと、故郷そのものを守ろうとする闘いは、まったくの別物だ。軽い気持ちで乗り換えられるならとっくにそうしてんべ、と孝光は疲れたような声で源治さんに言っていた。

房江さんと富子さんが家を訪ねてきて、新しく発足したばかりの『瑞ノ瀬水没残村者の会』に佳代を誘ったこともあった。国の発表では、ダム湖となったのち、瑞ノ瀬は一大観光地になるのだという。湖畔に広い芝生の公園を作り、遊覧船や白鳥型のボートを走らせ、周囲の裏山には湖を見下ろす散歩コースを整備し、ダムの仕組みや役割を解説した博物館まで建てる。その湖畔に旅館や飲食店を開く計画があり、瑞ノ瀬唯一の旅館である落合荘を営んでいる房江さんや、ふもとの町の蕎《そ》麦屋《ばや》で長年働いている富子さんが手を挙げたのだという。「瑞ノ瀬と名前のつく地域に残って、一緒にお土産物屋さんでも開いたら素敵じゃない？」という誘い文句に、佳代は黙って首を左右に振った。観光客がバスや車で次々と乗りつけ、村をつぶしてできた湖やその向こうの裏山を写真に撮り、帰り際にゴミを撒き散らしていく姿など、見たいわけがなかった。

かわいそうだと思ってせっかく声をかけてあげたのに、と二人は怒って家に帰っていった。村の女全員で団結し、銃後の守りを合言葉に子守や農作業をこなしていた戦時中を思い出す。きっと、もう二度と、彼女たちが自分に話しかけてくることはないのだろう。

昼近くになって、工事事務所の職員はようやく引き揚げていった。いったん離れに戻って居間でお茶漬けを食べ、また作業に戻る。出荷は明日、自分たちで軽トラックに積み込んで峠谷の農協に持っていく予定にしていた。

「機械にゃ助けられてばかりだ。昔のやり方のまま、田植えも稲刈りも全部二人きりでやろうと思ったらよ、今ごろ音を上げてたべ」

空の端が朱く染まり始め、美しく紅葉した裏山と溶け合おうとする夕暮れ時、倉庫から先に出ようとした孝光が、複雑そうに後ろを振り返りながら言った。

農繁期に自分たち夫婦に手を貸そうとしてくれる近所の人間は、もう一人もいない。昔と比べて田植機《たうえき》やバインダーがある今は、それでもなんとか乗り越えられる。だが、農業機械の大量生産も、大ダムの建設計画による村人の分断も、どちらも高度経済成長の副産物だと思うと、いいところと悪いところが相殺してゼロになっただけなのだった。

それから夫婦で集落内の売店に出かけた。買い物の類いは長らく佳代一人の仕事だったのだが、ここ最近はどこに行くにも孝光が同行するようになっていた。佳代が峠谷の三代のところに行こうと県道沿いを自転車で走っていたときに、トラックの周りにたむろしている若い男たちに何度か睨まれたことがあり、それを孝光が警戒したのだった。ダムの利権に絡んでいる人間は自分たちの想像よりはるかに大勢いる、俺たちの反対運動がどこで誰の恨みを買っているか分かんねえから、と孝光はいつも慎重に言っていた。

このことを駐在所のお巡りさんに話してみたこともあったけれど、「道路工事の関係者か、ダム調査員でしょう」と面倒くさそうに一蹴された。作業服ではなく黒っぽい私服を着ていたと伝えても簡単に聞き流された。ダム問題を誰もが早く決着させたがっているこの村内で、自分たちはどこへ行っても鼻つまみ者のようだった。

店主や他の客と一言も会話のないまま買い物を済ませて帰宅し、夕飯を作って食べた。沈黙を埋めるためにつけたテレビでは、女子マラソンの国際大会で日本人が初めて優勝したというニュースが流れていた。選手の喜びの声を聞きながらゆっくりと味噌汁を啜っていると、不意に電話が鳴った。

孝光が受話器を上げた。相手の声を聞くや否や、佳代に差し出してくる。その仕草で、言われなくても三代だと分かった。

『もしもし、お姉ちゃん？　私。急で申し訳ないんだけど、今日これから政史《まさし》さんと、そっちに行ってもいいかしら。ちょっと、話したいことがあって』

「話したいことって、何よ」

『直接相談したほうがいいんじゃないかと思うのよ』

渋るような声に、嫌な予感がした。「直接言えるんだったら、電話でも言えんべ」と受話器を握りしめながら返すと、ややあって、ためらいがちな声が聞こえてきた。

『こういうことを突然言うとね、たぶん嫌だって言われてしまうと思うんだけど……うちの敷地の裏の土地が、空くことになったのよ。道路に面してない土地だから格安で、でも家一軒くらいなら十分建てられそうな広さの。今の持ち主の方にも、政史さんとこに買ってもらえるなら何より嬉しいって言われててね。峠谷なら、ほら、瑞ノ瀬にも車ですぐ行ける距離でしょう？　隣同士に住めばお互い助け合えるし、いざとなったらお姉ちゃんたちには、ここに住んでもらえばいいんじゃないかって……』

こちらの反応を窺うように、三代が言い淀《よど》む。

心の底にぽっかりと口を開けている暗い穴が、また大きく広がった。そういう問題じゃない、と叱りつけたくなる。その一方で、三代の気持ちも分かってしまう。

買う必要はねえよ、とだけ言い残し、佳代は静かに受話器を置いた。

食事の手を止めて、孝光がじっとこちらを見ている。電話の内容を伝えると、孝光はしばし天を仰ぎ、そのまま苦しそうに目をつむった。

「俺らは……感謝しなきゃなんねえべな」

「感謝？」

「ああ。水没者でねえ三代ちゃんが、これからも瑞ノ瀬に住み続けたいと願う俺らのために、ここまでつきあってくれたことに」

その言葉を聞き、急に全身の力が抜けた。「あんた……」と思わず呆然として夫を見つめると、すべてを悟って諦めたかのような、弱気で優しげな眼差《まなざ》しが返ってきた。

「潮時、なのかもしれねえな。俺らのやってることは、もう反対運動とは呼べねえ。『運動』を起こすほどの勢力も、村ん中での立場もねえだ」

「でも、私らにはまだ登くんが……」

「一千人の中の、たった三人だ。登だって、親にも親戚にもそっぽを向かれて、国の職員にがなり立てられながら、いつも下を向いて自分の畑を世話してる。あのままじゃ結婚相手も見つかんねえ。そろそろ、少し強引にでも、解放してやったほうがよかんべよ」

夫の言葉には、十三年間ともに闘ってきた年若き同志への、深い愛情と思いやりがこもっていた。何も言い返せなくなり、佳代は俯いて下唇を噛む。

「俺は今でもよ、自分がやってきたことは何一つ間違っちゃいねえと信じてる」

「そりゃ、私もよ」

「ダムの事業費、二千四百億円らしいな」

ちゃぶ台の端に畳んで置いてある今朝の新聞に目をやり、孝光が淡々と言った。

「当初説明会で言ってたのは二百七十億円。十倍近くだ。そのうち四百億円が、俺たち住人への補償に充てられる。一世帯あたり一億以上。浮かれる気持ちは分かるよ、毎日のように銀行員やセールスマンに群がられてよ。でも騙されてるだけだ。山持ちの旧家以外の世帯がもらえるのは、せいぜい数千万、それも税金対策で土地と家を買い替えたらほとんど消える。俺は最初からそう言ってるのに、なんで誰も耳を傾けてくれねえだ。みんなも、雅枝も」

孝光が力なく首を横に振った。まだらに白髪の交ざった髪が、痛々しく揺れる。

佳代はふと想像した。だだっ広い御殿に縮こまって暮らしている、自分たち二人の姿を。愛する土地を差し出した見返りに、国から恩情として与えられた家。そこに閉じ込められ、生涯を閉じる。ぞっとする。

「これはよ、時代が生んだ歪《ひず》みだ。お偉いさんたちが慣れ切っちまっただ、人を金で動かすことに。新幹線。首都高。空港。俺だって、自分がこうなるまでは他人事のように思ってたさ。でも豊かさを手に入れるために、どれだけの人間が涙を流した？　住処《すみか》を追われ、知んねえ土地に放り出された？　人の欲にゃ終わりがねえ。一度始めちまったら容易には引き返せなくなるのも、人の性《さが》だ。今、俺たちが感じてるような苦しみは、また絶対にどこかで繰り返される。それをできれば、ここで食い止めたいと、思ってただけんど――」

また、電話のベルが鳴り響いた。

魂の抜けたような緩慢とした動作で、孝光が受話器を取る。

次の瞬間、孝光の目にわずかな光が戻った。佳代には聞こえない相手の声に頷き、訊き返し、眉を上げ、また相槌《あいづち》を打つうちに、光はみるみる強さを増していく。

教授、という言葉を孝光が口にした。続いて日程の調整を始め、手帳を開いてメモを取っていく。長いやりとりの末に受話器を置いたとき、まるで先ほどまでとは別人のように、孝光は自信に満ちた表情をしていた。

「佳代ォ」孝光が目尻の涙をそっと拭う。「そんなことでまだ諦めちゃいけねえって、どうも神様がお怒りになったみてぇだ。俺らに、起死回生の一手を与えてくれただ」

「……今のは？」

「テレビだ。テレビが、俺たちの反対運動を取り上げてくれることになっただ！」

その言葉がにわかには信じられず、思わず孝光の顔を凝視する。

それが佳代を驚かせるための嘘でも、やけっぱちになった末の妄言でもないと分かった瞬間、佳代は歓喜のあまり夫の腕に飛びついた。

「テレビ？　本当け？」

「ああ、しかも全国放送だ！　実はずいぶん前から、防災に関する研究をされてる大学教授の先生幾人かに手紙を出しててよ。今でも本当に瑞ノ瀬にダムを造んねえとまずい状況なのかどうか、検証してくれとお願いしてただ。だっておかしいべ、最初に計画が発表されたときから、もう十五年近く経ってる。高度経済成長なんてのは十年前の石油ショックまでで終わってるはずで、県の人口だってあの頃みたいにゃもう増えてねえ。新しいダムを造らなくたって、渇水にゃ耐えられるじゃねえか、その事実を国が巧妙に隠し続けてるじゃねえかと、ずっと考《かんげ》えてただ。でも俺みてぇな素人が頼み込んでも、大抵は梨のつぶてでよ。たまに応じてくれる先生がいても、国の試算のとおりだって追い返されてただ」

それがよ、と孝光が身を乗り出す。勢い余って茶碗が倒れ、箸がちゃぶ台の上に転がった。

「普段から水害の解説だとかでニュース番組に出てる一番有名な先生がよ、最近になって試算をやり直してくれたらしい。やっぱり県内の水の需要は、石油ショック以来、横ばいになってる。今の状態でもすでに、瑞ノ瀬ダム丸々一個分以上の水が余ってるそうだ。それに建設省は当初から、瑞ノ瀬に大ダムを造れば百五十年に一回の洪水にも耐えられるようになると喧伝《けんでん》してたが、その計算方法にも疑問点が多い――というようなことをその教授がテレビ関係者に話したら、去年俺が載った新聞記事を一部の社員がどうも覚えてたみてぇでよ、これはきな臭いから番組として首を突っ込んで調べてみましょうかってことになったと。佳代ォ喜べ、やっぱり俺の考え《かんげ》は正しかっただ！」

「そんなことやってたなら、教えてくれりゃよかったのに」

「まさか地道な努力が実るとは思わねえべ。しかもこんな形で」

「新聞記事のときもそう。あんたはいつもそうやって、私を驚かせるだから！」

我々は一蓮托生《いちれんたくしょう》の仲間なんですから企《たくら》んでることは全部白状しなさい、と佳代がわざと登くんの口癖を真似して孝光の肩をつつくと、孝光は興奮と気恥ずかしさに顔を赤くしながら、弁護士の先生とも定期的に連絡を取っていることを打ち明けた。反対同盟のメンバーが少なくなるにつれて、デモや座り込みといった従来の活動に限界を感じ、そんな中でも何かできることはないかと、今後国を相手にダム建設の差し止め訴訟を起こすことなどを模索していたという。

まだまだできることはあるじゃねえの、と佳代が破顔すると、ひとまずこれに賭けてみようと思う、と孝光は真剣な顔で言った。

「今の時代、テレビほど影響力のある媒体は他にねえ。国が間違ってることを世間に認めさせられれば、ダム計画にはきっとブレーキがかかるし、協議会や連絡委員会の連中も、雅枝や弘くんも、少しは考え直すべ。もしこれでダメなら、弁護士の先生と一緒に訴訟を起こそう。それも上手くいかなかったら……佳代、せめて俺たちだけは瑞ノ瀬に残ろう」

長い間、佳代は孝光と見つめあった。

こうやって熱い視線を交わしたことが、以前にもあった気がした。——今から三十七年前、終戦翌年の春だ。四方の裏山が萌黄色に輝き始める頃、国民服に国民帽という出で立ちの孝光が、瑞ノ瀬に帰ってきた。遠い、南方の島から。あの時代が生み出してしまった、人の命を非道に弄ぶ激戦地から。

「機動隊が列をなしてやってきたって、国の職員に怒鳴り散らされたって、梃子《てこ》でも動かず、この地に根を張って、変わらず田んぼに苗を植えて過ごすだ。家を追い出されたら小屋を建てて住めばいい。小屋を壊されたらテントでも張りゃいい。そうやって、二人で暮らしていこう。俺かお前《めえ》のどちらかが倒れて、にっちもさっちもいかなくなるまでは、ここで」

「もちろん、そうしましょう」

「約束だぞ」

「こちらこそ、破ってもらっちゃ困るわ」

言い終わるか言い終わらないかのうちに、孝光が不意に佳代の肩を引き寄せた。バランスを崩しかけた佳代の上半身を、孝光が優しく受け止め、若い頃のように抱きしめてくる。

久しぶりに感じた肌の温もりに動揺しつつも、佳代は気がつけば、孝光のたくましい胸に顔をうずめていた。目を閉じると、まぶたの裏に一瞬だけ、先ほど思い浮かべたただっ広いダム御殿のイメージが閃《ひらめ》く。その映像がすぐに霧消し、今度は粗末な丸太小屋の前で、孝光が入っている五右衛門風呂《ごえもんぶろ》の下にしゃがんで火を焚《た》いている自分の姿が浮かんでくる。

想像の中の二人は、すっかり白髪で、腰も曲がっていて、顔も手も皺くちゃで、それでも晴れ晴れと笑っていた。その背景には、見慣れた裏山がある。コンクリートの巨壁などどこにもない。瑞ノ瀬は、瑞ノ瀬のままだった。孝光が言うのだから、そんな未来が、必ず訪れるような気がした。

「約束だぞ」

もう一度、孝光が絞り出すような声で言う。佳代は笑って、孝光の胸を強く押し返した。

「我々は、一蓮托生の仲間ですから」

「お前《めえ》と結婚してよかったな」

孝光が囁くように返してきた一言に、佳代は無言で、顔を赤らめた。

*

その日は、朝から胸騒ぎがしていた。

一晩中、家の窓という窓を叩くような強風が吹いていた。目を覚ますと、やはり隣の布団に孝光の姿はなかった。昨夜佳代が敷いたときのまま、初冬の早朝の気温を一身に吸い込み、冷たく畳に張りついている。

ちょっと出てくらぁ、と散歩にでも行くような調子で孝光が家を後にしたのは、昨日の夕食後、佳代が台所で皿洗いをしているときのことだった。

登くんに会いにいくのか、そうでなければ倉庫で機械の片付けの続きでもするつもりかと、そのときは特に気に留めなかった。孝光が用件を言わずに出かけることは、昔からよくあった。散歩なら小一時間経たずに帰ってきたし、反対運動が盛り上がっていた頃などは、仲間の家で酒を飲みながら瑞ノ瀬の未来を語り合い、そのまま朝まで戻らないことも多かった。

しかし、平次郎さんが同盟にいた頃ならいざ知らず、親子ほど年の離れた登くんと、夜を徹して打ち合わせをしているとは思えない。ましてや登くんと同居している彼の両親は、反対同盟の活動に眉をひそめているのだ。電話をかけて確認するまでもなく、孝光が彼の家に上がり込んでいるわけがないことは明らかだった。

知らぬ間に帰ってきて、また知らぬ間に朝の仕事を始めているのかもしれないと、倉庫や事務所代わりの母屋を見にいった。やはり姿は見えなかった。軽トラックは家の前庭に停まっていた。夫婦二人きりの家に、車はこれ一台しかない。近くにいるのならどうしてこんな時間になっても帰ってこないのだと、佳代はしきりに家の前の道を窺いながら、庭の落ち葉を竹箒で掃き集めた。

十時半近くになって、電話が鳴った。孝光からの連絡だろうかと慌てて家に飛び込み、受話器を上げると、聞き慣れない男性の声が耳に飛び込んできた。

『私、東西テレビのオオイと申しますけれども、瀬川孝光さんのお宅でしょうか』

「あ、ええ、はい」

『待ち合わせ場所に一向にお姿が見えないもので、お電話したんですけれどね。もうこちらには向かっていらっしゃいますかね』

今日がテレビ局との約束の日だったのだと気づいて青くなりながら、「主人は、あの、昨晩から出ておりまして……」としどろもどろに答える。

『ああ、そうでしたか。そちらからだと遠いですものね。じゃあホテルからの道で迷われてるだけで、じきにいらっしゃるのかな。もう少し待ってみます。お忙しいところ失礼しました、では』

佳代が呆然としている間に、男は早とちりして電話を切ってしまった。はっとして呼びかけたが、もう遅かった。夫は東京に前泊などしていない。十時なら始発の次のバスで行けば余裕で間に合うべな、と数日前に手帳に目を落としながら独りごちていたのを、佳代はそばで聞いていた。

ひとまずこれに賭けてみようと思う、とまで言っていた大切な打ち合わせをすっぽかして、どこへ。

いても立ってもいられずに、佳代は玄関へと走った。傘立てには、寄り添うように並ぶ紳士物と婦人物の傘の横に、椿《つばき》の枝で作った長い杖が差してあった。去年右脚を骨折してからというもの、孝光はいつもほんの少しだけ足を引きずるように歩き、山に入るときなどは手作りの杖を愛用するようになっていた。これが持ち出されていないということは、やはり孝光は集落のどこかにいるのだ。

道に飛び出し、家の一軒一軒を覗き込みながら早足で進む。気が急いているのに、すぐに動悸と息切れのする自分の身体が腹立たしかった。鬱蒼と茂る木に隠れた熊野神社や朽ち果てた古い洋館の脇を通り過ぎ、棚田のそばに出た。野焼き後の真っ黒い田んぼがひっそりと広がるばかりだった。孝光の姿がどこにも見えないのを確認し、急いで踵を返す。

舗装された中心街に出ると、『たばこ』の赤い幟が目に入った。売店前のベンチには誰の姿もない。色の薄くなった横断歩道を渡り、ちょうど目の前のバス停に並んでいた三名の主婦に、夫を見なかったかと勢い込んで尋ねた。彼女らは驚いたように顔を見合わせ、黙って首を横に振った。売店の店主やその奥さんの反応も同様だった。

小学生の遊んでいる校庭を横目に、今度は南へ向かった。農業を営む登くんの家は、村の外れに近い高台のそばにあった。裏の畑で、帽子を目深にかぶってゴボウ掘りをしている登くんを見つけた。「うちの人に会ってねえけ」と訊くと、「三日前には会いましたけど、どうしたんです?」と目を丸くされた。佳代は脈がいっそう速くなるのを感じながら身を翻した。昔、兵隊に取られていく孝光を見送った高台から、峠の入り口まで続く曲がり道をしばらく見下ろしてみた。村人の乗る鼠色の車が一台、佳代のそばをかすめるように通っていった以外は、木々のざわめく音だけが辺りを支配していた。

『あなたと明日へ』『未来へ繋ぐ支えあい』『事業のご繁栄を願って』——白々しい言葉を並べ立てた銀行の立て看板を横目に、胸を押さえながら道を引き返す。ふと思い立ち、雅枝夫婦の住む自分の実家へと走った。一年近く訪れていなかった思い出の家は、長く住むものでもないからと雅枝たちが手入れをおろそかにしているのか、さらに汚れ、古びたようだった。娘夫婦の車はなく、家の中にも人気《ひとけ》はない。

子どもの頃によく蛍狩りをした小川を渡り、土手の小石に足を取られそうになりながら、再び中心街の方向へと足を進めた。駐在所のお巡りさんを捕まえて孝光の居場所を尋ねてみたが、「私は見てませんがねぇ」と肩をすくめられた。

縋るような思いで、北山の手前にある平次郎さん宅を目指した。急な坂道を上った先にある赤い屋根の家の庭先では、小柄な奥さんが花に水をやっていた。困ったように首を左右に振る奥さんに一礼し、佳代はその場を後にした。

南に昇った太陽が、西のチー山へと徐々に近づいていった。孝光が帰宅しているのではないかという淡い期待は、自宅に戻るたびに裏切られた。佳代は空腹も忘れ、狭い村の中をあちこち駆け回った。北山の発電所のそばでは、小さな滝が絶えず水音を立てていた。昔は木の吊り橋だった頑丈なコンクリート・アーチ橋からは、西日に輝く渓谷を見下ろせた。チー山に少しだけ分け入ると、子どもの頃に駆けっこをして遊んだ記憶が押し寄せた。東のオー山を見上げると、山肌に立ち並ぶ裸木の間に、ダムの水位を示す巨大な紅白の看板が見えた。

あんなところまで水でいっぱいにするつもりだとよ、と孝光が喉から声を絞り出すように呟いていたのを思い出す。——絶対にさせねえ。俺たちに許可も取らずに、勝手に川や道路の工事を進めやがって。調査だけってのは嘘だったのかよ。既成事実にしようたって、そうは問屋が卸さねえぞ。何が瑞ノ瀬ダム本格始動だ。本体の着工は、死ぬ気で阻止するからな。

山裾をなぞるようにして歩き、県道に出る。夫の名を呼びながら歩いたが、鳥の声さえ聞こえず、どこからか重機の駆動音が響いてくるばかりだった。何台ものダンプカーが、勢いよく脇を通り過ぎていった。道端に車に轢《ひ》かれた鹿が横たわっているのを見て身震いし、逃げるように道を駆け戻った。

工事用の車両とすれ違うたびに、フロントガラス越しに運転手を睨みつけた。木々の間の細道を進んで集落に入り、重い身体を引きずるようにして自宅に帰る。辺りにはすでに、夜の気配が忍び寄っていた。玄関の戸を開けると、寒々しく薄暗い廊下が佳代を出迎えた。

ぼんやりとした頭で、椿の杖を傘立てから取り出した。孝光が自ら庭先の木の枝を切り、丹念にナイフで節を削《そ》ぎ落として完成させたものだ。それを握りしめたまま居間に向かい、こたつに入って電話を待った。村にも姿が見えず、車も置いたままとなると、バスに乗ってどこかへ行ったとしか考えられない。だったらさすがにそろそろ、公衆電話を見つけて連絡を入れてくれるはずだ。でもテレビ局の人は、孝光が待ち合わせ場所に現れないと言っていた――。

頭の中が混沌《こんとん》とする。電話は一向に鳴らない。朝から水も飲んでいなかったことを思い出し、よろめきながら立ち上がった。足先がひどく冷えていて、こたつの電源を入れ忘れていたのだと気づく。

台所の流しに近づいたとき、何か異質なものが視界の端をかすめた。

冷蔵庫の扉に、全共連のロゴが入った白いメモ用紙が磁石で留められていた。鉛筆で殴り書きされた文字を読んだ瞬間、目の前が真っ暗になる。

『ダム計画は止められない。失望したので村を出る　孝光』

まさか、そんなはずは。

取り落とした杖が床に転がり、佳代の鼓膜を震わせた。

＊

「ですからね、連日来ていただいても、我々としては何もしようがないんですよ。未成年のお子さんだとか、痴呆の進んだご老人だとか、あとは成人男性であっても、登山や海水浴に行ったきり帰ってこない、遺書が残されている、というようなことであれば話は別なんですけどもね。ご主人は、一般家出人、という扱いになりますから。ご自宅にちゃんと書き置きがあったんでしょう？」

警察署の窓口で、濃紺の背広姿の中年警察官が、迷惑そうな顔を向けてくる。佳代はさっきから、口下手ながらに事情を説明して食い下がり続けていた。

「だけんど、殴り書きです。どうも主人の字ではないように思うんです。台所《でえどこ》には朝、出入りしました。主人がじきに帰《けえ》ってくると思って、朝食も作りました。あんなものが冷蔵庫に貼ってあれば、そのときに気づかねえとおかしいです」

「奥さんが家を空けている間に誰かが家に忍び込んで、偽のメモを貼ったと？　ですがね、家の鍵はかけてたんでしょう」

「いいえ、開いてました。瑞ノ瀬では誰も、玄関に鍵をかけたりはしませんから」

田舎の風習ってやつかねぇ、と四十代ほどの警察官は顔をしかめて呟いた。こちらを馬鹿にしたような響きに怒りが込み上げてきたが、孝光のためを思ってぐっとこらえる。

「時計が……時計が、家になかったんです」

「はい？」

「結婚三十周年の記念に贈った、腕時計です。出かけるとき、あれを主人はつけていったみたいなんです。ダムのことで誰かと闘うときにだけ、必ずつけていく時計です。私にはなんにも言わなかったけんど、一昨日の夜、主人はきっと――」

「ダム工事の関係者に会っていたと？　まあ、奥さんがそうお考えになるのは自由ですがね、それならなおさら、ご主人をそっとしておいてあげたほうがいいんじゃないですか。交渉が上手くいかず、いよいよ絶望した。それで書き置きを残して家を出た、ということかもしれませんよ」

「でも、そんなことは、私に一言も……」

「奥さんには面と向かって言いにくいから、手紙にしたんでしょう。瑞ノ瀬ダム反対運動のリーダーだったそうじゃないですか、ご主人は。新聞の報道だとそろそろ決着しそうって話ですし、この状況で気落ちしたり、やけになったりするのも分かりますよ。僕は赴任してきたばかりなのでよく知りませんが、ご主人はこのへんでは有名な方なんでしょう？　捜索願はすでに受理しましたし、あとはバス会社にも一応問い合わせておきますからね、どこかで見つかればすぐに奥さんに連絡がいきますよ。ご本人にも、早くご自宅に帰るよう促しますから」

警察官はさっきから、しきりに後方の事務机に目をやっている。早いところ佳代を追い払って、山積みの業務を片付けたいのだという気持ちが透けて見えた。

確か昨日、捜索願を受け付けた別の若い警察官にも、似たようなことを言われた。全国に家出人は何万人もいますからね。緊急性が高いほうから順に捜査するしかないんです。腕時計は、単に貴重品だから家出の際に持って出ただけじゃないですか？　僕だったら絶対、そうしますけどね。

公務員というのはみんなこうなのか、と絶望感がわいてくる。住民そっちのけでダム計画を打ち出した建設省のお役人たち。強制調査の開始日に、集まった記者の目を盗んで登くんの尻を蹴飛ばした機動隊員。あの手この手で土地を奪おうとしてくる工事事務所の屈強な職員。孝光の失踪をこちらの被害妄想だと決めつけてろくに話を聞こうとしない背広姿の警察官。誰も彼も、佳代の気持ちなど一つも考えていない。上の人間から命じられた業務を、組織に歯向かうことなく、いかに面倒事を避けてこなすかということだけを日々気にして生きているから、やがて心が麻痺《まひ》してしまうのだ。国の意向を住民に伝達するばかりの村役場の連中もそう。巨大な権力に尻尾を振り、おかしな決定に唯々諾々と従って、いつでも波風を立てまいとしている。

孝光が、自分の意思で村を出ていったはずはない。

誰に何と言われようと、それだけは確かだった。家を追い出されたとしても瑞ノ瀬に住み続けよう、小屋でもテントでも建てて夫婦二人で暮らしていこうと熱く誓い合ったのは、たった一週間前のことだ。テレビの取材だってまさにこれからだった。弁護士の先生と訴訟についての相談もしていた。失望などという言葉とは無縁だった。孝光は確実に、明るい未来を見据えていた。

だが、それを示す証拠が何もない。今後の予定や関係者の連絡先が書いてあったはずの手帳は、孝光とともに消えてしまった。あの腕時計をつけるのはダムの勢力に対抗しようとするときだけだと知っているのも、妻である佳代一人だけだ。

テレビ局の人からの連絡は、その後なかった。孝光が初回の顔合わせをすっぽかしたことに腹を立て、取材の話を白紙に戻したのだとしても何ら不思議ではなかった。せめて担当者の部署名を控えていれば、苗字だけでも覚えていればと悔やんでも、後の祭りだった。

無言の圧力に負け、佳代は仕方なく席を立った。「ご主人も大の大人ですからね、ほとぼりが冷めたら帰ってくるでしょうよ」と警察官が取ってつけたように言うのを後ろで聞きつつ、二階の窓口を後にする。

警察署の目の前は、片道三車線の広い国道だった。乗用車やトラックがごうごうと音を立て、排気ガスを巻き上げながら走っている。昔は駅から少し離れると田園風景が広がっていたふもとの町は、すっかりビルだらけになってしまった。灰色の町の片隅を、身を縮めるようにして歩き、駅前から瑞ノ瀬行きのバスに乗る。

途中で降りていくふもとの町の住民を眺めながら、佳代は誰にも聞こえないように、口の中で小さく繰り返し続けた。

どうして。どうして。

昨日、孝光を捜し回っているときも、数えきれないほど口にした言葉だった。

考えたくもないようなことが、孝光の身に起きたのか。それとも、無事でどこかにいるのか。どちらにしてもなぜ、連絡もなしに突然いなくなってしまったのか。

悪意を持った人物に狙われ、犯罪に巻き込まれたのか。もしくは話し合いが暴力沙汰に発展するだとか、何かの弾みで事故やトラブルが起き、それを誰かが都合よく隠蔽したのか。そうでなければ巧みに騙されて、村の外へ追いやられたのか。分からない。だが少なくとも、孝光が用意したはずもない偽の書き置きが家に残されていた時点で、何者かの作為が働いたのは間違いなかった。

いったい誰が、そんなことをしたのだ。

国か。ダム工事を手掛ける建設会社か。いや、組織全体の意思というよりは、権力の下で追い詰められた個人が暴走したのか。目の上の瘤だった孝光を、自らの利益のために、無理やり動かそうとしたのか。金で。暴力で。庭で声を張り上げ続ける担当職員、座り込みをする自分たちに呆れたような一瞥をくれる作業員、県道沿いで見かけた危険な臭いのする若者たち、押しの強い不動産業者、追い払ってもしつこくやってくる銀行員、見るからに怪しい宝石のセールスマン——。

ダムの利権に絡んでいる人間は自分たちの想像よりはるかに大勢いる、という孝光の言葉が耳に蘇る。ダムが佳代らの敵ならば、佳代らは国の敵だ。いざというときに反乱分子を鎮圧する側である警察が、運動員が一人失踪したとて親身になってくれるはずがない。ましてや、その原因をダムに求めるなんて。

孝光はきっとそれを分かっていて、佳代の毎日の買い物にも同行し、ひとときもそばを離れずにいてくれた。それなのに自分は、どうして夫のそばについていてやらなかったのだろう。

バスの中でも、嗚咽が止められなかった。乗客の視線を断ち切ろうと、排気ガスの煤で曇っている窓に顔を押しつけると、ガラスに触れた鼻が冷たくなった。葉を落とした木々の間を、バスは右へ左へ曲がりながら、のろい速度で上っていく。

終点のバス停で降り、一目散に自宅へ向かった。相変わらず、敷地内に人の気配はなかった。肩を落としながら家に入ると、すぐに三代から電話があった。今日も警察署に行ってくると朝に伝えてあったため、結果が気になって何度もかけてきていたようだった。

警察署での顛末《てんまつ》を手短に伝え、電話を切った。峠谷の土地の一件以来、三代夫婦とは少し気まずくなっていた。

外は陽が翳っているようだった。薄暗い居間に、一人でぼんやりと座り込む。視界の端に、何か動くものが映った。慌てて窓に視線を向けると、誰かが庭に入ってくるのが見えた。

孝光か、と一瞬でも思ってしまった佳代の心は、人影の正体が別人だと分かった途端に深く沈んだ。しかし、来訪者が登くんだと気づき、幾分胸が軽くなる。

窓に駆け寄り、ガラス越しに手招きをした。登くんは佳代に向かって小さく会釈をし、いつものように「お邪魔します」と声をかけながら家の中に入ってきた。慣れた様子で座布団に腰を下ろす彼と、ちゃぶ台を挟んで向かい合う。

「孝光さん……見つからないんですね」

「そうなのよ。ゆんべ電話でちらっと話したけんど、メモの字があの人のものとは思えなくて。それなのに警察が取り合ってくれねえのよ。昨日からずっと考《かんげ》えてただけんど、国だか建設会社だか、ダムの計画を進めたくてたまらない人たちが、反対運動のリーダーをとりあえずどっかに追いやろうとしたに違《ちげ》えねえべ。テレビだ！　テレビなんかに出て世の中を味方につけられたら、いよいよまずいと思って……ああそうよ！　うちの人がいなくなったの、テレビ局との打ち合わせの前の晩だったのよ。それを邪魔しようとしただ、犯人は」

登くんは、今や反対同盟に残った唯一の仲間だった。夫の年若き盟友を前に、昨日から抑えつけていた思いが、閃きによる興奮とともに、滝のようにあふれ出してしまう。

「一年前にも、あの人が脚を骨折したことがあったべ。切株が根元から外れて斜面を転がり落ちたって話だったけんど、今思えばよ、あれも同じだ、新聞取材を受ける間際の事故だったでねえか！　ってことは誰かがわざと変な細工をして、孝光を怪我させただ。今回もまた、同じようなことをされただべ。登くん、あんた、テレビ局の人の連絡先は聞いてねえけ？　弁護士の先生は？　事情を話せば、うちの人を捜すのに協力してくれるかも——」

「落ち着いてください、佳代さん」登くんが困ったように言った。「申し訳ないですけど、僕は何も知りませんよ。孝光さんはいつも一人で物事を進めてしまうきらいがありましたから。警察には相談したんですよね？　それでダメなら、僕らにできることはないと思います」

きっぱりとした口調に、違和感を覚える。

見ると、登くんは妙に冷めた目で窓の外を眺めていた。佳代に向かって話しかけているというのに、まったく目も合わそうとせずに。

「それにしても……テレビの取材だなんて、本当だったんですかね？　反対同盟がこんなに弱体化してるのに、今さら変じゃないですか。やり場のなくなった僕らの気持ちを今一度盛り上げるため、孝光さんが苦し紛れに嘘をついたんじゃないかなって、僕、そう考えてたんですけど――」

まるで何かの言い訳をするかのように、登くんは早口で喋り続けた。

耳の中で砂嵐のような雑音が鳴り響き始める。それが大きくなり、登くんの声をすっかり掻き消してしまう。彼のピンク色の唇は滑らかに動き続けている。ここにいない孝光を貶《おとし》め、その不在を正当化するために。

登くんは家族同然の立場でこの家に出入りしていたな、と回らない頭で考えた。

佳代が孝光を捜して村中を駆け回っていた昨日の昼間、表の戸に鍵はかけていなかった。偽の書き置きを残していくのは、誰にだってできた。だけど、うちでよく使っていた全共連のロゴ入りのメモ帳の収納場所を知っていたのは。鉛筆立てにはボールペンやサインペンも入っていたというのに、孝光が普段から愛用していた鉛筆を迷いなく選べたのは。孝光の文字の癖を把握していたのは。テレビの取材や訴訟準備の情報を、いち早く仕入れることができたのは。

敵は国でも建設会社でも、銀行でも不動産会社でもなく、補償金を待ち望む瑞ノ瀬の住人だったかもしれないと気づいた瞬間、氷で背中を撫でられたかのような寒気を覚えた。

どうして寝返ったのか、と登くんに問いたい。答えは聞きたくない。ただ想像はつく。大半の村人が、この十四年間で、同じように心を奪われていったのだから。

金は容易に焼き尽くす。郷土愛も、友情も、人の良心さえも。

反対同盟を去っていった仲間たちの顔が、走馬灯のようにまぶたの裏に浮かんだ。雅枝も、茂則も、平次郎さんも、三代も、そして登くんも、みんな目を伏せて去っていく。手ひどい裏切り方をされるのはもうたくさんだ。だがすでに、佳代の周りに味方は一人もいない。

孝光だけだった、と改めて思う。一千人の住民の中で、ダム計画をひっくり返せる可能性をその手に秘めていたのは。去年、病室に現れた大手新聞社の記者が言ってくれた。孝光の言葉には惹かれるものがある、と。小さなプラカードや短い記事の片隅に無理やり押し込めてしまうのはもったいない、と。

その言葉ごと、誰かが孝光を奪っていった。

反対派への妨害工作なのだとしたらやりすぎだ。でもこれこそが、国の、権力の、金に踊らされた愚かな人間の、真の姿なのかもしれない。世の中は前に進んでいるはずなのに、ここには未だ残ってしまっているのだ。戦後の高度経済成長時代の忌まわしき遺物が、中途半端なダム計画とともに、そっくりそのまま。

戦争にも負けなかった瑞ノ瀬を——南方の前線の死闘を潜《くぐ》り抜けて帰還してきた孝光を、なぜ今さら、ダムなんかに奪われなくてはならないのか。

いつの間にか、ちゃぶ台の上に一枚の書類が置かれていた。

登くんの姿は、もうどこにもなかった。代わりに、向かいに座る工事事務所の担当職員が、大柄な身体に到底似合わない猫なで声を出しながら、書類の右上を太い指で指し示していた。

「——書いておきましたからね。いいですね。ここに奥様がハンコを捺せば完了ですよ。よろしければお手伝いしましょうか？　ええとハンコは、こちらのもので大丈夫ですかね——」

夕日の差し込む寒々しい居間で、佳代は耳鳴りと吐き気をこらえながら、じっとその場に座り続けた。目の前で何が行われているかはかろうじて理解しているのに、指一本、動かす気力がわかない。

赤い印影のついた承諾書を回収した職員は、幼子のような笑みを見せながら部屋を出ていった。登くんはきっと、正月に酒を酌み交わすのだろう、とぼんやり想像する。しばらく疎遠になっていた家族や親戚と。手土産を持って新年の挨拶にやってくる工事事務所の所長や職員たちと。

そうして、彼は受け入れられていく。孝光と佳代がすべてを懸けて守ろうとした、瑞ノ瀬の村に。

＊

朝から激しい雨が降り、校庭に張られた大型テントの屋根を叩いていた。

一面に並べられた長机を囲むようにして、背広を着込んだ大勢の男たちが所狭しと着席している光景は、真夏の山村におよそ似つかわしくなかった。周囲を覆うように紅白幕が吊り下げられているのは、ダム関係者の意向だろうか。テントの隅に立っている佳代にしてみれば、ちょうどいい雨除《よ》けにはなっているけれど、赤という色はやはり、今日の式典に馴染まないように思えた。

壇上では、今年初当選したばかりの県知事が、情感のこもった口調で喋っている。

「我々は今日、ついに、一つの大きな山を越えました。住民の皆様が、ふるさとを失うという深い悲しみを乗り越えて、瑞ノ瀬ダムの建設を受け入れてくださったこと、六百万の全県民を代表し、私から改めて感謝申し上げます。皆様の温かいお心が生み出した、この素晴らしい、何物にも代えがたい宝物は、百年後も二百年後も、県民の生活や安全を支え、また県を代表する観光地の一つとして愛されていくものとなるでしょう。本日は私、補償調印の立会人として――」

目の前の長机には、『一般水没住民』と書かれた席札が置かれていた。普段着姿のよく見知った村人たちが、誰も彼も浮かない顔で、知事の演説に耳を傾けている。背中を丸め、膝に視線を落とす者。パイプ椅子の背に寄りかかり、テントの屋根から雨水が滴る様子をぼんやり眺める者。中には、ハンカチでしきりに目元を拭っている婦人らもいた。そこへ白いワイシャツの袖をまくった新聞記者がカメラを手に近づいてきて、無遠慮にシャッター音を立てる。

補償基準の調印式という節目の場に、かつて孝光とともに反対運動に身を投じた平次郎さんらの姿は見当たらなかった。ここに集まっている三百名ほどの住民は、村役場主導のダム連絡委員会や、源治さん率いるダム対策協議会に所属する、終始表立った抵抗をすることなくダム計画を受け入れた人ばかりだ。それなのになぜ彼らが、「俺らの心ん中みてぇな天気だな」と今日の大雨に憂いの目を向け、「私たち、瑞ノ瀬を離れて上手くやっていけるのかしらね」と真っ先に涙を流すのだろう。

佳代は紅白幕の端に手をかけ、傘を差して外に出た。ダム工事事務所長の仰々しい挨拶の途中にテントに入り、次に喋り始めた新知事の話に三分ほど耳を傾けただけなのに、まるで学校の卒業式のような、安い感傷に満ちた空気にすでにむせ返りそうになっていた。

来るんじゃなかった、と後悔する。瑞ノ瀬の一員として、村の運命が決定づけられてしまう瞬間を少しでも見届けねば、などという気を起こしたのが間違いだった。

真に村を想う人間は、あのテントの中に一人もいない。今日の天気のように気分が晴れないだとか、瑞ノ瀬を出るのが不安だとか、そんなことを後になって言い出すくらいなら、初めから声を上げてともに闘ってくれればよかったのだ。孝光と佳代の二人では打ち倒せなかった巨大な権力も、一千人が束になれば、その勢いを弱らせるくらいはできたかもしれないのに。

それ以上は、考える気力もわいてこなかった。孝光がいなくなった九か月前のあの日から、佳代の身体の内側は空洞のようになっていた。印鑑も通帳も峠谷に住む三代に預け、家を訪ねてくるお役人はすべて妹のところへ追いやった。財産調べにも一切立ち会わず、逃げ回るように農作業に出た。補償の額などどうでもよかった。常に田や家の仕事をしていないと、ふと気が抜けた瞬間に地面にへたり込み、一歩も動けなくなってしまいそうだった。

あれから毎日、佳代は四方の裏山を見上げ、両手を合わせて山の神様に祈った。

孝光を返してください、せめて無事を報せてください——と。

祈りは未だ通じない。南風に乗って春が到来し、山が濃い緑に染まって輝きだす夏になっても、孝光の安否は分からなかった。十三年もの間、自分たち夫婦とともにあった反対同盟は、もはや跡形もなくなっていた。一人で活動を続けようにも、物心ついた頃からいつも隣にいた、大きすぎる心の支えを失くした佳代に、大河の真ん中に立ちはだかって水の流れを堰《せ》き止めようとする力はもう残っていない。

強風に傘を煽《あお》られながら、校門を目指す。視界の端には、突風が吹いたら今にも壊れてしまいそうな、朽ちかけた木造の校舎が映っていた。

小学校の六年間、孝光とともに、この学び舎に通った。大切にしろと教えられていた記念樹に二人して休み時間に登り、一緒に廊下に立たされたこともあった。峠越えの遠足から帰ってきた日には、校庭に大の字に寝転び、太陽の光を浴びた。戦時中にはこの校庭で、出征していく孝光の壮行会が行われた。子どもの頃も、大人になってからも、村人総出で行う秋の運動会が毎年の稲刈り後の楽しみだった。雅枝が入学してからは、授業参観や父兄の集まりに、毎回夫婦で足を運んだ。

村を歩けば、見える景色の一つ一つに、佳代の過去が積み重なっている。その過去が、そう遠くないうちに、ダム湖の底に沈む。

何がいけなかったのだろう、とたびたび考えた。

自分が生まれ育った土地を愛するということは、これほどに罪深いものだったのだろうか。後ろ指を差され、脅迫的な言葉で追い詰められ、娘との仲を引き裂かれ、長年連れ添った夫まで奪われてしまうほどに。

身体の中の空洞が、また広がった。大雨の中を早足で進み、がらんとした自宅に帰る。蒸された重苦しい空気が、家の中にまで侵入していた。自分が持ち込んだ泥で三和土《たたき》が汚れたのが気になり、雑巾を絞ってきて玄関の掃除を始める。悪天候で田の仕事ができない日はもどかしかった。常に手を動かし、働いていたい。孝光の不在を、自分が孤独であることを、できるだけ意識せずにいるために。

無心で掃除をしていると、しばらくして、外から足音が聞こえることに気がついた。雨の音で掻き消され、気配はわずかしか感じ取れないが、どうやら佳代が在宅かどうかを確かめるため、家の周りを歩き回っているようだ。

誰だろうと首を捻り、雑巾を持ったまま居間に向かった。すると窓ガラス越しに、白いスーツ姿の雅枝と目が合った。

驚いて見つめあったのち、入るなら玄関に回れと、顎を突き出して合図する。

娘が訪ねてくるのは昨年末以来のことだった。村人の噂で孝光の失踪を知ったらしい彼女が、慌てた様子で話を聞きにやってきたのを、「私だって何が起こったのか分かんねえよ」とろくに説明もせずに追い返したのだ。

孝光が姿を消したあの日以来、佳代の心は、泥が詰まった貝のように閉じていた。警察も村人も、実の妹や娘でさえも、もう誰も信じようという気になれなかった。ダムのことも、仕事や家族のことも、佳代が真に心の内をさらけ出せる相手は、もとより孝光しかいない。それに、長いあいだ口もきいていなかった娘に、孝光がいなくなった事件のあらましを簡潔に語れるほど佳代は話《はな》し上手《じょうず》でなかったし、一昨年の年末に発覚した娘夫婦の裏切りを即座に許すほど寛大な心の持ち主でもなかった。

玄関から入ってきた雅枝は、「うちにあったクッキー。もらい物で悪いんだけど」と手に提げている紙袋をちゃぶ台に置くなり、佳代との間に漂う気まずさを蹴散らそうとするかのように、いきなり早口で喋り始めた。

「お母さんさ、調印式、行ってたんだね。さっき家の前で哲男さんとばったり会って、そのこと聞いてびっくりしちゃった。ちょっと反省したのよ、大事なイベントなんだから私も行けばよかったって。せっかく午前中は休みを取ってたのに、雨で気が向かなくなって結局ずっと家にいるなんて、いったい何をやってるんだかね」

雅枝はぎこちない愛想笑いを浮かべていた。「最後まで反対してたお母さんのほうがきちんとけじめをつけてるんだから、まったく恥ずかしい限りよね」という娘の言葉を聞き、式典に顔を出した意図を誤解されていると気づく。

「三代叔母さんに聞いたけど、契約のことは全部あちらにお任せしてるんですって？　もし迷惑でなければ、今後は私も手伝うから、いろいろと声かけてよね。あ、そうそう、集団移転地の現地見学、このあいだ行ってきたんだけど、車さえあればけっこう住みやすそうなところだったわよ。一応歩いていける範囲にスーパーもあるし、移転地内に新しく公園も造るみたいだし。でね、せっかく引っ越すなら、隣同士の区画を買えるよう希望してみない？　と思って。お父さんがいなくなっちゃって、お母さんも一人じゃ老後の生活に不安が出てくるだろうし、あとは私たちに子どもが生まれたときに、ちょっと面倒見てもらえたりしたらこちらとしては助かるし――」

途中で口を挟ませまいとするかのように、雅枝は立て板に水の調子で喋った。

きっと雅枝のほうでも、母親との心の通わせ方を忘れてしまったのだろう。佳代が今日の調印式に参加していたと人伝《ひとづて》に聞いたことで、頑固だった母親がようやく態度を改めて自分たちと同じダム建設賛成の立場に鞍替《くらが》えしたのだと早とちりし、この二年近くの間に開いてしまった距離を強引に縮めようとしているのだ。おそらくは、一人娘としての義務感や、夫に出ていかれた佳代への同情心が、雅枝を性急な和解へと駆り立てている。

「うちは洋風の家にしようと思うんだけど、お母さんはやっぱり、こたつとか置きたいわよね？とすると――」

「引っ越すなんて言ってねえべ」

佳代が無理やり言葉を遮ると、雅枝は狐《きつね》につままれたような顔をした。

「え？　でも個別補償の交渉は、三代叔母さんが代理で進めてるんでしょう」

「交渉だとか、契約だとか、そういうのは三代に全部頼んだよ。だけどよ、私はね、ここを出ていく気はまったくねえだ」

「何それ、あべこべじゃない。契約するってことは、瑞ノ瀬から引っ越すってことよ。そのためにお金をもらうんじゃないの」

「いったん交渉に応じるのは、村を出ていこうとしてるみんなの足をこれ以上引っ張んねえためだ。お父さんだって、それで煙《けむ》たがられて、あんなことになっただべ。だから契約はするけんど、国から受け取った金は使わねえ。返せと言われればいつでも返す。だったら、私がどこに住んだって文句を言われる筋合いはねえべ。みんなは予定どおり移転できるし、ダムの工事も進む。ほらよ、誰にも迷惑はかけてねえ」

「ちょっと意味が分からないわよ、お母さん。もう反対運動はしないんじゃなかったの？」

「しねえよ。私がここに残るだけだ」

「ああ……頭が痛くなってきたわ」

雅枝がこめかみを押さえ、大げさにしかめ面をした。

「あのねぇ。お母さんは、法律ってものをちゃんと理解してる？」

「知るわけねえべ。小学校しか出てねえんだもの」

「じゃあ教えてあげる。契約はしたけど出ていかない、なんて理屈はどこにも通用しない。補償金に換えた家は、自分の手で壊して焼却しなきゃいけないの。じゃないと訴えられるわよ」

「別に訴えられてもいい。家を壊さなきゃなんねえなら、新しく小屋を建ててでも、テントを張ってでもここに居座るだけだ。何にせよ、私が自分の足で瑞ノ瀬を出ていくことはねえ」

「大人げないこと言わないでよ。そんなこと、現実的に考えて無理に決まってるでしょう」

雅枝が小鼻を膨らませ、こちらを睨みつけてきた。それまでは親が子どもに言い聞かせるかのような口調で喋っていたのが、急に、親を責め立てる子どものものへと変わる。

「お母さんはいつも自分勝手なのよ。村の人たちはもうとっくにダムを受け入れてるのに、なんで頑なに突っぱね続けるの？　必要があるから建てようって話なのに、いつまでもダムを悪者扱いしてるのも、本当馬鹿みたい。台風や大雨のたびに川の氾濫を恐れる町の人の気持ち、一度くらい考えたことないわけ？」

「国の――建設省の手先みたいなことを言うな！」

「その考え方が独りよがりだって言ってるんじゃない。私はただ、集団移転先で一緒に生きていこうって言ってるだけなのに、なんでこんなひどいことを言われなきゃならないのよ」

「だから町にゃ行かねえ。ほっといてけえろ」

「町が嫌なら、どこかの山に土地を買ったら？」

「そういう問題でねえだ」

娘と言い争う己の声を聞きながら、佳代は一方で、自分の不器用さに呆れ果てていた。

素直に言ってしまえばいいのだ。孝光をここで待ちたいのだと。愛する夫がいつか戻ってきたときに、この瑞ノ瀬の地で迎えてやりたいのだと。戦争の翌年の、あのうららかな春の日のように、この場所にいれば、また会えるような気がしているのだと。

孝光がいなくなる一週間前の晩、佳代は孝光と甘い約束を交わした。その会話の内容を打ち明ければ、孝光の失踪がただの家出ではないことも、瑞ノ瀬に残るという佳代の決意が固いものであることも、雅枝だって少しは理解してくれるはずだった。

それなのに、いざ娘を前にすると、ちっとも言葉が出てこなくなるのはなぜだろう。妻の顔と母親の顔は違うからか。少女時代のくすぐったい感情が、今も連綿と続いているからか。

「瑞ノ瀬の何がそんなに大事なわけ？　空気と水が綺麗なところ？　四季が感じられるところ？　そんなところ、日本中どこにだってあるわよ。何の特徴もないただの山なんだから」

やり直しの台詞を脳内に探したのも束の間、不意に娘に浴びせられた棘のある言葉に触発されるようにして、佳代の喉から怒鳴り声が迸った。

「出ていけ！　ご先祖様も、親も敬えねえなら！」

目に涙を浮かべた雅枝が、憤然と居間を飛び出していく。

玄関の戸が激しく開閉する音がした。窓の向こうに現れた鮮やかな花柄の傘が、みるみるうちに遠ざかっていく。

ガラスを伝う透明な雨粒を、佳代は長いこと、じっと見つめていた。

＊

子どもの頃から、煙の匂いは嫌いではなかった。稲刈り後の野焼きも、落ち葉焚きも、かつて男たちが山にこもって励んだ炭焼きも、そこで立ち上る煙はいつだって、巡る季節をかたどる印の一つだった。秋が過ぎれば冬が来る。冬が明ければ春が訪れる。自然とともに暮らす人間の、当たり前の営み。

だから、全身に染みついた煙の匂いを、これほど憎む日がやってこようとは、思ってもみなかった。

家の周りは、すっかり見晴らしがよくなっていた。あちこちで家が焼けている。幾筋もの黒い煙が立ち上り、山に覆いかぶさる曇天と混じり合っていく。

四十年遅れて、瑞ノ瀬にも焼夷弾《しょういだん》が降ったかのようだった。同じ焼け野原でも、あの戦争と大きく違うのは、村人が手に火かき棒を持ち、壊した家の残骸を自ら焼いていることだ。

ガン、ガン、と大きな音が辺りに木霊している。その音に吸い寄せられるようにして家の前の緩い坂道を下っていくと、隣の山中さんの長男が、つい二週間前まで庭だった場所に立ち、石垣に向かって斧《おの》を振り上げていた。

渾身《こんしん》の力で何度も叩く。繋ぎ目から石が崩れ、地面に転がる。

今日は霜が下りるほどの寒さだというのに、ふもとの町で小学校教員をしているという三十代半ばの長男は、額に汗をにじませていた。そばに停まっている軽トラックの荷台には、いざ焼こうとして思いとどまったらしい家財道具がいくつか積まれている。その後ろには剝き出しになったコンクリートの基礎があり、黒く燻《くすぶ》っている柱や細かい木片が、そばに汚らしく散らばっていた。

「ああ……こんにちは」

道端に立ち尽くす佳代に気がついた彼が、斧を振り下ろす手を止め、声をかけてくる。

「うるさくてすみません。本当は、石垣まで壊す必要はないらしいんですけどね。立つ鳥跡を濁さずというか、なんとなく、そうしたほうがいいような気がして」

「親御さんは？」

「移転地の家にいます。もう高齢なので、車で毎日ここに通うのは骨が折れますし、家が壊れるのは胸が痛むから見たくないそうで。もう二日も焼いているんですけどね、いかんせん量が多くて、なかなか終わりませんね」

努めてそうしているのか、それとも本当に何とも思っていないのか、彼はごく軽い口調で言った。石垣のそばの地面に立派な茶簞笥が横倒しにしてあるのが見え、「それは大事なもんでねえのけ」と思わず問いかける。

「いいんです、さすがにもう古いので。移転先の家に、全部は持っていけませんからね。補償金で、家具もほとんど新調しましたし」

「だけんども……」

「瀬川さんも急いだほうがいいですよ。雪でも降ったら、作業が難航しますから。よかったら僕、手伝いましょうか」

二年前に代理人の三代を通じて補償契約に応じてからは、反対運動を展開していた頃のように村八分にされることはなくなっていた。娘の雅枝もそうだが、独りぼっちになった老女には、誰しもが憐憫《れんびん》の目を向けるのだ。

佳代は黙って首を横に振り、彼の気さくな申し出を断った。

「去年骨董屋《こっとうや》が回ってきたときに、これも売りに出してしまえばよかったな。母がいつまでも迷ってたもんで、あのときはまだ決断できなかったんです。燃やしておけって母は簡単に言いますけど、休日をつぶして火の番をするこっちの身にもなってほしいもんですよ」

滑らかな愚痴をそれ以上聞いていられず、佳代は挨拶もそこそこに、山中さん宅の焼け跡を離れた。

背後でまた、斧を石垣に叩きつける激しい音が鳴り響き始める。

小学校の校庭で調印式が行われた日から二年半が経ち、今も瑞ノ瀬に住んでいるのは残り二戸だけになっていた。佳代と、村唯一の旅館を営む房江さんだ。戦時中の休業を挟み、屋根や壁の修繕を繰り返しながら今まで営業を続けてきた落合荘は、ダム工事関係者の宿舎として使われたのち、数年後にその役目を終えることになっていた。

他の住民は、先月までに全員引っ越していってしまった。七百人はふもとの町の集団移転地に、二百人は親類などを頼って県外などの遠方に、百人は将来的にダム湖のほとりになる村内の高台に。今も瑞ノ瀬に人の出入りが多くあるのは、契約で義務づけられている家の解体と焼却をするためだった。築百年以上の古民家も、ダム計画が発表される直前に新築したばかりだった現代風の家も、瑞ノ瀬の子どもたちを長く見守ってきた小中学校の校舎も、頑丈な土台だけを残して、跡形もなく焼き払われていった。

小中学校と熊野神社は、水のかからない高台に移転した。百六十人いた児童は、小中合わせてたったの二十五人に減ったという。瑞ノ瀬霊園という名の墓地も造られ、チー山の斜面に立ち並んでいた墓石が次々と運ばれていった。両親や千代の眠る墓を、従兄が勝手に掘り返したと知ったときには、佳代は怒りのあまり相手の家に乗り込んだ。だが「お前《めえ》は他家に嫁いだ身だろ」と言われては、満足に反論することもできなかった。

集団移転地への引っ越しが徐々に始まったのは、調印式から四か月が経った昭和五十九年の年末のことだった。

登くん一家が、真っ先に村を出ていった。家の前に集まった数十名の村人を前に、父親が朗々と挨拶を述べる間、登くんは終始端のほうで顔を俯けていた。佳代がじっと見ていることに気づいていたからかもしれない。

曲がり道を下っていく引っ越しトラックと銀色の乗用車を最後まで見送ることなく、佳代は列を離れ、自宅への道を急いだ。登くんの父親が誇らしげに放った、「町の人のために、私たち家族は喜んで村を出ます」という言葉が、頭の片隅に引っかかっていた。過去の光景がまぶたの裏に浮かぶ。本当は行きたくなどなかったのに、応援の軍歌に鼓舞され、気丈な顔をして峠の入り口へと歩き出す孝光。では元気で行きます。御国の為、頑張ってまいります――。

ふもとの町の移転地に新築の家が建つにつれ、瑞ノ瀬から人は減っていった。学校の記念樹や熊野神社の大杉はすべて伐採され、トラックで運ばれていった。吊り橋のかかっていた河原にはダンプカーが轟音《ごうおん》を立てて出入りし、山じゅうにトンネルの大穴が掘られ、頭上に恐ろしい速さで付け替え道路が造られていった。

カメラやスケッチブックを携えて村を歩くよそ者の姿も多く見かけるようになった。ダムに沈む村。物珍しいのだろう。何百年かけてゆっくりと変化してきた山々の形も、壊れるときは一瞬だ。

空き家に残した民具や骨董がいつの間にか盗まれる。反対に空き缶や粗大ゴミを置いていかれる。だって、どうせ沈むのだから。

そんな瑞ノ瀬で、佳代は今でも、自家用の小さな畑を耕し、種を植え、次の収穫に備えている。地面に目を落としながら、坂道を上った。ここのところ、山を見上げるのがつらかった。木々がなくなり、山肌が削られ、赤土が痛々しく飛び出している。丸裸にされた斜面に、やがてコンクリートが流し込まれ、高さ百五十メートルの巨壁が出来上がる。

言葉では教えられていたことが、徐々に現実になり始めていた。ダムの着工はまだでも、そのための準備はとっくに始まっている。嫌だと泣き叫んだところで、佳代が愛した瑞ノ瀬の景色は二度と戻ってこない。

後ろで、短いクラクションの音が聞こえた。

驚いて振り向くと、白い乗用車の運転席の窓から雅枝が顔を出し、怒ったように手を振っていた。エンジン音に気がつかなかったのは、最近耳が遠くなり始めているせいだろう。人の声は聞き取れても、低い音は耳鳴りに紛れてしまうことが多い。

助手席には三代が乗っていた。ドアが開き、黒いコート姿の妹が道に降り立つ。『瀬川』の表札の前に立ち、そのままの形で残っている母屋と離れを何か言いたげに見やってから、彼女はゆっくりとした歩みで佳代のもとに近づいてきた。

「何の用よ」

「まあお姉ちゃん、そう喧嘩腰にならずに。雅枝ちゃんとギクシャクしてるのは分かるけど、ね」

三代がやんわりとたしなめるような口調で言い、運転席で仏頂面をしている雅枝を振り返った。

「今からね、雅枝ちゃん夫婦が住んでた家――私たちが育った実家を、解体するんですって。お姉ちゃんにも立ち会ってもらったほうがいいんじゃないかって、雅枝ちゃんがしきりに気にしてるから連れにきたのよ。もう業者さんは到着してて、早く作業を始めたいって言われてるんだけど、少しだけ待ってもらうようにお願いしたの」

「今さら私を気遣ったって、後の祭りだよ」

「そんなこと言わずに、ね。お姉ちゃんへの相談もなしに一筆調査の手続きを進めたこと、雅枝ちゃんだって本当は反省してるのよ。だからせめて、あの家とお別れするときくらい、お姉ちゃんにもそばにいてもらいたいんじゃないかしら」

「あの子は毎回余計なことばかりするんだ。私は引っ越さねえって言ったのに、移転地に私の家まで用意したっていうし」

「あれに関しては、私と政史さんも賛成したのよ。補償金は土地や家に換えないと半分くらい税金で持っていかれるわけだし、雅枝ちゃんの家から徒歩十分っていうのも、近すぎず遠すぎずのちょうどいい距離だと思ったし……」

三代の困った顔を見て初めて、村中の人間が税金対策に躍起になっていたわけを理解する。補償金に手をつけるつもりはないと二人には事前に伝えていたはずだが、故郷と夫を奪った国に多額の金まで渡さずに済んだと思えば、三代や雅枝の判断は正しかったのかもしれない。

話し合いに時間がかかっていることに痺れを切らしたのか、雅枝が車のエンジンを切り、運転席のドアを開けて外に出てきた。

「お母さん、どうするの？　時間がないんだけど。来るの、来ないの」

「どうしてお前《めえ》はいつもそう高飛車なのよ」

「急いでるからよ。仕方ないでしょ」

「行ったって、どうせ壊すんだべ。焼くのを止められるわけじゃねえ。お前《めえ》が国に売っちまっただから」

「そうだけど……」雅枝が言い淀んだ。「……悪者みたいに言わないでよ。私だって、別にお母さんやお父さんを傷つけたくてそうしたわけじゃないのに、どうして分かってくれないのよ」

娘がそっぽを向く。その両目は心なしか潤んでいた。どうしていつも泣かせてばかりなのだろう。悪いのは全部ダムで、自分たちのどちらにも非はないはずなのに。

ごめんよ、と小声で漏らすと、雅枝が意外そうに目を瞬いた。

「行くよ。行くけんど……ちょっと待ってて」

普段寝起きしている離れに走り、孝光が買い溜めていた日本酒の瓶を一本抱えて、二人のもとに戻った。佳代が無言で車の後部座席に乗り込むと、雅枝と三代もすぐさま乗り込み、車は坂道を逆向きに走り出した。

昔懐かしい生家に到着すると、佳代は中に上がり込み、一部屋ずつ日本酒を撒いて回った。家族が朝夕集い、豊かな山の恵みに感謝しながら食卓を囲んだ居間。夏は蚊帳を張り、三姉妹で仲良く布団を並べた寝室。身体の弱ったばっちゃや、若くして病に倒れた千代を看取った奥座敷。家財道具はすっかりなくなっているけれど、古い畳の香りや襖に残った傷の一つ一つが、若い頃の記憶を昨日のことのように蘇らせる。

すべての部屋のお清めを終えると、佳代は雅枝に向かって一つ頷き、思い出深い家を出た。どこからか現れた弘くんが業者に指示を出し、解体作業が始まる。

家は、いきなり重機でつぶされるわけではなかった。壁の板が丁寧に外され、運ばれていく。老いた人間が骨と皮ばかりになるように、柱で造られた骨組みだけが残る。それが重機で壊され、地面に散り、あたかも初めからただの材木だったかのような顔をして、何事もなく積み上げられていく。

涙は出なかった。顔を背けたくなるのを我慢して、佳代はその光景を目に焼きつけ続けた。本当は見たくもない。だが、見届けなくてはならない。

ふと、昨晩読み返していた古い手紙の書き出しの一文が、頭の中に浮かんだ。


瑞ノ瀬では昨晩ちら〳〵と初雪が降りましたが其方《そちら》は如何《いかゞ》ですか。


十七の冬、県境の町の織物工場に働きに出ていた佳代に宛てて、瑞ノ瀬に残っていた孝光がしたためてくれたものだった。暗い電灯の下で、粗悪品の紙が破けるほど文章を書いては消し、郵便屋が来るのを心待ちにしていた日々が脳裏に蘇る。

返事を書こう、と思い立った。あの人が無事に戻ってくるまで、これから毎日手紙を書くのだ。村人が誰もいなくなろうとも、ダムの工事が進もうとも、孝光がもういいよと声をかけてくれるまでは、佳代はここを退かない。その決意の表明として、どこにいるかも分からない孝光に向けて、ちびた鉛筆を握り、苦手な文字を綴るのだ。


お久しぶりです。ずいぶんとお話ししていませんがお元気ですか。

今日、家を焼きました。結婚してからの家ではなくて私が育ったほうの家です。瑞ノ瀬に建っている家の数も残りわずかとなりました。

今は夜の八時です。この手紙は家に帰ってきてから書いています。家の解体中、私や三代が泣かなかったのに雅枝がずっと涙ぐんでいるのがふしぎでした。このところ雅枝なりにいろいろと考えたことがあったのかもしれません。

思いやりが足らなかったのは私も同じです。でもそれをお互いにはっきりと口に出すわけではないのですから、やっぱり強情なところが母子でよく似ています。いえ、貴方《あなた》に似たのかもしれません。私たち三人家族は芯が強すぎるところがそっくりです。意見が合うか合わないかで、これほど固く結びついたり、反発しあったりするのは、きっとそのせいでしょう。

口ではうまく言えませんが、雅枝には悪いことをしたなと思います。

私もいつまでここにいられるか分かりません。それでも頑張ってみます。

そうまでしてでも、貴方にもう一度会いたいのです。

＊

山のあちこちが、季節外れの雪をまだらにかぶったように白くなっている。

四月も半ばに差しかかり、山桜が見ごろを迎えていた。木々の間を歩く佳代の頭上に、時おり可憐な花びらが降り注ぎ、孤独に慣れ切ってしまった心を和ませる。

佳代の歩く山道を華やかに飾り立てているのは、桜だけではなかった。レンギョウの花が行く手を明るい黄金色に照らし、樹上のコブシの花が白く可愛らしい手をこちらに差し伸べている。斜面を覆うヤマツツジの赤が視界を染める。風に揺れるカタクリの紫に心が凪ぐ。小川のそばに群生するヤマブキソウに在りし日を重ね合わせていると、イロハモミジの新緑の間から柔らかい木漏れ日が覗く。

清々しいさえずりに視線を上げると、木々の間をイワツバメの群れが飛んでいった。小川の真ん中に転がっている大きな石の上には、ずんぐりとした身体のカワガラスがとまっていた。みんなよく生きていたね、と声をかけてあげたくなる。迫りくるコンクリートの壁にも、とどまることを知らない人間の欲にも負けずに。

瑞ノ瀬の春ほど美しいものはない、と佳代は思う。

都会や、他の山の春がどんなものかは知らない。それでも、不思議なことに、ここが一番だと分かるのだ。

孝光が愛用していた椿の杖をつき、細い獣道を上っていく。沢のせせらぎが聞こえてきたあたりで、崖のような急斜面に行き当たった。半月ほど前に歩いたときに目をつけていた場所だ。灌木《かんぼく》の幹の感触を確かめてから、左手で全体重を支えるようにして斜面を下り、そこらじゅうに生えているゼンマイを右手で手折っていく。

肩から斜めにかけた籠がいっぱいになるまで採ると、佳代は慎重に身体を引き上げて元の獣道に戻った。持ってきた籠はこれ一つだ。天日干しにして長期保存するとはいえ、自分一人が食べるためだけに、山の恵みを根こそぎ持っていく道理はない。

ワラビ、フキノコ、ツクシンボ、チョウチョッパ。種々の山菜は、おひたしや味噌和えにもできるし、醬油で煮ても旨い。フキは佃煮《つくだに》に、モチの草は草餅に。コヨミ、トオノキ、オンバク、ママッコ——春は植物に命を宿す。その命のお裾分けで、佳代はまた今日も生き永らえる。

どーん、と山が震えた。

爆弾を落とされたような地響きに、もはや驚きもしなくなっていることが悲しかった。鳥や動物たちでさえ、昼夜煌々と明かりを照らして行われる排水トンネル工事や、ひっきりなしに行き交うダンプカーの騒音にこの数年で順応し、山のあちら側で岩石に発破をかける音くらいでは逃げ出す素振りも見せない。それが高台に移転した小学校の校舎の窓ガラスが割れ、授業が中断するほどの轟音であっても、無力な生き物たちは、自分たちの住処を奪われつつあることに気づかない。

耳鳴りがまた強くなった。ゼンマイを詰めた籠の重みが肩にのしかかり、腰や膝がひどく痛む。昔から身体が頑丈なことだけが取り柄だったが、そんな自分でも老いには抗《あらが》えないのだということを、佳代はこのところ毎日のように思い知らされていた。

生まれ育った家を焼いたあの日から、八年半が経とうとしていた。

古い携帯ラジオで聞く限り、世間は大きな変化を遂げていた。空前の好景気がいつの間にか始まり、その実感もないうちに泡と弾けた。その間に、佳代が二歳の幼子だった頃から在位し続け、戦前戦後の大変動を見守った天皇陛下が崩御し、平成という新たな時代が始まった。

年号は変わり、山の風景も変わった。だが、七十一歳になった佳代の時間は、孝光の行方が知れなくなったあの日から止まったままだ。

三代から聞いた話では、ダム本体は完成間近のようだった。今年の秋には、山じゅうを固めたコンクリートの打設が終わる見込みだという。数百人もの工事関係者たちが、また紅白幕をいたるところに巻き、くす玉を割って喜びあうのだろう。日本全国からダムづくりのために集まってきたという作業員たちの士気を盛り上げるためなのか、彼らは転流や橋の開通といった工事の節目を迎えるたびに所長の掛け声で万歳三唱をし、日本酒の大樽《おおだる》を担いで大騒ぎをする。

山菜や茸を採っている最中に、急斜面のロープを伝う作業員と目が合い、ぎょっとされたことがあった。旧県道から水没予定地に入るのを見咎《みとが》められて罵声《ばせい》を浴びせられるのは、今も日常茶飯事だ。そんな彼らも、建設中の事故で四人が死んだという。いずれも大して報道はされていない。トンネルの落盤、落石、橋梁《きょうりょう》や打設面からの転落。水没住民の尊厳が踏みにじられたこの地では、どういうわけか、人の命までもが軽い。

三十分ほど山道を歩き、ダム本体のほど近くに拵《こしら》えた掘っ立て小屋に帰りついた。

小屋暮らしを始めてからは、もう五年になる。それもひとところには定住できず、今住んでいるのが三軒目の小屋だった。できるだけ元いた場所の近くに、とは思っているものの、ダム関係者に脅されて引っ越すたびに、集落のあった場所から離れていっているのが悔しい。

五年前、佳代は自宅の明け渡しを求める裁判に負けた。敗訴後、職員が大挙して押し寄せてくる前に、まだダム工事が進んでいなかった北の裏山へと逃げ込んだ。いずれこうなるのを見越して、住民立ち退き後の村に転がっていた木材やトタン板を地道に集めていたのが役に立った。今の小屋がある場所はどうやら水没地外のようだから、工事事務所の職員や警察も以前ほどうるさく責め立ててはこないけれど、ここも国所有の土地には変わりないわけで、訴訟を起こされるのもきっと時間の問題なのだろう。

水没予定地に残した母屋と離れの解体費用は、三代に管理を任せている補償金の中から出してもらった。皮肉なことに、裁判を起こされてもお金には苦労しなかったが、敗訴が決まったときはさすがに気落ちした。反対運動をしているつもりはないと口では言いつつも、ダム建設が止まる、お役人が考えを改めて自分たちに頭を下げる、そんな奇跡を心のどこかではずっと期待していたのだと、負けて初めて気がついた。

その淡い希望も潰《つい》え、今では夜な夜な、巨大なコンクリートの壁が襲いかかってくる夢を見る。

ゼンマイの籠を地面に下ろすと、小屋の外に作った竈で、さっそく火の焚きつけを始めた。かつて民家の塀として使われていたコンクリートブロックを組み上げ、上に鍋を置けるようにしただけの代物だ。

鍋いっぱいの湯を沸かし、綿を取ったゼンマイを数回に分けて茹でた。日当たりのいい小屋の南側に莫蓙《ござ》を敷き、沢で拾ってきた石を四隅に置く。それから、鮮やかな緑に染まったゼンマイを広げて干した。やがて褐色に縮んだら、念入りに手で揉む。ゼンマイの乾燥のさせ方も、焚火《たきび》の灰を使うワラビの灰汁《あく》の抜き方も、すべて幼い頃にばっちゃやおとうに教えてもらったものだ。

――そんなこと、現実的に考えて無理に決まってるでしょう。

山に小屋を建ててでも瑞ノ瀬に住み続けると佳代が啖呵《たんか》を切ったとき、現代っ子の雅枝は呆れたようにそう言った。

戦前生まれを見くびるな、と言いたい。佳代には山で生きるための知識がある。自然の恵みを享受し、危険を回避する術はすべて心得ている。ガスや水道がなくたって、飯は竈で炊けばいいし、川で水を汲んできて火に薪をくべれば風呂にも入れる。電気がないのは生まれて初めてだったが、太陽の動きに合わせて寝起きするのは案外気持ちがいいものだ。スーパーと家とを寂しく往復し、ぼんやりとテレビを眺める町の生活よりは、よっぽど豊かで、充実している自信がある。

天日干しの作業を終えると、佳代は小屋の中に引っ込み、今朝作っておいたジャガイモの煮っころがしとオンバクの軸のおひたしを食べた。室内にテーブルや椅子はない。起きて半畳寝て一畳の小さな小屋だ。悪天候になると、ダム工事が中断する代わりに、トタン屋根が大きな雨音を響かせる。

幸い、今日の空は晴れ渡っていた。干したゼンマイがよく乾きそうだ。

すぐそばの斜面に近づき、木々の間から顔を出すと、はるか下に水没予定の村が見えた。今となってはただの荒地で、草がぼうぼうに生い茂り、あちこちにダム工事用のビニールシートや大型テントが放置されている。

佳代の目線と同じ高さには、北山とチー山を繋ぐようにして架けられた「夢の大橋」が見えた。六年前に完成したその橋の名付け親は、移転した瑞ノ瀬小学校に通う一年生の女子児童とのことだった。彼女は何を思って、ダム湖をまたぐ大橋に夢という名を与えたのだろう。それとも、特段何も考えてはいなかったのだろうか。

お姉ちゃん、と声が聞こえ、佳代は後ろを振り返った。

小屋の前に、リュックサックを背負った三代が立っていた。登山用のジャージを着込み、手にはスキーのストックを持っている。「年々装備が大げさになるね」と佳代が指差すと、「私だってもう六十三だもの、いくら山育ちとはいえ毎回ここまで登ってくるのは骨が折れるわよ」と三代が愛想よく笑った。

「はいこれ、お米。あとは安かったイチゴと、インスタントコーヒーも」

「いつも悪いねぇ」

「お米はちょっとだけよ、さすがに五キロや十キロは背負《しょ》ってこられないから。毎日お芋ばかりじゃ飽きるでしょうし、気分転換にでもどうぞ」

三代がリュックから取り出した食料を受け取り、小屋に運び込む。手土産のお礼に、作り置きしてある山菜のおかずをいくつか容器に詰めて手渡すと、三代は「冷蔵庫の中身が春らしくなっていいわ」と喜んだ。そのくせ「茸の塩漬けはまだ余ってる？　あれ美味しかったのよねぇ」と、去年の秋の名残もちゃっかりリュックに詰めていく。最近は峠谷にも大きなスーパーができ、周辺で採った山菜や茸が食卓に並ぶことはめっきりなくなったのだという。

小屋の前に布製の折り畳み椅子を二つ出し、並んで腰かける。しわが目立つようになった妹の白い肌を、昼下がりの太陽が照らした。

「八月に、源治さん主催の『望郷の集い』がまた開かれるんですって。瑞ノ瀬出身ってことで私も呼ばれてるんだけど……よかったら、お姉ちゃんも行く?」

「行かねえよ。私なんかが参加したって、誰も嬉しくねえべ」

「そう言うと思ったわ。実を言うとね、私もあんまり気が進まないの。みんな、口を開くと愚痴ばかりなんだもの」

去年の集いで耳にした住民たちの話を、三代はかいつまんで語ってみせた。町の水は臭くて飲めたものではないこと。近くに小川の一つもなく、空気が悪く感じられること。取得した農地に瑞ノ瀬で育てていた作物の種を植えてみたが、土の質が違うからか、どうやっても上手く育たなかったこと。集団移転地の新居は、未だに旅館かホテルに泊まっているような気分になること。今でも月に数回は、瑞ノ瀬の夢を見ること。

湖畔になる予定の高台へ移転した人たちも、また別の不安を抱えているようだった。バブルが崩壊し、不況の到来とともに観光投資が冷え込んでいる。補償金と借金とで新しく建てた飲食店や旅館に、ダム工事関係者が引き上げていった後もお客さんが来てくれるかどうか、現時点では見通しが立たない。湖畔で一緒に土産物屋を開こうといつか佳代を誘った富子さんは、資金繰りに苦労し、特に落ち込んでいる様子だったという。

去年——平成六年の夏、全国で水不足が深刻化したにもかかわらず、県内では取水制限が行われなかったことも、水没住民らを動揺させた。住民の問い合わせに対し、国や県は今後の水需要がどうだ、係数がどうだと小難しい説明をしているようだけれど、この期に及んで瑞ノ瀬ダムは不要だったと言い出せるはずもないのだから、真偽のほどは分かったものではなかった。

「補償金で大金持ちになれるって、昔はさんざん虫のいい話を吹き込まれたけんどよ。瑞ノ瀬を出て幸せになった人なんて、結局、いるんだろうかね」

「さあ、どうなんでしょうね。町のほうは瑞ノ瀬より標高が低い分、冬は暖かいって話は聞いたけど……」

「それじゃどっこいどっこいだべ、夏はこっちのほうが涼しいんだから」

「補償金の余りがどこまで持つかってことは、皆さんやっぱり相当気にされてるみたいだしね」

「中にゃ、一家離散したところもあんだべ」

「ええ。口座に振り込まれた大金をご主人が一気に使い過ぎてしまったり、おかしな事業の話を持ち掛けられて騙されたりして……」

ご主人、という言葉を口に出すとき、三代の顔に小さく陰がよぎった。

三代の夫は、癌の闘病の末、去年の秋に六十九歳で亡くなっていた。三代は今、峠谷の家に一人で住んでいる。「子どもがいればこんな寂しい思いもせずに済んだのかしらね」と妹は健気に笑い、「いっそのこと、お姉ちゃんと一緒にここに住んでしまおうかしら」とよく冗談を言った。半ば本音のようにも聞こえるその言葉に、佳代は毎回首を横に振った。ダム関係者と行き合うたびに恫喝《どうかつ》され、時には身の危険すら覚える今の生活に、天真爛漫《てんしんらんまん》な末の妹を巻き込むわけにはいかなかった。

三代の夫の葬儀では、久しぶりに雅枝とも顔を合わせた。「こっちの家、月一回は掃除してるからまあまあ綺麗よ。早く来てよね」とつっけんどんに急かされ、「私はお父さんを待つから」と佳代が初めて心の内を話すと、喪服姿の娘はそれ以上何も言わず、とっくに察していたような顔をして、会場の白い壁をぼんやりと見つめていた。

通夜振る舞《つやぶるま》いの席で、雅枝は親戚に口々に声をかけられていた。「もう雅枝ちゃんもいい年だろ。

子どもは作んねえのけ」と尋ねられ、「うちは共働きなので忙しいんですよ」と笑顔で返している娘の姿を、佳代は端の席から遠目に眺めるしかなかった。

「いよいよ来年には、ダムに水が溜まるわね」

「そうみたいだねぇ」

「早く湖を見てみたい、って思う？」

「ここまで来たら、工事でめちゃくちゃにされるのを見るよりは、湖になってくれたほうがまだましだべな」

そう答えつつも、相変わらず上手く想像はできなかった。佳代の愛した瑞ノ瀬は、とうに壊れていた。ダムの下流は、放流したアユも住めないどぶ川になっているという。周りの山々に残る思い出の残滓《ざんし》を掻き集めて生きるしか、今の佳代にはできることがない。

孝光がいなくなってからの十二年間は、あってないようなものだった。

長かった人生のおまけ。延長戦。その価値のない生を、佳代はひたすら、どこかで生きているかもしれない夫を待つことだけに費やしている。

「山の中って、なんだか懐かしい香りがする」三代が辺りを見回し、大きく息を吸いこんで伸びをした。「小さい頃、お姉ちゃんにおんぶしてもらって、斜面を駆けっこしたよね。孝光さんは茂則くんをおぶって、千代ちゃんはそのまま走って」

「よく覚えてるね。あんたなんかまだ三つか四つだったのに」

「政史さんが亡くなって一人になってからね、ふと気がつくと、昔のことを考えてるのよ。冬のあいだ働きに出たお姉ちゃんたちが峠のほうから帰ってきたときのこととか、畑仕事の合間に千代ちゃんの看病をしたこととか。私は峠谷に嫁いだけどね、やっぱり心は今でも瑞ノ瀬にあるんだと思うのよ。生まれ育った場所って、きっとそういうものなのね」

三代のしみじみとした言葉を、佳代はただ黙って、木々の間に見える「夢の大橋」を見つめながら聞いていた。

瑞ノ瀬がなくなるということは——と、改めて考える。ここで生まれ、学校に通い、働き、戦争に耐え、結婚し、子どもを産み、また働いてきた、自分の人生そのものが消える、ということなのかもしれない。

「ダムの貯水が始まったら、お姉ちゃんはどうするの？」

「どうするって、別にここは水に沈まねえべ」

「でも、途中の道は沈むわよ。私だって、今のようには来られなくなる」

三代が心配そうに眉を寄せ、こちらを覗き込んできた。

「雅枝ちゃんのところには、どうしても行かない？　せっかく建てた家、いつまでも空き家にしておくわけにもいかないでしょう」

「掃除が大変なら、人に貸したらよかんべ」

「でも……」

「峠谷の暮らしが寂しいなら、三代が住んだっていい」

そう告げると、三代は悲しそうな顔をした。そして、雅枝ちゃんの手前住めるわけないでしょう、と拗《す》ねたような声で言い、枝を触れ合わせる頭上の木々を見上げた。

ダム本体のコンクリート打設が完了するその年の十月までの間、三代はお米の袋や缶詰といった手土産を毎度携えて、せっせと佳代のもとへ足を運んできた。

その後まもなく、水没予定地を中心とした辺り一円が立ち入り禁止となった。

三代が小屋を訪ねる手段は絶たれ、妹と顔を合わせることはなくなった。佳代自身も、工事事務所の職員に再三立ち退きを命じられた。それでも佳代は、決して小屋を離れようとはせず、ダムに面した裏山で今までどおりの生活を続けた。

そうして、佳代は一人になった。
瑞ノ瀬に——たった一人。

＊

いつになく静かな秋が、瑞ノ瀬に到来していた。

子どもの頃から、秋は夏に次いで音の多い季節だと思っていた。梅雨の湿気に背中を押されて色気づく蛙たちや、暑いさなかに地上に出て七日間の儚い命を散らす蟬たちの後を継ぎ、コオロギや鈴虫が我先にと鳴き始める。山が歌い、旋律が渦になる。日が暮れてしばらくすると、葉陰のクツワムシが唐突にやかましい合いの手を入れ、鈴虫らの合唱を台無しにする。今年もそうだった。虫の声はうるさい。それでも、やはり静かなのだ。佳代の過去を蹂躙《じゅうりん》する、あの発破や重機の轟音に比べれば。

山はいつでも、豊かな音色とともにあった。鳥がさえずり、虫たちが声を合わせ、沢が鳴り、葉がこすれ合い——佳代は時折、悲しさをこらえきれなくなる。その中でなぜ、人間が奏でる音だけが、こうも醜く汚いのか。

だがその耳障りな人工音も、半年前からぴたりと止んでいた。連日連夜の工事から解放され、穏やかな虫の声と木々のざわめきにのみ包まれた山は、まるで昔に戻ったかのようだった。椿の杖をつき、一歩ずつ土を踏みしめるようにして獣道を下る佳代の周囲では、ヤマボウシやミズキの葉が夕陽に燃えている。足元では、遠い昔に赤飯に見立ててままごと遊びをしたアカマンマが、紅紫色の花穂をわずかに垂れている。ヤマトリカブトは濃い紫の花を咲かせ、揺れるススキの上を赤とんぼが飛ぶ。あとひと月も経てば、幼い頃のご馳走だったアケビや栗が実をつけ始めるはずだ。子どもに待ち望まれなくなって久しいその実は、今日、この地から最後の人間が去ることを喜ぶだろうか。それとも、健気に憂うだろうか。

目の前の木々が開け、一昨年開通したばかりの新しい県道に出た。村のはるか上空、山の緑以外何もなかったはずの場所に突如として現れたアスファルトの地面を踏みしめると、佳代は大きく肩で息をした。

まだ日暮れ前だが、車が通る気配はない。右を見ると、トンネルが真っ黒い口を開けていた。左手には滑らかな紺色の道路が続き、その先にある『夢の大橋』と連絡している。

ダムのために造られたこの付け替え道路には、なるべくなら降り立ちたくなかった。しかし小屋から水没地へとまっすぐ下る山道は終始急勾配で、沢への転落の危険がある箇所もいくつかある。数か月前ならともかく、今の佳代の脚ではとても歩ききれそうになかった。今日もずいぶん迷った末に、北山からチー山へと尾根を伝って新しい県道に出る迂回路《うかいろ》を泣く泣く選んだのだった。

しばらく道端で休んでから、佳代は秋色の西日に照らされた道を渡り、鼠色の防護柵に手をかけて下を覗き込んだ。

かつて村があった場所を覆う巨大な水たまりは、今日もまた大きくなっていた。

昨日までは見えていた、赤い橋を捜す。村の中ほどを流れる川にかかっていた、立派な木の橋だ。

毎年夏にある熊野神社のお祭りのたび、男たちがその真下で神輿を清めるのが伝統になっていた。管理する者もとうにいなくなり、十年以上ものあいだ吹きさらしになっていた橋の淡い赤は、いくら目を凝らしても見つからない。水面に映る夕陽と混じり合ってしまったのか、もしくはたった一日の間に、誰にも見守られることのないまま沈んでいったのか。

まだ湖とは呼べそうもない、巨大な水たまりのところどころに、今年も葉を繁《しげ》らせてしまった木の梢《こずえ》が顔を出していた。満水になるのは何年後になるだろう。そそり立つコンクリートの斜面はまだほとんど剝き出しのように見えるが、家が密集していた村の中心部はすでになく、なだらかな階段のように見える棚田の一段目に、夕陽を受けて光り輝く朱い水面が迫っている。

その光景を眼下に見ながら、佳代はまたゆっくりと歩き出した。

旧道との分岐点があるのは、『夢の大橋』の少し手前だった。新しい道路の脇から、色あせたアスファルトの細道が、谷の底に向かって延びている。ここまで来て、ようやく気持ちがわずかに和らいだ。佳代にとっての県道とは、橋梁とトンネルで直線的に構成された無機質な道路ではなく、山の斜面を左右に曲がりくねりながら伝っていく、この昔ながらの林道を指す。

アスファルトのひび割れに躓《つまず》かないよう注意しながら、佳代は旧道を下っていった。

少し行くと、立ち入り禁止のロープが張ってある。

椿の杖を持ち上げ、その向こうの地面についた。進入を禁じられていようがいまいが、ここが自分たちの瑞ノ瀬であることには変わりない。思いどおりにならない脚を動かし、なんとかロープを越えて水没地に入った。誰かに見咎められないかと後ろを振り返ったが、通ってきた道には人も車もなく、その両脇に重機で削られた茶色い山肌が広がるばかりだった。

水が溜まり始めてから、瑞ノ瀬はいつも静かだ。特に夕刻を過ぎると、ダム関係者や見物客の姿が消え、この地は再び佳代一人のものになる。

小さく息をつき、前を向いて歩を進めた。山の高いところを通る付け替え道路から遠く離れ、さっきまで自分がいた山をだんだんと見上げるようになると、佳代の心はいつになく安らぎ始めた。自分の知る瑞ノ瀬の光景は、ここに残っている。あの恐ろしい水たまりは、日々田畑や家の残骸を飲み込み続けているけれど、まだ沈み切ってはいないのだ——慣れ親しんだ古い県道を一歩ずつ下りながら、そんな思いを強くする。

ダムの貯水が始まったのは、今年の三月のことだった。

平成八年。国が計画を発表し、村が大きく揺れ動いた春の日から、実に二十七年の歳月が経っていた。北山の中腹に小屋を建てて不法に居座り続ける佳代の存在は、全体の計画に大した影響を及ぼさなかったようだった。三つ目となる今の小屋は、水没区域の境界線から遠く、また途中の道が沈んでも山伝いに移動は可能なため、貯水する過程で完全に孤立してしまうことはない。ダムに対する脅威とはなりえない場所までいつの間にか追いやられていたのだと悟ったとき、佳代は小屋の裏手に作った小さな畑のそばに跪き、黙って土を見つめることしかできなかった。

ダム本体の鉄製ゲートが下ろされた朝、瑞ノ瀬の空にはテレビ局のヘリコプターが飛んだ。プロペラの音が耳鳴りと混じり合い、頭の中で重く響いた。ダムサイト付近には大勢のマスコミ関係者や水没者らが集まっていたらしい。『夢の大橋』を車がひっきりなしに行き交うのが見えたが、自分も山を下りて野次馬の一員になろうという気は起きなかった。ただ小屋の前に座り、空に円を描くように飛び続けるヘリコプターをぼんやりと見上げていた。

それから毎日、佳代は村を見にいった。

貯水開始時の賑わいぶりが嘘のように、翌日からの瑞ノ瀬はひっそりとしていた。だが作業服姿のダム関係者が周辺を見回っていて、水没地までは下りていけないことも多かった。そんな日には、山の中腹から村を見下ろした。週末になると、『夢の大橋』を歩く見物客の姿が見えた。あれぇ、何だよ、まだちっとも溜まってないじゃんか——そんな彼らの声を、佳代は空想の中で聞いた。実際、貯水開始から一か月ほど、村の景色に大した変化は見られなかった。どこかから水が抜けているのだろうか、と楽天的に考えた。そんなわけもなかった。梅雨入りの頃には、村のところどころに光を反射する円ができ始めていた。それらが次第に繋がって、いくつもの池のようになり、その淵《ふち》がさらに広がって、細波《さざなみ》を立てる水面はとうとう一つになった。

ある日は橋が消え、ある日は沼が消えた。四角く残っていた家の基礎も、気がつけば消えていた。伐採されずに残っていた背の高い木が、抵抗するように水の中から枝を伸ばし、やがて消えた。路線バスや農産物を積んだ軽トラックが行き来していた、村人たちの誰もが日々使っていた道路は、商店前のバス停のあった辺りから沈み始め、見るたびに短くなっていった。

身体が徐々に言うことを聞かなくなり、小屋から水没地までの細い山道を下りるのに難儀するようになってきた頃、仕方なく、『夢の大橋』から村を観察したことがあった。橋からじっと水面を見下ろす佳代を同じ観光客だと勘違いしたのか、五十代くらいの女性が声をかけてきた。「ここ、いいところですね。空気が綺麗で。あ、新しくオープンした展望台、すごくよかったですよ！」——チー山にハイキングコースが整備され、山頂に三百六十度を見渡せるカフェつきの展望台が建設されたことは、去年三代から聞いていた。無垢な笑みを浮かべる観光客を一瞥すると、佳代は無言でその場を立ち去った。あれきり、『夢の大橋』には一度も足を運んでいない。

馴染みのある旧道を下っていき、途中で道を折れて村の中心部の方向へと足を進めた。途端に道路が土に覆われ始める。足を取られないよう地面に視線を落としながら、誰もいない道をもうしばらく進んでいくと、長靴の底がぴちゃりと音を立てた。

一歩後ずさり、顔を上げる。

そこから先は、見渡す限り水だった。

辺りは妙にしんとしていた。山の中ではあれほどうるさかった虫の声が、まばらにしか聞こえない。村を巡っていた清流の香りとはわずかに違う、行き場を失った水の匂いが鼻をくすぐった。視界はどこまでも平らだ。夕陽を受けた美しい山と、紫色に侵食されつつある茜空とが、上下逆さになって、はるか遠くまで続く水面にその姿を映している。

ああ——、と声が漏れた。

この雄大な水辺に来るたび、胸にせり上がる感情があった。絶望ではない。無論、希望や感動でもない。限りなく自然の姿をした、壮大な人工物を前に、心が勢いよく押し流され、どこかへと運ばれていくのだ。そして後には、空っぽの肉体が残される。

杖にゆっくりと体重を預け、佳代は足元に目を落とした。暗く濁った泥水が、佳代の古い長靴にまとわりつこうとしていた。目には見えないほどではあるけれど、それでも水位が上がっているのが分かるのは、土の間から顔を出すアスファルトが徐々に色を変えているせいだ。水が染み込んだところが濃い紺色になり、その境界線が上へ上へと、佳代ににじり寄るかのように少しずつ移動している。

横を見ると、見覚えのある風景が広がっていた。背の高い雑草があちらこちらに生え、元の姿がすぐには分からないほど荒れてはいるけれど、ここが田んぼの真ん中だと佳代には分かる。

どうやら、ついさっき付け替え道路の上から見た、棚田の最下段まで辿りついていたようだった。

辺りを見回すと、畦道を少し行ったところに、村人が農作業の休憩用に作ったらしい木製のベンチが残されていた。ここの田の持ち主は、と考えたのも束の間、すぐには思い出せないことに肩を落とす。疲れた脚を引きずるようにして、ぬかるんだ地面を歩いた。足を踏み出すたび、粘度の高い泥に長靴を持っていかれて転びそうになり、慌てて夫の形見の杖にしがみつく。

ベンチに座ると、長いため息が出た。

背負っていたリュックを下ろし、小さな銀色の写真立てを取り出す。写真の中で笑っているのは、孝光だった。雅枝が結婚式を挙げた日に、披露宴会場で酔っ払っていい気分になっている彼を、珍しく佳代自身がカメラを手に取って写したものだ。

佳代は孝光と長く見つめあったのち、砂でざらついたベンチの表面を丁寧に手で払い、そこに写真立てを置いた。そうして、夫婦で寄り添いあって慎ましく暮らしていたあのときのように、隣の孝光に向かってそっと話しかける。

「こんなになっても、やっぱり綺麗だね……私たちの瑞ノ瀬は」

声を出して初めて、自分がまだ息切れしていることに気がついた。肺も心臓も、身体中の筋肉や関節も、みんなそろって悲鳴を上げている。

このところ、身体が限界を迎えていることは分かっていた。今から二か月ほど前、ダム関係者に引率された三代と雅枝が立ち退きの説得という名目で最後に訪ねてきたときも、背が丸まって歩くのが遅くなったことをひどく心配された。そのときは、自覚症状がないふりをしてやり過ごした。病院に行けと言われてもここからでは自力で通えない。入院でもしようものなら、その間に小屋を取り壊されてしまうかもしれない。それ以前に、もはやそこまでして病魔を退けたいとも思わなかった。病気の治療とは、未来への希望がある人間のすることだ。戦時中、七十二で亡くなったばっちゃと、佳代はもう同い年になっている。

「みんな、出ていっちゃったね」

隣の孝光に向かって、佳代はまた呟いた。孝光は相変わらず無言のままだ。夕闇に包まれようとしている水辺には、まだ九月だというのに肌寒い風が吹いていた。「もう一枚着てきたほうがよかったねぇ」と思わず笑みが漏れる。だが、山間の瑞ノ瀬に生まれ育った者として、この肌寒さは決して不快ではない。

佳代は、今でもよく思い浮かべる。

ここがかつて、人々の笑い声にあふれていた頃のことを。

灯りのついた家々の間を吹き抜ける、夜風の冷たさと心地よさを。

数日後には、今座っているこの場所も沈むだろう。コンクリートの基礎しか残っていない家の跡地も、壊されないまま残っている石垣も、蛍狩りをした小川にかかる小さな木の橋も、全部もろとも、すぐ目の前まで迫っている水の下に眠るのだ。

不思議と今、水に対する嫌悪感はなかった。村のあった場所を満たしているのは、自分たちが飛沫を上げながら泳ぎ、へんてこな名のついた大岩から飛び込み、手づかみで魚を捕り、あるときは笹舟《ささぶね》を流した、あの山の中を流れる沢からやってきた水だ。海へと下っていけずに、こんなところに閉じ込められてしまった水も、今ごろコンクリートの壁や鉄のゲートに困惑し、途方に暮れているのかもしれない。

住んでいた頃は、細い坂道だらけの小さな村だと思っていた。それなのに、肌寒い秋風の吹く水辺は、怖くなるくらいに開けている。

私たちは、この世界に二人だけ——。

夕焼けと夜の黒を同時に映し出す水面を眺めながら、そんなことを思う。隣の孝光がどう考えているかは分からない。二人きりで美しい景色を黙って眺めるなど、若い頃に戻ったかのようだった。結婚が決まった頃、夜更けに南の峠に歩いていって、ふもとの町の夜景を見下ろしたことがある。まだ戦後すぐの頃で、街の灯は暗く少なかったはずだけれど、佳代にはそれが無数の星のまたたきに見えた。半世紀も経った今になって、その理由にようやく思い当たり、頬が熱くなる。

不意に、近くで軽い羽音が聞こえた。ベンチに腰かける二人の間に、一匹の虫がとまる。

トノサマバッタだった。ここにいたらいけねえよ、と斜面の上へと追い払おうとするが、何を思ったのか、バッタは毎度ベンチへと舞い戻ってきてしまう。水が迫ってきているのを察していて、なるべく高いところに上ろうとしているのだろうか。だとしても、このベンチはいずれ沈む。水に囲まれた孤島となり、やがて消えるのだ。

仕方ないねぇ、お前《めえ》には私と違って立派な羽がついているのだから、いざとなれば安全なところに飛んでいけるね——そう心の中で念を押し、放っておくことに決めた途端、バッタは図々しくも孝光の収まる銀色の額の上を歩き、そばの叢へと跳んでいった。佳代は胸を撫で下ろし、孝光と目を合わせて頬を緩めた。わけもなく可笑しくなって、ついには噴き出してしまう。

ひとしきり笑った後、佳代はリュックからアルミの弁当箱を取り出した。絵柄は削れて見えなくなっているが、確か雅枝が小学生の頃使っていたものだ。オレンジ色のゴムバンドを外し、蓋を開ける。中身は山菜と茸の粥《かゆ》だった。情けないことに、最近はこんなものしか食べられなくなっていた。身体の頑健さが売りだったのは、遠い昔の話だ。

昨夜、佳代は小屋の前で焚火をした。四角い金属の缶に入れて取っておいた古い年賀状や手紙を、跡形もなく焼いた。身の回りの品の処分は、家を追い出されてからの六年のうちに幾度も行っていたけれど、今回が一番こたえた。灰となった過去の思い出を前に、佳代は人知れず泣いた。

何もなくなった小屋の中に、一通、雅枝と三代宛ての手紙を置いてきた。人に読ませるための文章を綴るのは久しぶりだったから、書くのにはずいぶんと苦労した。忘れてしまった漢字があっても、もう手元に辞書がなく調べられない。見苦しい手紙になってしまったのは残念だったが、きっと近いうちに、娘の手に渡るだろう。

雅枝へ　三代へ

雅枝、仕事はよくやっていますか。弘くんとは、助け合っていますか。

三代、体は元気ですか。ビョウキなど、していませんか。

親不孝、という言葉があるのなら、子不孝、妹不孝、という言葉があってもいいのでしょう。私のことです。人生に大事なことはいくつもあるはずなのに、すぐに意地になって、器用にみんなを大切にできません。わがままばかり言って、たくさんメイワクをかけました。ここにおわびします。最後にもう少しだけ、わがままをおゆるしください。

二人とも気づいているかもしれませんが、私はもう、あまり長くは生きられないようです。このごろは物を食べたり、ねたり起きたりすることさえ苦しい毎日です。ですがやっぱり、お父さんが帰ってくるのを待ちたいという気持ちはまだ消えません。そんで、こうすることにしました。前もって二人に相談しなかったのは、しっかり者の雅枝や、やさしい三代は、私を止めるだろうと思ったからです。これが、一つ目のわがままです。

二つ目は、できれば私の骨を、いつか完成したダム湖にまいてほしいのです。全部が無理なら、ほんのひとつまみだけでもかまいません。あれだけダムに反対しておいて、とあなたがたは思うでしょう。あまり気持ちはわかってもらえないかもしれませんが、そうすることが、私にとっては一番のクヨウになるのです。

わがままはあと一つです。

これからの時代の女性として自立している雅枝も、政史さんに先立たれてなお峠谷の家を守っている三代も、強い人です。やっかい者の私など、いなくなったところでモンダイはないにきまっていますが、少しだけ、気がかりなことがあります。

雅枝は今、子どもがいませんね。別にほしくないのかもしれませんし、なかなかできなくて困っているのかもしれません。それすら知らないなんて、つくづくひどい母親だと、今この手紙を書きながらあきれています。でも私も、私の母も、子どもができたのはおそかった。三代は残念でしたが、雅枝さえのぞめば、これから命をさずかることもあるかもしれません。

小さいころ、私はばっちゃと同じ家で暮らしていました。山でクリ拾いをしたり、いっしょにお手玉をしたり、それはそれは楽しかった。大らかで、物知りで、愛があって……私はそんなおばあちゃんになれそうもありません。第一、国にソショウを起こされて負け、山の中をにげ回り、こんなところで人様にメイワクをかけながら死んだ祖母がいるということは、これから生まれる子どもに教えてほしくないのです。雅枝だって、セツメイに困るでしょう。

だからもし、雅枝が母親になることがあったなら、三代がその子どものおばあちゃんになってください。

今から三十年も前、三代は心からのぞんだにもかかわらず、母親になることができなかった。命をさずからず、悲しく苦しい思いをしていました。すばらしい母親になるソシツを持っていた三代が子にめぐまれず、ソウメイだった千代は結コンもできずに死に、三姉妹で私だけが母親になったのは、神様がおかした何かのまちがいだったのかもしれないと、大きくなった雅枝にきらわれるたびに思いました。

私ほど、子どもの祖母にふさわしくない人もいません。

そして三代ほどふさわしい人もいません。むかしから手先が器用だったので、ほっぺたの落ちるようなうんまい料理を作ったり、かわいらしいセーターをあんでやったり、きっとだれよりも愛されるおばあちゃんになるでしょう。

これが三つ目です。こんな私のわがままなどききたくないかもしれませんが、これが子不孝者、妹不孝者だった私のできる、ユイイツの孝行です。生まれてくるかもわからない孫のためにも、これだけは必ず、どうか必ずお願いします。


ベンチの座板に手をつき、佳代はまぶたの裏に、ある光景を思い描いた。砂のような遺灰が、風に吹かれて湖の上を飛んでいく。白く細かい砂粒は水面に着地して、しばらくは辺りを漂う。そしていつの間にか姿を消す。細波の陰に。魚の胃の中に。あるいは村が沈む水底に。

やはり悪くない気がした。そうすれば佳代は、かつて村の上空だった場所を――瑞ノ瀬の土や木や花となって長らく自分を見守ってくれていた、亡き家族や先祖たちのそばを、いつまでも揺蕩っていられる。どこかで生きているかも分からない孝光を待ちながら、今度はあちら側の住人の一員として。

膝の上に置いたアルミの弁当箱に、再び目を落とした。山菜と茸の粥といっても、入っているのは食べたことのないものばかりだ。佳代は山を心得ている。毒芹、トリカブト、ツキヨタケ、ドクツルタケ――危険な植物の見分け方など、幼い三代をおぶって木々の間を駆け回っていた頃にはとっくに身についていた。遠くないうちにこの日が来るのを見越して、今年の春には新芽を摘んで乾燥させ、秋が近づいてきてからは茸を採った。どんな味がするのかは分からない。七十二年暮らした瑞ノ瀬にも、まだ自分の知識が及ばないことがあったのだと思うと、最後の食事も案外面白いものになりそうだった。

太陽はすでにチー山の向こうに隠れていた。その周りの空だけはまだ燃えるように赤く、なだらかな稜線をくっきりと浮かび上がらせている。黒い影と化しつつある四方の裏山に向かって、佳代は手を合わせた。山には神様がいる。孝光がいなくなり、一人で食事をするようになってからは、いつしか山に向かって食前の祈りを捧げるようになっていた。いただきますと佳代が呟き、召し上がれと山が鷹揚《おうよう》に答える。今日のこの食事も、山からもらった恵みに他ならない。

スプーンで粥をすくい、口に運んだ。唇の端からこぼれた一粒も、大事に親指の先で口に押し込んだ。初めて食べるはずなのに、その淡白な味と香りは過去の記憶をくすぐった。もっとも、病魔に冒されて五感が狂っているだけかもしれない。いずれにせよ、最後の晩餐《ばんさん》となる粥が、佳代にとって美味しいと喜べる代物であることは確かだった。

弁当箱いっぱいの粥をどうにか食べきると、佳代は孝光の写真を胸に抱き、椿の杖に縋ってベンチから立ち上がった。身体中が痛み、関節が軋んでいたが、暗い水際へと歩くのに障害はなかった。それどころか、魂が強く引き寄せられているかのようだった。不安も恐怖もない。いつの間にか舞い戻ってきていた心が、早く孝光のところへ行かせてくれとばかりに、脆《もろ》くなった佳代の肋骨を内側から叩いている。

長靴の裏が水を打ち、冷たい飛沫が跳ねた。ひゃっけえ、といういつかの子どもたちの悲鳴が脳をかすめていく。佳代は杖と写真を抱えたまま、濡れた地面にゆっくりと腰を下ろし、仰向《あおむ》けに身体を横たえた。わずかに赤みを残す空は、想像以上に広く、奥行きがあった。

背中が泥に沈み、水がまとわりついてきた。自分がここでどのように死ぬのかは分からない。毒か、病気か、身体の冷えか、栄養失調か、水位が上がって溺れるのか——おそらく、報道されたとしても氏名は伏せられるだろう。圧力がかかり、ニュースにすらならないかもしれない。だがそれでよかった。死をもって抗議するなどという反対運動の熱量は、佳代の中からとうに失われていた。後悔がないとは言わない。ただ今は、愛した人がいつか帰ってくるかもしれない場所で、安らかな眠りにつかせてほしい。

昨晩燃やした中には、孝光と交わした手紙もあった。十七の冬、織物工場で働いている間に届いた封筒。戦地に飛び立つ前に、国内の訓練場から出してくれた葉書。そしてこの十年近くの間、出すあてもないのに毎晩書き続けた、『瀬川孝光様』から始まる便箋の数々。焚火に投げ込むのに躊躇しなかったと言ったら嘘になる。だが自分たち夫婦の関係を深くさらけだした品を、死後娘や妹に読まれるのは本望でなかった。かけがえのない思い出とは、人に話した途端、その輝きを潜めてしまうものだ。

完成した直後に鉛筆もろとも燃やすこととなった最後の手紙は、繊細な少女時代に戻ったかのように幾度も書き直したせいで、一言一句頭に刻み込まれていた。

気づくのに時間がかかりすぎたのでしょうが、老いた今思うに、貴方のようにシンブンをよくよむわけでもない、コウショウなリネンがあるわけでもない私が、心のそこから守りたかったものは、瑞ノ瀬という名の、貴方だったのかもしれません。

胸に抱えた写真と杖を、固く抱きしめた。手足の先が痺れ始めていた。浅瀬の水の冷たさを全身に受けながら、そっと目を閉じる。これまでの人生、いろいろなことがあった。本当に、いろいろなことが。

　まぶたの裏に、暖かい光に包まれた木造の校舎が浮かんだ。農作業の合間に夫婦そろって教室に顔を出した佳代と孝光は、互いに肩を触れ合わせながら、愛娘の姿を探す。中学生の雅枝は、真面目に背筋を伸ばし、黒板の文字を一生懸命ノートに書き写している。教科書を読み上げる教師の声を聞きながら、佳代は次第に輝きを増していく曙《あけぼの》のオー山を頭に思い浮かべる。山の稜線を伝う希望の光が佳代を包み込む。東の空が照らす今日は、いつだって明るい。

　家の裏手にある畑のそばに、茶褐色の国民服を着た青年が現れる。佳代は想い人と長く見つめあい、そのたくましい胸に泣きながら飛びつく。涙を拭いて見上げた先には、萌黄色の裏山があった。死ぬまで忘れないだろうと思ったあの日の光景は、やはり今でも色あせていない。

　緑の山の中で、子どもたちが駆けっこをしている。木の根を飛び越え、幹をよけ、岩を回り込み、四つん這いで斜面をよじ登る。佳代の背中で、三代の笑い声が弾ける。虫や鳥が鳴いている。こっちだよ、こっちにおいでと、林のどこかから孝光や千代が自分を呼ぶ声がする。

　身体が水に包まれていく。村を流れる小川の水だ。魚がいた。蛍がいた。アメンボがいた。トンボがつがいになって飛んでいた。身体が水になり、土になる。幹になり、枝になり、花になる。また土になり、岩になる。佳代の肉体も魂も、すでに佳代のものではなくなっている。

　今、この瑞ノ瀬の地に身体を横たえ、山際に残る光を見上げながら思う。

　それでも私は幸せだった、と。

　いつかの冷たく心地よい夜風が、ひゅうと、佳代の身体の中を吹き抜けた。

エピローグ

夏の太陽が降り注ぐ湖面は、どこまでも青かった。白い砂粒がきらめきながら飛んでいった方向を、都は頭の麦わら帽子に手をやったまま、遊覧船の上から長く見つめていた。

右手に持ったままのガラスの小瓶に、ふと視線を落とす。

「ねえママ、やっぱりこれ、捨て……撒いちゃってよかったの？」

「どうして？」

「なんか、大事なものだったんじゃないのかな、って」

「いいのよ。ママのママが、そうしたいって言ったんだから」

「おばあちゃんが？」

ママは答えずに、都の頭に手を置いて微笑んだ。なぜかはよく分からないけれど、青いアイシャドウを塗ったその目は、とても寂しそうに見えた。

大切な場所だったんだろうな、と思う。水の下に沈んでしまった、ママやおばあちゃんのふるさとは。

「そっか。あの砂って、もともとここにあったもの、なんだもんね」

「帰るべきところに帰っていったのよ」

大きく頷くママの目の端に、光るものが見えた気がした。背伸びをして観察してみようとしたけれど、ママが岸のほうに顔を向けてしまったから、その正体は確かめられなかった。

「都、見て。あそこにおばあちゃんがいるわよ」

「あっ、本当だ！　おばあちゃーん！」

行く手の岸に向かって大声で呼びかける。山で育ったから船は苦手だと言って、遊覧船に乗らなかったおばあちゃんは、乗り場近くにある木陰のベンチに一人で座っていた。

都が世界で一番大好きな人が、こちらに向かってゆっくりと手を振っている。その後ろには、綺麗な緑の山がそびえている。パパがスポーツドリンクのペットボトルを差し出し、ママが一口飲む。

なんて楽しい夏休みなんだろう、と都は思う。

湖の上には、終始涼しい風が吹いている。その気持ちよさをもっと味わってみたくて、両手を大きく横に広げると、急に強い風が吹き、かぶっていた麦わら帽子が宙に舞った。

つかまえようとしたけれど、間に合わなかった。

飛んでいった麦わら帽子が、水面に着地する。あーあ、と隣でママが困ったように言った。怒られるかと首を縮めたけれど、ママはいつものようにすぐに不機嫌になることもなく、錆びた手すりにもたれかかったまま、湖の上に浮かぶ帽子を黙って眺めていた。

ピンクのリボンがついた麦わら帽子が、遊覧船が通った後の白い波に揉まれる。

船が岸に近づくにつれ、都の落とし物はどんどん小さくなっていき、やがて、青い湖のどこかに消えた。

主な参考文献

神奈川新聞社『宮ヶ瀬ダム――湖底に沈んだ望郷の記録』かなしん出版
ふるさと宮ケ瀬を語り継ぐ会『ふるさと宮ケ瀬――渓谷の村から』夢工房
大西暢夫『ホハレ峠――ダムに沈んだ徳山村 百年の軌跡』彩流社
谷口寛作『ダムに沈んだ村・刀利――消えた千年の村の生活と真宗文化』時潮社
井上寿一『戦前昭和の社会 1926-1945』講談社現代新書
中田幸平『昭和自然遊び事典』八坂書房
高桑信一『山の仕事、山の暮らし』ヤマケイ文庫
榎勇『北但馬 ムラの生活誌――昭和初期の歳事と民俗』彩流社
小松芳郎『信濃史学会研究叢書4 長野県の農業日記――明治・大正・昭和の記録』郷土出版社
暮しの手帖編集部『戦争中の暮しの記録 保存版』暮しの手帖社
小泉和子『くらしの昭和史――昭和のくらし博物館から』朝日新聞出版
小泉和子『昭和の結婚』河出書房新社
井上理津子『産婆さん、50年やりました――前田たまゑ物語』筑摩書房
日高勝之『1970年代文化論』青弓社

主な参考映像

神山征二郎「ふるさと」松竹富士

本書は、文芸誌「WEBきらら」にて連載（2022年7月号～2023年8月号）したものを改稿し書籍化したものです。

本作品はフィクションであり、
実在する人物・団体等とは一切関係ありません。

引用／生田大三郎・作詩「出征兵士を送る歌」

辻堂ゆめ（つじどう・ゆめ）

1992年神奈川県生まれ。東京大学卒。2015年、第13回『このミステリーがすごい！』大賞優秀賞を受賞し『いなくなった私へ』でデビュー。21年『十の輪をくぐる』で第42回吉川英治文学新人賞候補、22年『トリカゴ』で第24回大藪春彦賞を受賞した。他の著作に『コーイチは、高く飛んだ』『悪女の品格』『卒業タイムリミット』『あの日の交換日記』など多数。

編集　室越美央
庄野　樹

山《やま》ぎは少《すこ》し明《あ》かりて

二〇二三年十一月二〇日　初版第一刷発行

著者　辻堂ゆめ
発行者　庄野　樹
発行所　株式会社小学館
〒一〇一－八〇〇一　東京都千代田区一ツ橋二－三－一
編集　〇三－三二三〇－五一三七　販売　〇三－五二八一－三五五五
DTP　株式会社鷗来堂
印刷所　萩原印刷株式会社
製本所　株式会社若林製本工場

©Yume Tsujido 2023 Printed in Japan　ISBN 978-4-09-386701-6